古典文獻研究輯刊

三十編

第 3 冊

《水滸傳》縱橫新論(中)

周錫山 著

國家圖書館出版品預行編目資料

《水滸傳》縱橫新論（中）／周錫山 著 -- 初版 -- 新北市：
花木蘭文化事業有限公司，2024〔民113〕
目 4+174 面；19×26 公分
（古典文學研究輯刊 三十編；第 3 冊）
ISBN 978-626-344-902-2（精裝）
1.CST：水滸傳 2.CST：研究考訂
820.8   113009659

ISBN-978-626-344-902-2

9 786263 449022

古典文學研究輯刊
三十編 第三冊   ISBN：978-626-344-902-2

《水滸傳》縱橫新論（中）

作　　者　周錫山
總 編 輯　杜潔祥
副總編輯　楊嘉樂
編輯主任　許郁翎
編　　輯　潘玟靜、蔡正宣　美術編輯　陳逸婷
出　　版　花木蘭文化事業有限公司
發 行 人　高小娟
聯絡地址　235 新北市中和區中安街七二號十三樓
　　　　　電話：02-2923-1455 ／傳真：02-2923-1452
網　　址　http://www.huamulan.tw 信箱 service@huamulans.com
印　　刷　普羅文化出版廣告事業
初　　版　2024 年 9 月
定　　價　三十編 20 冊（精裝）新台幣 50,000 元
版權所有 · 請勿翻印

《水滸傳》縱橫新論（中）

周錫山 著

目次

肆、金聖歎評批《水滸傳》研究

金聖歎評批《水滸傳》的偉大成果和重大深遠意義

　　金聖歎（1608～1661），原名采，又名喟，明亡後改名人瑞，字聖歎。江蘇長洲〔註1〕人。中國著名文學批評家。在 20 世紀的中國，金聖歎研究成為中國美學和文學批評史研究的三大熱門（《文心雕龍》、金聖歎和王國維）之一。

　　金聖歎幼時即自負大材，欲有所作為。但他不同流俗，無意於科舉，而以批點名作為己任，有志於發揚光大民族的優秀文學。他將《莊子》《離騷》《史記》、杜詩、《水滸傳》《西廂記》合稱為「六才子書」，認為它們代表著我國傳統文學的最高水平，準備一一加以批點，這在當時確屬突破性的卓識。1641年，他評批的《第五才子書水滸傳》刊印。1656 年又完成並刻印他評批的《第六才子書西廂記》。在此前後，他還陸續批點了部分杜詩，完成唐詩七律和古文的評批本等。遺憾的是，他在五十三歲那年，因參預反對貪官污吏的哭廟一案，慘遭清廷殺害，批點工作沒有完成，以致抱憾終生。

總體評價

　　金聖歎是個憂國憂民的士人，極富正義感。他對明末清初的社會黑暗面極為不滿，對農民起義深表同情，在他的批點中展示了難能可貴的進步立場。他使當時的讀者最感到痛快的是講出人民想講而又不敢講的心裏話，道出時代的心聲，具有強烈的時代精神。明代後期昏君當道、姦臣擅權，吏治黑暗，人民生活在水深火熱之中。聖歎在《水滸》批語中公然大聲疾呼：「嗟夫！天

〔註 1〕江蘇吳縣，1995 年 6 月設吳縣市，2000 年 12 月改設蘇州市吳中區和相城區。

下者朝廷之天下也，百姓者朝廷之赤子也，今也縱不可限之虎狼，張不可限之饞吻，奪不可限之幾肉，填不可限之溪壑，而欲民之不叛國之不亡，胡可得也！」直斥統治階級殘酷剝削人民的罪惡，鼓吹造反有理，大膽之極。當李逵說：「吟了反詩，打什麼鳥緊！萬千謀反的，倒做了大官。」他的批語是「駭人語，快絕，妙絕！」作了直接肯定和讚美。而聖歎評價《西廂記》為天下之至文，高度肯定鶯鶯、張生這對思想戰線上反封建的勇士的事蹟，極大地鼓舞了當時男女青年衝擊封建網羅，追求愛情自主的勇氣，不僅教育了一代讀者，也給曹雪芹這樣的進步作家以深刻啟示。可見，聖歎的批文首先是具有強烈的思想魅力、奪目的鬥爭鋒芒，達到時代的高峰，傳達了人民的願望和心靈的呼聲。

　　金聖歎所評點的《水滸傳》和《西廂記》，在當時和後世都產生了極大的影響。在清代的近三百年中，它們成為社會上流傳的唯一版本，「顧一時學者愛讀聖歎書，幾於家置一編」(《柳南隨筆》)，創造了版本史上的奇蹟！金聖歎由此成為後世評點家和批評家公認的權威。毛宗崗學習聖歎的體例和方法評點《三國》，書前還偽造聖歎序文藉以自重。張竹坡繼承聖歎，也用同樣體例和方法評點了《金瓶梅》。《紅樓夢》的評點者脂硯齋和畸笏等人對聖歎這位前輩也充滿敬仰和懷念之情。如脂評《紅樓夢》甲辰本第二十回批語說：「寫盡寶黛無限心曲，假使聖歎見之，正不知批出多少妙處。」

　　金批諸書受到讀者和評點家的一致推崇，決非出於偶然。我國的文學評點形成始於南宋的劉辰翁，發展於明代李贄、葉晝諸人，到明末清初的金聖歎始達到高峰。金聖歎將評點這種筆調生動靈活、變化多端的批評形式完善化，使之成為讀者喜聞樂見，批評家樂於運用的一種民族化的評論體裁。此為我國文學家之獨創，也是我國文學家對世界文學評論的一個偉大貢獻！

　　金聖歎在歷史上就是個有爭議的人物。由於金聖歎的小說、戲曲評點極受讀者歡迎，封建衛道士們大為驚恐，責罵他「倡亂誨淫」。但大多數論者對金聖歎有很高的評價，如中國美學史上最傑出的戲劇理論家之一的李漁認為，「自有《西廂》以迄于今四百餘載，推《西廂》為填詞第一者，不知幾千、萬人，而能歷指其所以為第一之故者，獨出一金聖歎。」《清代七百名人傳·金人瑞傳》說他：「縱橫批評，明快如火，辛辣如老吏。筆躍句舞，一時見者歎為靈鬼轉世。」直到晚清，著名學者如俞樾等仍充分肯定金批《水滸》超越前人的高度成就。改良派文學理論家對聖歎也讚賞備至。狄平子曾說：「聖歎乃

一熱血憤世流血奇男子也。」「聖歎滿腹不平之氣，於《水滸》、《西廂》二書之批語中可略見一斑。」(《小說叢話》)

五四運動以後，文學革命陣容中，魯迅對這位「最有名的金聖歎」(魯迅語，見《南腔北調集·論語一年》)譏評甚多。胡適是毀譽參半，他在《〈水滸傳〉考證》開首就說：「金聖歎是十七世紀的一個大怪傑，他能在那個時代大膽宣言，說《水滸》與《史記》《(戰)國策》有同等的文學價值，說施耐庵董解元與莊周屈原司馬遷杜甫在文學史上占同等的位置，說『天下之文章無有出《水滸》右者，天下之格物君子無有出施耐庵右者！』這是何等眼光！何等膽氣！」「這種文學眼光，在古人中很不可多得。」「聖歎的辯才是無敵的，他的筆鋒是最能動人的」。胡適在臺灣大學演講《治學方法》中回顧這篇考證文章時，再次強調：金聖歎砍去《水滸》後半，是因為「他以文學的眼光」，「又有文學的天才」，「這是文學的革命，思想的革命，是文學史上大革命的宣言」。「他把《水滸》批得很好」，「因此，金聖歎的《水滸》，打倒一切《水滸》」。〔註2〕在1961年1月17日寫給蘇雪林和高陽的信中又說：「最後得到十七世紀文學怪傑金聖歎的大刪削與細修改，方可得到那部三百年人人愛賞的七十一回本《水滸傳》。」「(金聖歎)真是有絕頂高明的文學見地的天才批評家的大本領，真使那部偉大的小說格外顯出精彩！」其修改的細處，不是魯迅所說的「惟字句亦小有佳處」，他感歎：「這真是『點鐵成金』的大本領！」「是《水滸傳》的最大幸運。」「《紅樓夢》有過這樣大幸運嗎？」〔註3〕另如鄭振鐸在《插圖本中國文學史》中也盛讚：「金聖歎在當時影響極大，言論亦極大膽，能言人之所不敢言、不能言」，其文筆「犀利而能深入，紆曲而能盡情，如水雲之波蕩」。

文學評點是我國特有的一種文藝批評體裁，是中國美學家對世界美學史所作出的獨特和極大的貢獻之一。金聖歎代表著中國文學評點的最高峰，他為文學評點建立了寫作體例和理論體系，取得了巨大的理論成就和藝術成就。金批《水滸》和金批《西廂》是中國美學史上的最傑出的名著之一，當時達到讀書人都家藏一峽的普及程度。由於金批的巨大影響，清代讀者到了看書而無批不讀的程度。所以，在他之後，繼承他的方法修訂評批小說、戲曲、詩歌、古文名著的做法蔚然成風，最著名的有毛聲山、毛宗崗父子的《三國演義》張竹坡的《金瓶梅》和《聊齋誌異》《紅樓夢》《儒林外史》的諸種評批本。張國光

〔註2〕《胡適紅樓夢研究論述全編》，上海古籍出版社，1988年，第237頁。
〔註3〕同上，第294～295頁。

先生指出，連大名鼎鼎的《古文觀止》也是模仿和抄襲金聖歎《天下才子必讀書》（金批古文）的產物，並就此做了有力的論證。

金聖歎的文學批評，對當今作家和讀者最有吸引力的是其對原作藝術的精彩分析和創作方法的精闢總結。他在這方面的成就是多方面的。首先，他具有點石成金的非凡本事，對有的原作進行修改，提高了原作的藝術水準。從大處說，他改變了重要人物的基本形象。他對宋江、張生、鶯鶯等許多人物形象作了不同程度的改動。從小處說，他能改動一字一句，使原作格外生輝。如五十回寫「李逵吃了一回酒，恐怕戴宗問他，也暗暗的來房裏睡了。」他將「暗暗」改作「輕輕」，批道：「輕輕，妙。李逵也有輕輕之日，真是奇事。俗本作『暗暗』，可笑。」

金批的小說，對其人物形象塑造的典型化和性格化作了較為全面而深入的探討和總結。他在第五才子書中說：「《水滸》所敘，敘一百八人，人有其性情，人有其氣質，人有其形狀，人有其聲口。……施耐庵以一心所運，而一百八人各自入妙者，無他，十年格物而一朝物格，斯以一筆而寫百千人，固不以為難也。」這條批語是關於典型塑造的著名論斷之一，它既將此書從典型理論的高度予以總結，又指出作家必須長期深入生活、觀察人物，才能達此典型境界，給創作者以具體指導。他又分析不同人物同中有異的性格特徵說：「《水滸傳》只是寫人粗鹵處，便有許多寫法：如魯達粗鹵是性急，史進粗鹵是少年任氣，李逵粗鹵是蠻，武松粗鹵是豪傑不受羈勒，阮小七粗鹵是悲憤無說處，焦挺粗鹵是氣質不好。」入木三分的性格分析令讀者有茅塞頓開、豁然明朗之感。

聖歎的批文極為細緻入微，引人入勝。如《西廂·酬簡》寫鶯鶯滿面嬌羞，作者卻先寫她的纖足：「繡鞋兒則半柝」；次寫細腰：「柳腰兒勾一搦」；再寫頭：「羞答答不肯把頭抬」；然後又隨著張生的眼光寫她的雲髮：「雲鬟彷彿墜金釵，編宜鬆髻兒歪」，鶯鶯始終不肯露臉，張生熬不住喊道：「咍，怎不肯回過臉兒來。」聖歎批道：「此時雙文（指鶯鶯）安可不看哉！然必從下漸看而後至上者，不惟雙文羞顏不許便看，惟張生亦羞顏不敢便看也。此是小兒女新房中真正神理也。……夫看雙文，正是欲看其面也，今為不敢便看，故且看其腳，且看其腰，乃既看其腳，既看其腰，漸漸來看其面，而其面則急切不可看得。此真如觀如來，看不見頂相，正是如來頂相也。不然，而使寫出欲看便看，此豈復成雙文嬌面哉。」他精細地剖析鶯鶯、張生典型環境中的典型性格（包括教養）和此時此地的心理與動作；又以觀看如來佛「不見頂相，正是頂

相」為喻，高度評價作家始終不寫鶯鶯的嬌容，而鶯鶯不勝嬌羞之態已躍然紙
上的高超手段，並在理論上總結出以虛帶實的美學原則。鶯鶯的嬌態是筆墨無
法形容的，而且這是一種動態的美和詩意的美，如果寫實了反為不美，唯其虛
寫，充分調動讀者的想像力，才能達到難以言喻美不勝收的奇妙效果。

至於聖歎批語的文體不拘一格，語言優美生動、形象傳神和機智潑辣、
幽默深刻，本身即給讀者以一種高度美的享受。可惜篇幅有限，本文無法一一
例舉了。

金聖歎的著述，見解尖新，篇幅浩大，涉及面廣，詩文、戲曲、小說都有
評點，還有大量詩文創作和書信，多種哲學專著和論文。可惜他因家貧無力刻
書，生前僅出版所評《水滸》和《西廂》兩種。他逝世後，其親友和後輩陸續
刻印一些遺著，而詩文和哲學論著散佚很多。三百多年來，因其大部分著作流
佈不廣，鮮為人知，又因素十年來未見正式出版，所以金聖歎究竟現存有多少
著作，連研究家也心中無數，一般讀者更無從尋覓。金聖歎學會副會長周錫山
在輯編金聖歎著作和金聖歎研究方面處於學術界的領先地位。〔註4〕

金聖歎的歷代評價

金批《水滸》問世三年，明朝滅亡，故明末無人評論金聖歎的文學貢獻和
金批《水滸》；到清代，金聖歎聲譽鵲起，得到極高評價。

金聖歎小說評論的清代評價

清初李漁〔註5〕的名著《閒情偶寄・詞曲部・格局第六》之《填詞餘論》
專論金聖歎：

> 讀金聖歎所評《西廂記》，能令千古才人心死。夫人作文傳世，
> 欲天下後代知之也，且欲天下後代稱許而讚歎之也。殆其文成矣，
> 其書傳矣，天下後代既群然知之，復群然稱許而讚歎之矣。……自
> 有《西廂》以迄于今，四百餘載，推《西廂》為填詞第一者，不知幾
> 千萬人，而能歷指其所以為第一之故者，獨出一金聖歎。是作《西

〔註4〕拙文《文學怪傑金聖歎》（文化部1986首屆香港「中國書展」江蘇書籍宣傳手
冊）、《金聖歎簡介》，徐中玉、錢谷融主編《20世紀中國學術大典・文學》，
福建教育出版社，2021年。

〔註5〕李漁（1611～1680），號笠翁，別號覺世稗官、笠道人、隨庵主人、湖上笠翁
等。金華蘭溪（今屬浙江）人，生於南直隸雉臬（今江蘇如臬）。明末清初文
學家、戲劇家、戲劇理論家、美學家。

廂》者之心，四百餘年未死，而今死矣。不特作《西廂》者心死，凡千古上下操觚立言者之心，無不死矣。人患不為王實甫耳，焉知數百年後，不復有金聖歎其人哉！

聖歎之評《西廂》，可謂晰毛辨髮，窮幽極微，無復有遺議於其間矣。〔註6〕

聖歎之評《西廂》，其長在密，其短在拘，拘即密之已甚者也。無一句一字不逆溯其源，而求命意之所在，是則密矣，然亦知作者於此，有出於有心，有不必盡出於有心者乎？心之所至，筆亦至焉，是人之所能為也；若夫筆之所至，心亦至焉，則人不能盡主之矣。且有心不欲然，而筆使之然，若有鬼物主持其間者，此等文字，尚可謂之有意乎哉？文章一道，實實通神，非欺人語。千古奇文，非人為之，神為之、鬼為之也，人則鬼神所附者耳。

李漁認為金聖歎的《西廂記》評批，是千古奇文，是神鬼為之，或者為鬼神所附的人為之的天才之作。

廖燕《金聖歎先生傳》〔註7〕記敘金聖歎：

為人倜儻高奇，俯視一切。好飲酒，善衡文，評書議論皆發前人所未發。時有以講學聞者，先生輒起而排之，於所居貫華堂設高座，召徒講經。經名「聖自覺三昧」，稿本自攜自閱，秘不示人。每升座開講，聲音洪亮，顧盼偉然。凡一切經史子集箋疏訓詁，與夫釋道內外諸典，以及稗官野史、九彝八蠻之所記載，無不供其齒頰，縱橫顛倒，一以貫之，毫無剩義。座下緇白四眾，頂禮膜拜，歎未曾有。先生則撫掌自豪，雖向時講學者聞之，攢眉浩歎。不顧也。

所評《離騷》、《南華》、《史記》、杜詩、《西廂》、《水滸》，以次

〔註6〕李漁接著批評：「然以予論文，聖歎所評，乃文人把玩之《西廂》，非優人搬弄之《西廂》也。文字之三昧，聖歎已得之；優人搬弄之三昧，聖歎猶有待焉。」此論非常有名，並為眾家所接受。但是蔣星煜先生於九五高齡時給拙著《金聖歎文藝美學研究》（上海人民出版社，2015年）所作之《序》，宣布他的一個新發現：細讀葉堂《納書楹曲譜》（乾隆五十七年，1792）的《西廂記》，發現其據以譜曲的原文即金聖歎批改的《西廂記》，則李漁的這段批評，被權威曲家葉堂否認了。

〔註7〕廖燕（1644～1705），初名燕生，字夢醒，號柴舟，曲江人。清初具有異端色彩的思想家、文學家，終生隱居，著述頗豐，收輯為《二十七松堂集》。《金聖歎先生傳》為其中的名文。

序定為六才子書，俱別出手眼。尤喜講《易》乾、坤兩卦，多至十萬餘言。其餘評論尚多，茲行世者，獨《西廂》、《水滸》、唐詩、制義、《唱經堂雜評》諸刻本。傳先生解杜詩時，自言有人從夢中語云：「諸詩皆可說，惟不可說《古詩十九首》。」先生遂以為戒。後因醉縱談「青青河畔草」一章，未幾遂罹慘禍。

劉獻廷〔註8〕《廣陽詩集》卷下《題唱經先生像》給以極度讚美：

> 忽有仙人在別峰，通身香氣似芙蓉。碧天明月一千里，獨上瑤臺十二重。

劉廷璣〔註9〕《在園雜志》卷二：

> 如《水滸》本施耐庵所著，一百八人，人各一傳，性情面貌，裝束舉止，儼有一人跳躍紙上。……真是寫生妙手。金聖歎加以句讀字斷，分評總批，覺成異樣花團錦簇文字，以梁山泊一夢結局，不添蛇足，深得剪裁之妙，雖才大如海，然所尊尚者賊盜，未免與史遷《遊俠列傳》之意相同。

> 再則《三國演義》，……杭永年一仿聖歎筆意批之，似屬效顰，然亦有開生面處，較之《西遊》，實處多於虛處。

> 若深切人情世務，無如《金瓶梅》，真稱奇書，……彭城張竹坡為之先總大綱，次則逐卷逐段分注批點，可以繼武聖歎，是懲是勸，一目了然。

王應奎〔註10〕《柳南隨筆》卷三：

〔註 8〕 劉獻廷（1648～1695），字君賢，一字繼莊，別號廣陽子。祖籍江蘇吳縣，父官太醫，遂家居順天府大興（今北京市大興區）。深研佛經，精通地理。著作多佚，僅存《廣陽雜記》五卷。治學主張經世致用，利濟天下後世；具有強烈的民族、民主思想，建立「廣陽學派」，聲譽卓著。

〔註 9〕 劉廷璣（約1653～約1716），字玉衡，號在園，又號葛莊，遼陽人，祖籍河南祥符（今屬開封）。少攻舉子業，以門蔭出為浙江台州府通判，曾任處州府知府、江西九江觀察副使等職。著作頗豐，有《葛莊詩鈔》《葛莊分體詩鈔》《葛莊編年詩》《長留集》《在園雜志》《在園曲志》等。《在園雜志》中有專論小說的豐富內容，涉及幾十種小說作品，論議四大奇書，才子佳人小說及豔情小說等，對「四大奇書」評點理論的評析與成就在小說批評史上有頗高地位。

〔註 10〕 王應奎，生於康熙二十二年（1683），約卒於乾隆二十四、五年（1759～1760）間。字東漵，號柳南，江蘇常熟人。諸生。工書法，初學顏真卿。亦善於山水畫，不落近人窠臼。著作有《柳南隨筆》《續筆》《柳南詩文鈔》《海虞詩苑》十八卷等。

性故穎敏絕世，而用心虛明，魔來附之。某宗伯《天台泐法師靈異記》，所謂「慈月宮陳夫人，以天啟丁卯五月，降於金氏之卜者」，即指聖歎也。聖歎自為卜所憑，下筆益機辨瀾翻，常有神助。然多不軌於正，好評解稗官詞曲，手眼獨出。」

顧一時學者愛讀聖歎書，幾於家置一編。

王應奎是第一位指出金聖歎靈魔附身，常有神助，故而評批小說戲曲手眼獨出的學者。

馮鎮巒《讀聊齋雜說》：

李卓吾、馮猶龍、金人瑞評《三國演義》及《水滸》《西廂》諸小說、院本，乃不足道。

金人瑞批《水滸》《西廂》，靈心妙舌，開後人無限眼界，無限文心。故雖小說、院本，至今不廢。惟議論多不醇正。董閬石先生深訾之。

昭槤《嘯亭續錄》卷二《小說》

自金聖歎好批小說，以為其文法畢具，逼肖龍門，故世之續編者，汗牛充棟，牛鬼蛇神，至士大夫家几上，無不陳《水滸傳》《金瓶梅》以為把玩。余以小說初無一佳者，其他庸劣者無足論……，世人於古今經史略不過目，而津津於淫邪庸鄙之書稱讚不已，甚無謂也。

此則強調金聖歎開啟清代評點小說的先河，清代的小說評論著作，無不是金聖歎的仿傚者。

清代小說家、小說家評論家都崇拜、模仿金聖歎。由於金批本風行天下，有清一代不僅產生大量小說評批本，而且詩歌、古文、《史記》的評批本，也都是學習金聖歎的產物。有的評論者和創作者直接承認學自金聖歎，例如：

哈斯寶《新譯紅樓夢》第二十回解說「烘雲托月」時，說：「此種妙理，若問我是如何悟得的，是讀此書才悟會的。若問此種悟會是向誰學得的，是金人瑞聖歎氏傳下的。臥則能尋索文義，起則能演述章法的，是聖歎先生。讀小說稗官能效法聖歎，且能譯為蒙古語的，是我。我是誰？施樂齋主人耽墨子哈斯寶。」〔註11〕

脂評《紅樓夢》甲辰本第二十回批語說：「寫盡寶黛無限心曲，假使聖歎

〔註11〕 朱一玄編《紅樓夢資料彙編》，南開大學出版社，1985年，第802頁。

見之，正不知批出多少妙處。」

清末的小說評論家一致給予金聖歎極高評價。

1897 年，邱煒萲〔註12〕《菽園贅談》（光緒丁酉年，1897，香港鉛印本）《金聖歎批小說說》總結：

> 明末山人名士，得有鍾伯敬、李卓吾輩，競為批評小說之舉，特聖歎集其大成耳。前乎聖歎者，不能壓其才；後乎聖歎者，不能掩其美。批小說之文原不自聖歎創，批小說之派卻又自聖歎開也。

> 人觀聖歎所批過小說，莫不服其畸才，詫為靈鬼轉世。

> 施耐庵苦心孤詣，前無古人，撰出一部七十回《水滸傳》，須歷元朝至國初，良久良久，而後獲聖歎其人，為之批竅道竅，有盛必傳，且於原有語病處，則諉為今本之訛，別託為「見諸古本」云云以修削之。聖歎真愛其才，耐庵堪當知己矣。

> 聖歎通徹三教書，無所用心，至託小說以見意，句評節評，多聰明解事語，總評全序，多妙悟見道語；又是詞章慣家，故出語輒沁人心脾。此才何可多得？〔註13〕

又感歎：「嘗謂天苟假聖歎以百歲之壽，將《西遊記》《紅樓夢》《牡丹亭》三部妙文一一加以批語，如《水滸》《西廂》例然，豈非一大快事！」

光緒二十八年十月（1902 年 11 月），《新小說》雜誌在日本橫濱創刊。梁啟超在《論小說與群治之關係》中，提出並開始了「小說界革命」。《新小說》中刊登了多位作者的《小說叢話》。

如定一《小說叢話》（《新小說》第一、二卷）：

> 《水滸》一書，為中國小說中錚錚者，遺武俠之模範，使社會受其餘賜，實施耐庵之功也。金聖歎加以評語，合二人全副精神，

〔註12〕丘煒萲（1837～1941），字萱娛，號菽園，又有嘯虹生、星洲寓公等別號。福建海澄（今廈門海滄區）人，二十一歲鄉試中式。幼時隨父定居新加坡，為著名報人和詩人，享有「南洋才子」和「南國詩宗」之譽。中日甲午戰爭後，康梁倡導維新，他曾深表欽佩，於一八九八年創辦《天南新報》，自任總理兼總主筆，宣傳改革。丘菽園著述甚富，主要著作包括詩集《丘菽園居士詩集》《嘯虹生詩鈔》；筆記《菽園贅談》《五百石洞天揮麈》《揮麈拾遺》等。謝國楨認為丘菽園是「留心時事的有心人」（《明清筆記談叢》，上海古籍出版社，一九八一年版，第一二〇頁）。

〔註13〕陳平原、夏曉虹編《二十世紀中國小說理論資料》第一卷，北京大學出版社，1989 年，第 15～17、19 頁。

所以妙極。聖歎謂從《史記》出來,且多勝《史記》處,此論極是。又謂太史公因一肚皮宿怨發揮出來,故作《史記》,而施耐庵是無事心閑。吾以為不然。凡作一書能驚天動地,必為有意識的,而非無意識的。既謂施公有意識的,故《史記》方妙;今《水滸》且有勝過《史記》者,而云耐庵為無意識的。龜毛兔角,其誰信之?世之以誨盜書視《水滸》,其必為無意識的。聖歎乃是聰明人,未有不知此理,所以不說明,欲使後人猜猜。後人都泛泛看了,豈不是辜負《水滸》?

《水滸》可作文法教科書讀。就聖歎所言,即有十五法:(一)倒插法,(二)夾敘法,(三)草蛇灰線法,(四)大落墨法,(五)綿針泥刺法,(六)背面鋪粉法,(七)弄引法,(八)獺尾法,(九)正犯法,(十)略犯法,(十一)極不省法,(十二)極省法,(十三)欲合故縱法,(十四)橫雲斷山法,(十五)鸞膠續弦法。溯其本源,都因是順著筆性去削高補低都由我,若無聖歎之讀法評語,則讀《水滸》畢竟是吃苦事。聖歎若都說明,則《水滸》亦是沒味書。吾勸世人勿徒記憶事實,則庶幾可以看《水滸》。

狄平子〔註14〕《小說叢話》說:「聖歎乃一熱血憤世流血奇男子也。」「聖歎滿腹不平之氣,於《水滸》、《西廂》二書之批語中可略見一斑。」

又說:「然余於聖歎有三恨焉:一恨聖歎不生於今日,俾得讀西哲諸書,得見近時世界之現狀,則不知聖歎又作何等感情。二恨聖歎未曾自著一小說,倘有之,必能與《水滸》、《西廂》相埒。三恨《紅樓夢》、《茶花女》二書出現太遲,未能得聖歎之批評。」(《新小說》第八號,光緒三十年,1904,五月)

夢生《小說叢話》說:「聖歎評小說得法處,全在能識破作者用意用筆的所在,故能一一指出其篇法章法句法,使讀者翕然有味。評《紅樓》者即遠不如。」

梁啟超《小說叢話》說:

〔註14〕狄楚青(1873~1941),初名葆賢,字楚青,號平子,別署平等閣主,江蘇溧陽人。舉人。戊戌變法期間,宣傳維新變法,變法失敗後,赴日本留學。清光緒二十六年(1900),到滬,加入正氣會,組織自立軍,失敗。光緒三十年(1904)四月底,在上海創辦《時報》,宣傳保皇立憲。光緒三十四年,為江蘇諮議局議員。後又辦《民報》和有正書局等。晚年篤信佛教,皈依常州天寧寺冶開禪師。愛好詩詞書畫。著有《平等閣筆記》《平等閣詩話》等。

所謂才子者，謂其自成一家言，別開生面，而不傍人門戶，而又別於賢聖書者也。

《水滸》所敘一百零八條好漢，有一百五條都是男子，身份同時莽男兒，年紀都是壯年，事業同是『強盜』，而寫來各個不同，自不殆言，作者當然頗費了一番苦心，而也得要一個體察入微的讀者分辨得出，才不負作者的一片苦心，而這個讀者正是金聖歎。

金聖歎在整個清代得到至高無上的評價，並被確認為天才評論家。

金聖歎在民國時期的評價

魯迅稱之為「最有名的金聖歎」（《南腔北調集·論語一年》），是民國大師集體致敬的偉大美學家和文藝批評家。

周作人說「小說的批，第一自然要算金聖歎」〔註15〕。林語堂稱他是「十七世紀偉大的印象主義批評家」。

蔡丏因《清代七百名人傳·金聖歎》（1936）〔註16〕：「以《莊子》《離騷》《史記》《杜詩》《水滸》《西廂》為六才子書，縱橫批評，明快如火，辛辣如老吏。筆躍句舞，一時見者，歎為靈鬼轉世。」

拙著《金聖歎文藝美學研究》附錄有《20世紀中國文化十大家》全面評論胡適、魯迅、周作人、馮友蘭、鄭振鐸、錢穆、錢鍾書、陳寅恪、郭沫若、張國光，並簡敘當時其他名家的評論等等。茲不贅述。

《金批水滸》的偉大成就

《金批水滸》的偉大成就，拙著《金聖歎文藝美學研究》已有詳論，金聖歎的典型人物理論及其對宋江、武松林冲、李逵和諸多英雄及次要人物的精彩評批分析；金批對藝術理論和美學理論的重大貢獻；《水滸》《史記》比較研究的重大成果；《水滸》情節描寫的至境和極境的評論和研究等等，茲不重複。今再歸納三點，以進一步論證《水滸傳》不可逾越之偉大藝術成就。

《水滸傳》成為中國和世界文化史上的頂級經典作品，《金批水滸》功不

〔註15〕《書房一角·小說（舊書回想記九）》（1941），《周作人散文全集》第8卷，廣西師範大學出版社，2009年，第541～542頁。

〔註16〕蔡丏因（1890～1955），浙江諸暨人，名冠洛，號可園，為弘一法師弟子。早年留學日本，畢業於帝國大學，歸國後歷任浙江省立五中、春暉中學等校教師。後進入上海世界書局任編輯。1936年編撰出版了170萬字的《清代七百名人傳》，並為世界書局編《大眾實用辭林》。

可沒。

首先，誠如前已引及的胡適所說：「最後又得到十七世紀文學怪傑金聖歎的大刪削與細修改，方可得到那部三百年人人愛賞的七十一回本《水滸傳》。……真是有絕頂高明的文學見地的天才批評家的大本領，真使那部偉大的小說格外顯出精彩！」《水滸傳》因金聖歎的修改和刪削而達到了藝術的極境。

其次，誠如《紅樓夢》評批者脂硯齋不勝感歎：「（《紅樓夢》）寫盡寶、黛無限心曲，假使聖歎見之，正不知批出多少妙處。」為什麼能批出諸多妙處？此因清代諸家和《清代七百名人傳‧金人瑞傳》讚譽《金批水滸》達到「一時見者歎為靈鬼轉世」的出神入化境地。

金聖歎評批對《水滸傳》偉大藝術成就的揭示，達到最高水平，並因之而建立了領先於世界的小說理論體系；又因金聖歎的評批，彰顯了《水滸傳》的偉大藝術成就，進一步確立了《水滸傳》不可動搖的崇高地位。

第三，誠如錢穆先生所強調的：「自余細讀聖歎批」《水滸傳》之前，「讀得此書（《水滸傳》）滾瓜爛熟，還如未嘗讀。」「讀其批《水滸》，使我神情興奮」，後來一再讀金批《水滸》，「每為之踴躍鼓舞」。他進而認為他是通過《金批水滸》學到了讀書的方法，於是，《金批水滸》成為「中國文化與文藝天地」的典範作品。

錢穆只有小學學歷，他通過自學成為 20 世紀中國最傑出的學術大師之一。錢穆在此文中宣稱：是《金批水滸》教會了他讀書方法，他一生用《金批水滸》教他的讀書方法來閱讀和研究一切著作。從他對《金批水滸》的評價和親身的體會，可見此書對指導青年學習和欣賞經典著作的重大意義。

馬克思恩格斯認為古希臘《荷馬史詩》、悲喜劇和莎士比亞是人類文化藝術史上不可逾越的高峰。由上可見，《水滸傳》也是不可逾越的藝術高峰。

金聖歎對《水滸傳》達到最高文學藝術經典的標準的批示

筆者曾歸納和總結中國古代美學對文學藝術經典的標準，金聖歎的有關批評豐富而精彩。

例如筆補造化，金聖歎說：《水滸傳》的奇異情節和人物的超凡表現，尤以劫法場、打虎的描寫，是不可能發生的事實，而《水滸傳》做了精彩的描寫。

例如武松打虎，《水滸傳》第二十二回《景陽岡武松打虎》是描寫武松打

虎的千古經典文字，金聖歎在回前總評說：「天下莫易於說鬼，而莫難於說虎。無他，鬼無倫次，虎有性情也。說鬼到說不來處，可以意為補接；若說虎到說不來時，真是大段著力不得。」《水滸》一書，「寫虎則不惟一篇而已，至於再，至於三。蓋亦易能之事薄之不為，而難能之事便樂此不疲也」。

的確，描寫老虎，即「說虎」是非常困難的題材，中外古今除了《水滸傳》，罕有表現。因為在古代，人們無法抓到活虎讓人隨意觀賞，因此描寫活虎，極難做到；而徒手打虎，則只有《水滸》才有具體、精細而極為生動的描寫。

至於劫法場，沒有此類行為實踐，因為一般罪犯行刑，無人會去劫法場，而重要罪犯行刑，官方早做嚴密防範，嚴防意外，不可能發生劫法場的事件。至於作家，不僅無法描寫，而且根本沒有「劫法場」這種概念。

可是，《水滸傳》寫出來了，而且寫得精彩。金聖歎在《讀法》中又感歎：

> 江州城劫法場一篇，奇絕了；後面卻又有大名府劫法場一篇；一發奇絕。

> 景陽岡打虎一篇，奇絕了；後面卻又有沂水縣殺虎一篇，一發奇絕。真正其才如海。

> 劫法場，偷漢，打虎，都是極難題目，直是沒有下筆處，他偏不怕，定要寫出兩篇。

《水滸傳》在描寫武松打虎的精彩絕倫的情節之後，又描寫同樣精彩絕倫卻又另有風采的李逵殺虎。

武松初聞老虎的「出場」前的先聲奪人，嚇得滿肚的十八碗酒在一剎那化作渾身冷汗，這已是後人無法模仿的精彩絕倫的描寫，而李逵初見老虎痕跡（老虎還未曾出場）時，連假名也叫「張大膽」的膽大無比的好漢李逵，竟然驚恐到「一身肉發抖」，「把不住抖」，這種常人無法想像的人在恐懼到極點時的心理反應，《水滸傳》的這種描寫，也是出人意表的大手筆。

武松和李逵與虎相搏時，老虎進攻和失利的勢態，老虎的系列動作和死亡的景象，都是人所未聞的藝術創造。

因此《水滸傳》描寫打虎、劫法場，從總體到細節，全是虛構，皆是筆補造化的空前絕後的藝術創造。

又如「藝進乎道」，金聖歎善於揭示《水滸傳》字裏行間內含的意思，總結和揭示人生智慧，並上升到哲理和規律的高度。

林冲和洪教頭、史進與王進比武的性格和啟示，金批指出「大智量人的讓

一步法」，以退為進的人生哲理。

另如金聖歎從武松醉酒而跌落溝壑，被抓而性命可憂的沉痛教訓中，總結人生規律，一切都不可有恃無恐：「古之君子，才不可以終恃，力不可以終恃，權勢不可終恃，恩寵不可終恃，蓋天下之大，曾無一事可以終恃，斷斷如也。乃今武松一傳，偏獨始於大醉，終於大醉，將毋教天下以大醉獨可終恃乎哉？是故怪力可以徒搏大蟲，而有時亦失手於黃狗，神威可以單奪雄鎮，而有時亦受縛於寒溪。蓋借事以深戒後世之人，言天人如武松，猶尚無十分滿足之事，奈何紜紜者，曾不一慮之也！」

中國古代美學對於經典作品的高明手法還有許多精彩的觀點。例如以樂景寫哀，更增其哀。魯達剃度為僧時，小說熱鬧地寫出魯達出家時儀式的隆重，盛況的熱烈，物品準備之豐富，「長老叫備齋食，請趙員外等方丈會齋。齋罷，監寺打了單帳，趙員外取出銀兩，教人買辦物料。一面在寺裏做僧鞋、僧衣、僧帽、袈裟、拜具。……」聖歎指出：「特詳之語，寫得魯達出家可涕可笑。要知以極高興語，寫極敗興事，神妙之筆。縫匠攢造新進士大紅袍，新嫁娘嫁衣裳，極忙。攢造新死人大斂衣衾，新出家袈裟拜具，也極忙。然一忙中有極熱，一忙中有極冷，不可不察。」此批聯想豐富，對比強烈，筆力犀利地指出魯達的人生悲劇。由於《水滸》非凡藝術魅力和高超的寫作手段，小說竟將魯達軍官論為和尚，和尚變為強盜這一每況愈下的人生三部曲表現得轟轟烈烈。魯達本人因其自覺的人生選擇原則而毫無怨尤，還反而感到無比痛快。理應旁觀者清的讀者也受主人公本人情緒的強烈感染而感到淋漓痛快。

金聖歎評批《水滸傳》的重大意義

金聖歎在評批《水滸傳》時，在世界美學史上，首先建立了典型人物性格理論體系。

金聖歎在評批《水滸傳》時，發表了系列性大量指導欣賞和創作的寫作手法和寫作經驗。

以上，眾多學者已有大量研究成果，筆者在拙著《金聖歎文藝美學研究》中也有論說。

我在拙著《金聖歎文藝美學研究》封底在國內外學術界首次指出：

《金批水滸》由於極為成功地分析和評論了《水滸傳》的偉大藝術成就，從而達到家喻戶曉、無人不知的程度，金聖歎因此而成為魯迅所說的「最有

名的金聖歎」；而且在明末至民初，「金批」經典對於近四百年中華民族經典文化的普及和深入人心、民眾智慧的提升和高度發展，做出了罕與倫比的偉大貢獻。

《貫華堂第五才子書水滸傳》全書評論

序一

此序從六經之用，聖人、古人著書之德、才，私人著書之自娛逞才談起，讚揚《水滸傳》作者慘淡經營，心盡氣絕，方能寫出一代巨著。

本文首句即說：「原夫書契之作，昔者聖人所以同民心而出治道也。」聖人的著作都是「同民心」，而「出治道」，可見聖歎將民心放在首位；管理國家、天下的原則，以民心為標準。

接著精闢分析儒家最重要的經典「四書五經」中《易（經）》、《（尚）書》（書經）、《禮（經）》、《詩（經）》、《春秋》，即五經的功用。

聖歎承上申述讀書首要的是熟讀最重要的經書，對後世的縱橫之說要警惕其中的邪說。

中外學者目前公認，在牽涉到人類靈魂塑造與發展的最重要的人文領域，中國西周至春秋戰國時期的儒道兩家的原始經典、公元前印度的佛家經典、古希臘的經典產生時代是世界文化的「軸心」時期，「軸心」時期產生的這些經典是人類最高級的著作，引領著萬世，永垂不朽，後世的論述內容未能超過這些經典的範圍和高度。故而金聖歎的這種分析和評價，在本質上是與這個現代觀點相通的。

但聖歎又認為，發展到純文學領域，在「四書五經」之後，又有「六才子書」，即《莊子》、《離騷》、《史記》、《杜詩》、《水滸傳》和《西廂記》則是文學領域的最高經典，是文人、作家學習寫作的典範教材。由於文學是諸種藝術的基礎，故而作為文學最高經典的「六才子書」，對於文學藝術的創作都有著極大的指導意義。（「六才子書」沒有包括《紅樓夢》，是因為此書完成於金聖歎逝世百餘年之後，金聖歎未及相見之緣故。但《紅樓夢》的權威評批者脂硯齋、哈斯寶等和現代學者胡適都認為《紅樓夢》沒有得到金聖歎的評批是莫大的遺憾！參見拙著《〈紅樓夢〉的人生智慧》和《中國小說史略》周錫山釋評本。）

最後指出，這六部才子書，各有奇才，但都是天才作家詩人在創作時，艱

難到「心盡氣絕」的地步方能完成的「慘淡經營」之作。這些作家詩人,「有才始能構思、立局、琢句而安字;筆有左右,墨有正反」;「還能做到:心之所至,手亦至焉;心之所不至,手亦至焉;心之所不至,手亦不至焉。心之所至手亦至焉者,文章之聖境也。心之所不至手亦至焉者,文章之神境也。心之所不至手亦不至焉者,文章之化境也。夫文章至於心手皆不至,則是其紙上無字、無句、無局、無思者也。」「依古人之所謂才,則必文成於難者,才子也。」初步揭示了一代文學巨著的極高標準和極高造詣。整部《金批水滸》則將具體分析文學巨著的偉大藝術成就和高明寫作方法。

序二

此序發表了金聖歎在政治思想領域對《水滸傳》的重要觀點。

《水滸傳》的「水滸」之定義。「水滸」是指遙遠的水邊,所以不是「中國」,是遠離「中國」(指國土)的邊緣地區,與仁義、禮儀之邦中國無關。

《水滸傳》不得稱為《忠義水滸》。因為《水滸傳》所描寫的以宋江為首的一百八人,不忠也不義。他們之所以到水滸,就是因為不忠不義。

何謂忠義?「忠者,事上之盛節也;義者,使下之大經也。忠以事其上,義以使其下,斯宰相之材也。忠者,與人之大道也;義者,處己之善物也。忠以與乎人,義以處乎己,則聖賢之徒也。」概括地說,忠,是忠於國家;義,是善待他人。

但一百八人,「其幼,皆豺狼虎豹之姿也;其壯,皆殺人奪貨之行也;其後,皆敲樸劊刖之餘也;其卒,皆揭竿斬木之賊也。」他們年小的時候,像豺狼虎豹一樣兇惡;成年後,是殺人搶劫的罪犯;最後成了造反的賊徒。他們是「天下之凶物,天下之所共擊也;天下之惡物,天下之所共棄也。」

這些人的應得的下場是:「有王者作,比而誅之,則千人亦快,萬人亦快者也。」但是史書說他們竟然被朝廷所招安,「如之何而終亦幸免於宋朝之斧鑕?彼一百八人而得幸免於宋朝者,惡知不將有若干百千萬人,思得複試於後世者乎?耐庵有憂之,於是奮筆作傳,題曰《水滸》,意若以為之一百八人,即得逃於及身之誅戮,而必不得逃於身後之放逐者,君子之志也。」但怎麼可以讓他們接受招安、逍遙法外呢?《水滸》作者深憂於此,所以要寫作此書,寫出他們悲慘的下場,以阻止後來之效尤,不讓後人學樣!

如果將這一百八人的故事寫成「忠義」《水滸傳》,像《金批水滸》之前的

明代各種版本那樣，都竟然取名為《忠義水滸傳》，那麼，「由今日之《忠義水滸》言之，則直與宋江之賺入夥、吳用之說撞籌無以異也。無惡不歸朝廷，無美不歸綠林，已為盜者讀之而自豪，未為盜者讀之而為盜也。」所以要為此書改名，去掉「忠義」兩字，刪節羅貫中狗尾續貂的七十一回以後的文字，恢復施耐庵的七十一回「古本」《水滸》。「雖在稗官，有當世之憂焉。」雖然是野史小說，也表達了對當今世道的憂慮。「後世之恭慎君子，苟能明吾之志，庶幾不易吾言矣哉！」後世的正經的讀者如果能夠明白我的這個意志，就會同意我的觀點的啊！

金聖歎此序完全否定梁山好漢的造反，更痛恨他們殺人搶劫的罪惡本性。

序三

此序分析閱讀、欣賞、學習、精研《水滸傳》之重大意義。

首先，應該讓十歲的小孩讀《水滸傳》。「吾每見今世之父兄，類不許其子弟讀一切書，亦未嘗引之見於一切大人先生，此皆大錯。夫兒子十歲，神智生矣，不縱其讀一切書，且有他好，又不使之列於大人先生之間，是驅之與婢僕為伍也。」金聖歎指出，小孩在十歲時大腦的發育開始成熟，背誦四書五經之外，應該讓他們讀一切書，否則就浪費了他們的智力。這是非常正確的培養方法：一面背誦艱深的經書，為一生的學問道德打下切實的基礎，另一方面閱讀文字輕鬆有趣生動、思想深湛、內容精彩的經典白話小說和唐詩宋詞等，使智力充分發展：兩者的結合，既能調節閱讀的氣氛，更能增添思維的活力，心理得道健全的發展，絕不會成為一個食古不化的書呆子，而是既有滿腹經論，又有文學藝術的極高素養。古代還提倡知識分子精通琴棋書畫，更要練習靜坐即打坐（氣功，如能學會拳術、劍術更好）。這是德智體美全面發展的完美培養模式。

讀《水滸傳》這樣的經典著作「便有於書無所不窺之勢」，即能掌握讀懂所有好書的方法，因為天下之文章，沒有高出《水滸》的了。讀《水滸》後，便有於書無所不窺之勢。「若《水滸》固自為讀一切書之法矣。《水滸傳》真為文章之總持，讀之即得讀一切書之法也。」《水滸傳》是文章寫作方法集大成的著作（總持）。

《水滸傳》為什麼有這麼好，能夠超過一切「天下之文章」？是因為：「天下之格物君子，無有出施耐庵先生右者。學者誠能澄懷格物，發皇文章，豈不一代文物之林？」即《水滸》作者是研究世界萬物的最高水平的大家，如果能

夠學到他那樣的「澄懷格物」的水平而「發皇文章」，就能成為一代高手。

澄懷格物，澄懷就是擺脫一切俗念，保持寧靜的心境，也可說專心致志；格物指觀察和研究天下萬物。張國光先生解為：「實際是說作家應不抱任何偏見地去觀察社會生活。（這）也就是他說的『才子心清如水，故物來畢照』。」〔註17〕也是可以參考的一解。

當代研究家就金聖歎的這個重要觀點做了許多闡發，歸納起來，比較一致的看法為：

格物，全名為「格物致知」，原出於《禮記·大學》：「致知在格物，格物而後知至」。認為「格物」是「致知」和「誠意」、「正心」、「修身」、「齊家」、「治國」、「平天下」等個人倫理實踐和群體政治實踐的起點，具有濃厚的倫理政治色彩。格物致知是儒家哲學中的認識方法論，其基本內涵是，認識主體通過對「物」本身的認識從而達到對「物」之「理」的把握。「格物致知」經後人尤其是宋、明儒者的解釋和闡發，成為古代哲學認識論的一個基本命題。簡要地說，宋代程朱理學認為「格物」是指「隨處體認天理」，明代王陽明認為是「致良知」。

具體到金聖歎評批《水滸傳》來說，他用「格物」這個術語，強調的是，要通過研究歷史和當代社會中生活中的人來觀察和認識形形色色的人。研究家指出：研究社會生活中的人，從而認識社會生活的發展規律，把握生活真理，是作家的基本功。據說，當人們詢問司湯達的職業的時候，司湯達就曾經半開玩笑地說：「人類心靈的觀察者。」（《譯文》1958 年 7 月號）不研究社會關係中的人，就談不到任何藝術創作。所以錢谷融先生提出「文學是人學」的著名命題。

因此，金聖歎說《水滸》好在哪裏？「《水滸》所敘，敘一百八人，人有其性情，人有其氣質，人有其形狀，人有其聲口。夫以一手而畫數面，則將有兄弟之形；一口吹數聲，斯不免再吷（xuè，原為象聲詞，這裡意為「吹」）也。施耐庵以一心所運，而一百八人各自入妙者，無他，十年格物而一朝物格，斯以一筆而寫百千萬人，固不以為難也。」

那麼如何格物？有什麼方法？金聖歎教導我們：「格物亦有法，汝應知之。格物之法，以忠恕為門。何謂忠？天下因緣生法，故忠不必學而至於忠，

〔註17〕張國光《水滸與金聖歎研究》，第 136 頁，張國光《金聖歎學創論》，第 104 頁，中州古籍出版社，1981、1993 年。

天下自然，無法不忠。火亦忠；眼亦忠，故吾之見忠；鍾忠，耳忠，故聞無不忠。吾既忠，則人亦忠，盜賊亦忠，犬鼠亦忠。盜賊犬鼠無不忠者，所謂恕也。夫然後物格，夫然後能盡人之性，而可以贊化育，參天地。今世之人，吾知之，是先不知因緣生法。」「忠恕，量萬物之斗斛也。因緣生法，裁世界之刀尺也。施耐庵左手握如是斗斛，右手持如是刀尺，而僅乃敘一百八人之性情、氣質、形狀、聲口者，是猶小試其端也。」

聖歎在所批諸書中多次說到「因緣生法」，這是佛教語言，是大乘佛學的一個根本性的重要理論。法，指大千世界中包括物質和精神在內的所有的事物和現象，包括過去、現在、未來的，和實在的虛幻的。因緣是產生大千世界中所有的這些事物和現象的內外原因和條件；主要原因和條件稱為「因」，是事物由產生到毀滅的主導原因和條件，起間接輔助作用的原因和條件稱為「緣」。金聖歎將「因」看作是事物普遍的因果聯繫。因緣生法，強調事物之間的因果關係，和有因必有果的必然性。

而格物之法，又以忠恕為門，即以忠恕為入口。「忠恕」一語出《論語·里仁》：「曾子曰：『夫子之道，忠恕而已矣。』」按《論語》的意思，「忠」是成己成人，即「己欲立而立人，己欲達而達人」；「恕」是推己及人，即《論語·衛靈公》中所謂「己所不欲，勿施於人」。邢昺疏云：「忠，謂盡中心也。恕，謂忖己度物也。」《中庸》有：「忠恕違道不遠。」孔穎達疏云：「忠者，內盡於心；恕者，外不欺物。恕，忖度其義於人。」忠指忠實誠懇，盡心盡意；恕指忖己度物，將心比心。

忠恕，設身處地去推想他人的行為，對人的個性也是從主觀出發而走向客觀的分析。這裡重要的中間環節就是「因緣生法」。金聖歎認為：人儘管各有其面貌，各有其思想性格，但構成人的因素則基本相同，只是和合的變態有異。因而只要自己忠誠，認識到自己也有七情六欲，就可以推想出別人的千萬種變態來。

作家「格物」的目的，是對客體對象作內外表裏的全面把握，作家不能只停留在對對象表面外觀的膚淺認識上，而必須由表及裏，「入乎其內」，熟知所寫對象的精神實質，以達到「物格」之境。而這只有經過「忠恕」之門才能完成。金聖歎還認為普天下之人、物的各種表現、形態都是自然而然的、真實的存在，這就將「忠恕」的概念作了進一步擴展。

他如此詳盡地解釋「忠恕」，說明：世上一切人、物都依其本然而存在，

因此，各種人、物都有其存在的必然性和差異性。作家依照「忠恕」的原則進行藝術思維，洞達人、物內在的規律性，並以此為根據，寫出符合各種人、物本然的性情、動作和狀態，從而使筆下的藝術形象人各其人，物各其物，各臻其妙。這就是「格物之法，以忠恕為門」的意思。「處處設身處地而後成文。「恕」就是藝術家對描寫對象展開的感同身受的審美體驗，然後用語言文字表述出來，成為文學著作。

金聖歎繼承儒家思想、程朱理學和王陽明心學，又有所發展，他既重客觀考察，又重主觀體察。

從根本上看問題，世界上任何人物都是內外一致的，都是可以認識的。世界上不管什麼人，都可以說是「誠實」的，是藏於中形乎外的。做好事的誠於中形於外，做壞事的誠於中形於外，不好不壞也是誠於中形於外。不管聖人，小人、好人、壞人，人人都是誠於中形於外的。以此為門徑去研究人，就可以由其表面知其裏，把握各種人內在的思想、性格。當然，也有的人不「誠實」，比如他辦了壞事以後「厭然掩之」。這樣做似乎不是誠於中形於外，其實他一旦進行遮掩，「而終亦肺肝如見」，他打算遮掩的內心世界又暴露出來了。所以，任何人都是可以認識的，都可以由他的行為動作、語言等外部活動把握他的思想、感情和性格。

但是，人們的行為動作，語言等外部活動千差萬別，各不相同，這些外部的差別從何而來？如何把握這些差別？金聖歎指出，要明確這些差別的原因，必須懂得。因緣生法」的道理。因為「不知因緣生法，則不知忠。不知忠，烏知恕哉」？金聖歎借佛學「因緣生法一的理論，打算說明這樣一個事實：任何人的行為動作、言談話語，乃至喜怒哀樂感情變化等表面活動都是有條件的。任何人的思想，感情、性格都是由他周圍的社會條件、生活環境等決定的。正是人們所處的不同的社會地位和歷史條件，決定人們的思想、感情、性格的千差萬別。因此，要想深刻理解人，就必須從他們所處的社會地位、歷史條件出發，從人與環境中把握人。

研究家們的以上認識是大致一致的，但還有一個問題大家都沒有注意到：知人知面不知心。這是千古名言，如何解釋？這句話是針對一般人說的，大作家精研萬物，能夠洞察人心，燭幽探微。一般人真是通過閱讀、精研大作家的經典名著，加上大量的社會和生活實踐，從而也鍛鍊出可以看穿人心，知人知面而知心的本領。這又教育我們，一定要多讀、熟讀經典名著。

接著聖歎指出，人們評論莊生之文放浪，《史記》之文雄奇，實質作為「欲藏之名山，傳之後人」的一切經典著作，即無有不精嚴者，都是精嚴的。何謂之精嚴？字有字法，句有句法，章有章法，部有部法是也。

而《水滸》所敘，敘一百八人，其人不出綠林，其事不出劫殺，失教喪心，誠不可訓。然而吾獨欲略其形跡，伸其神理者，否則，如必欲苛其形跡，則夫十五《國風》，淫污居半；《春秋》所書，弒奪十九。也即我們讀書不可僅看表面，要深入到其實質。

最後說，如能讀懂《水滸》之文精嚴，那麼讀了之後就懂得讀一切書之法也。而真能善得此法，便以之遍讀天下之書，其易果如破竹也者，即有了破竹之勢，夫而後歎施耐庵《水滸傳》真為文章之總持。

金聖歎將《水滸傳》與《莊子》、《史記》、《論語》、《詩經》、《春秋》等儒家公認的經典做比較，說明《水滸傳》和這些經典一樣，都是「文章之總持」，即寫作方法高妙的典範和高明寫作方法的集大成之作。

讀法

讀法共七十則。

第一、七、十三、四十九則，共 4 則，與《史記》比較。

第六、十三則，共 2 則，與《三國》《西遊》比較，批評兩書遠不及《水滸》。

第五、八、十二、十八則，共 4 則，揭示和總結寫作方法。

其中第五則，談題目的重要性。第八則，介紹起承轉合方法。第十二則，運用段落。第十八則，字法、句法、章法。

第十九、二十則，共 2 則，寫小說有三難：劫法場、偷漢、打虎。但《水滸》不僅寫得好，而且還能寫兩次，兩次都寫得不重複還非常精彩。

第二、三、九則，共 3 則，分析、評論第一主人公宋江。

第四、十一、十四、十五、十六、十七、共 6 則，談人物、性格塑造之方法和成就。

第二十一至四十八則，共 28 則，分析、評論書中的主要和重要人物的性格。

第五十至第六十九則，共 20 則，總結文字、文法十九種。

第七十則，指出解說《水滸傳》的條件：此乃與小人沒分之書，必要真正有錦繡心腸者，方解說得好。

讀法的語言淺顯，不必多做解釋，其中的豐富含義，體現在全書的批語之中，所以本書在各回的解讀中還會具體涉及。

楔子

總批

一般的《水滸傳》版本，都將此回作為第一回，而金本將此回作為「楔子」。第三段解釋「楔子」的定義和用途。

由於金本的這個安排，所以與其他版本相比，本書的第一回是他本的第二回，本書的第二回是他本的第三回，本書最後的第七十回是他本的第七十一回。故而有的稱本書是七十回本，有的稱本書為七十一回本。

總批首先感歎，命名此書為《水滸》的用心：「哀哉乎！此書既成，而命之曰《水滸》也。是一百八人者，為有其人乎？為無其人乎？試有其人也，即何心而至於水滸也？為無其人也，則是為此書者之胸中，吾不知其有何等冤苦，而必設言一百八人，而又遠託之於水涯。」接著以批評伯夷、太公和孟子為由頭，贊成孔子反對湯武革命，即反對商湯王和周武王因夏桀、商紂的荒淫而打倒夏朝、商朝，自立商朝和周朝的犯上作亂行為的觀點，宣傳忠的思想。

第二段指導讀者正確的讀書、欣賞方法，不要只注意故事情節，「將書容易混帳過去」，而要認真細讀原作，讀懂原作的所有的精彩之處和花樣繁多的精妙手法：「古人書中所有得意處，不得意處，轉筆處，難轉筆處，趁水生波處，翻空出奇處，不得不補處，不得不省處，順添在後處，倒插在前處，無數方法，無數筋節」，不能「悉付之於茫然不知，而僅僅粗記前後事蹟，是否成敗」，將經典之作僅僅作為「酒前茶後，雄譚快笑」的談笑資料。「古人著書，每每若干年布想，若干年儲材，又復若干年經營點竄，而後得脫於稿，哀然成為一書也。」「今人不會看書」，「讀者之精神不生，將作者之意思盡沒，不知心苦，實負良工」。

本段所講的原作的精彩之處，實質上在指導讀者欣賞原作寫作藝術的成就和作家學習《水滸》的寫作手段和藝術。

回後

本回的夾批，分析本回畫出昏庸無能、貪圖安逸的洪太尉，和其「隨口謅出人罪案來」的兇惡形象。金批說：「真人（修真得道之人）猶怕太尉權勢，況其

他哉！」

聖歎抓住洪太尉奉旨求水，朝廷要解救萬民的宗旨作文章，指出洪太尉面對如此大事，缺乏「一點志誠心」，也即毫無一點責任心；讚揚原作「語雖不多，其指甚遠」。洪太尉自矜「朝廷貴官」，夾批指出：此類「好貨」，遇人裝腔作勢、作威作福，遇事「自以為是」，「『朝廷貴官』四字，驅卻無數英雄入水泊」，揭示小說反貪官的主旨，強調是貪官將眾英雄逼上梁山的歷史必然。而沒有志誠心也即責任心，不肯為國效勞，為民出力的昏官貪官，怕苦怕累，怕蛇虎阻擾，一聲「阿呀！」聖歎諷刺說：「千載欺君賣國人收場最後語。」他又「怨道：『皇帝（夾批：「四字連讀始妙。重裀列鼎，尚自倦怠者，其胸中口中，每每有此四字。」）御限，差俺來這裡，教我受這場驚恐！」剝出這種享受皇恩浩蕩的高官厚祿之徒，貪圖安逸，平時在享受中也「尚自倦怠」，更不肯為國為民勞苦的醜惡本質，和對內心中皇帝不忠、不敬的虛偽本性，以及皇帝不識人材，重用姦佞的昏庸，最後的亡國喪生是自食其果的真相。

多則夾批是寫作手法的揭示和總結：臨文相借，首尾呼應（起、結、止：一部大書，詩起詩結。「天下太平」起，「天下太平」結）。傳外別傳，法變、筆墨變幻、掉筆一轉。另有不少夾批具體指出奇句、妙喻，和寫得出色、鄭重、奇絕等。

《水滸傳》雖然是現實主義的傑作，但全書頗多神秘主義文化體現的情節。本回有：變化或調遣動物兩個——猛虎和蟒蛇，用來恐嚇和考驗洪太尉的誠心。預知功能描寫兩處：一是張天師的預知功能。天師已知天子差個洪太尉，到來山中，宣我往東京，做法救災。另一是大唐洞玄國師的預知功能，他在伏魔之殿鎮魔石碣背後，鑿著四個真字（楷體）大書：「遇洪而開。」洪太尉果然硬要打開此殿、掘開這個石碣，放出眾多妖魔。三是眾多妖魔凝成一道黑氣直沖半天裏，空中散作百十道金光，望四面八方去了。（金批：駭人之筆。）神秘主義描寫都圍繞著洪太尉進行，為塑造洪太尉的性格和推動情節發展，營造驚險氣氛和增添閱讀趣味服務。

需要注意的是，當真人向洪太尉解釋蛇虎的出現：「這是祖師試探太尉之心。本山雖有蛇虎，並不傷人。」夾批說：「一部水滸傳一百八人總贊。」意為梁山好漢並不傷人。這與他在序二責罵他們像豺狼虎豹一樣兇惡，是殺人搶劫的罪犯，造反的賊徒，是天下之凶物、惡物，豈不自相矛盾？從文字看，的確自相矛盾，而且全書的金批中常常出現這樣的自相矛盾。讀者諸君請思考一下，為什麼會出現這種情況？

第一回　王教頭私走延安府　九紋龍大鬧史家村

總批評論

每一回的總批，都分析本回的主旨，揭示本回表達的重大問題，或重要的寫作方法。

本回總批的第一段說，本書開書先寫高俅，後寫一百八人，是強調亂自上作也。

第二段說，王進是「不墜父業，善養母志」的孝子。古有「求忠臣必於孝子之門」之語，因此王進也是忠臣。高俅來而王進去矣，王進去，而一百八人來矣。也即姦臣當道，忠孝之士無立足之地，只能逃離禍害，於是強盜就出現了。

王進繼承父親的職業，為槍棒教頭，使父輩的高明的本領代代相傳，故而「不墜父業」，即有出息。不少青年，不努力學習前輩的本領，使家傳的絕技失傳，就是沒有出息。如果再不學其他本事，不學無術，沒有一技之長，在社會中無法立身，那就更徹底墮落了。

第三段說，王進去後，更有史進。史進之「史」，寓言「稗史（野史）也是史也」。天下有道，然後庶人不議也。今則庶人議矣，用這部稗史來議政，可見高俅之類姦臣當道之時，天下無道。

第四段說，史進之「進」，是作者自許：雖然是稗史，然後已經進入史的範疇、範圍了。王進之「進」，是說像王進這樣的人材，如果是聖人在上，就可以教誨他上進於王道。但只有王進可以被教育成上進王道的人，而那一百八人則是王道所必要誅滅的人。

金聖歎利用漢字的含義豐富，將人名中的漢字，解釋出一番意義，揭示有的作者為作品中的人物取名，有時是頗有寓意的。後來《紅樓夢》中的眾多人物的名字都有寓意，曹雪芹顯然是受了《金批水滸》這段言論的影響。

第五段說，王進之所以能夠成為聖人領導下的子民，因為他不墜父業，善養母志。而且他姦臣上任時點名不到，這就是不見其首；一去延安，不見其尾（不知他的結果如何），猶如神龍，不讓人看到他的首尾。一百八人，卻不能如此，所以反見王進的難能可貴。

第六段進一步說明，王進不露首尾，就是說王進身處亂世，不求名利，藏匿極深，向人們顯示：亂世如果要出頭，決無收場也，即沒有好結果的。而接著的潛臺詞是，一百八人為了名利，爭相出頭，就沒有好下場。

第七、第八段，梁山以宋江為首的一百八人，都是逆天而行、如虎如蛇的叛逆的凶徒。

評論

本回才共 1 萬 2 千多字，竟然寫了 10 個場面，每一個場面又分為幾個小節，內容豐富精彩，細節描寫豐滿，文筆生動多變，而且各個場面轉換或切換極快，卻轉折自然，每一回最早的場面和後來的場面尤其是結尾變化極大，充分體現了偉大作品的巨大藝術成就。金批鑲入其中，字字珠璣，與原文珠聯璧合，將原文的精深和精彩，揭示得熠熠生輝。全書的前三分之二，都保持著這個面貌，令人感歎偉大作品的極大藝術魅力和極高藝術成就，金批的精彩紛呈和層出不窮。所以閱讀《金批水滸》的愉快歷程，就此開始。我們對《水滸》原作和金批的分析，限於篇幅，只能就每一回中較大的題目展開，或增舉例說明，其中精細的描繪和金聖歎眾多具體的精彩批語，讀者自能欣賞、領會，我們就不再一一絮叨了。

本回的 10 個場面，或者說 10 個大段落，如下：

第一個場面，高俅倒楣和遭逢人生曲折的過程和場面。

第二個場面，高俅發跡的過程和遭逢機遇的場面。

第三個場面，高俅初次上任，即公報私仇，迫害王進。

第四個場面，王進子母逃難，一路艱辛；投宿史家莊，教史進武藝。

第五個場面，史進日日操練武藝，又組織鄉民護村，嚴防少華山強盜侵犯。

第六個場面，跳澗虎陳達率少華山強人，借道史家莊攻打華陰縣，史進抓獲陳達。

第七個場面，神機軍師朱武、白花蛇楊春商議用苦肉計救助陳達。他們來見史進，果然救出陳達。

第八個場面，少華山頭領感謝史進，贈送厚禮，史進與他們禮尚往來。

第九個場面，史進派莊上為頭的莊客王四上山送禮，他酒醉後半路醉倒而睡，被獵戶李吉發現他身上所攜帶的強盜首領的書信，去華陰縣出首告發。

第十個場面，中秋節，史進邀請三位頭領來飲酒相聚，共度佳節，華陰縣縣尉帶領三四百土兵包圍史進莊園。

我們看，本回從最早的三個場面，主角是高俅；經過中間的一個場面，主角是王進，轉換到後面的五個場面，主角是史進及朱武、陳達、楊春；從東京到華陰，從城市到山野，正是景物各異，人事全非，轉換得極快，極遠，當代

的電影和電視劇的切換也有所不及，卻能夠寫得變幻莫測，生動自然，還遊刃有餘。《水滸傳》全書都達到這個極高的水平。

本回描寫高俅部分，批評貪官當道，批評昏庸的皇帝，批評人材的屈沉，即受到排擠和迫害。還揭示群小相聚，即大批貪官污吏聚集在朝廷和地方政權中，而且上下勾結，形成一個黑暗的權勢網絡。

第二部分描寫王進，他對待史進這樣眼高手低、傲氣凌人的年輕人，高眼慈心，有儒者氣象。

第三部分描寫史進，負氣，不經事後生，不負（務）農業，只愛刺槍使棒，母親說他不得，一氣死了。

本回主人公是史進，小說通過集合莊戶商議防衛村莊之事，一路寫史進英雄、爽快、闊綽、殷實、精神之極，讀之令人壯氣。他在招待少華山強人頭目時，其態度、語氣則「粗糙可愛」。主人公的性格特出、鮮明。

眾多具體的場景也寫得精彩。如高俅初進王府，旁觀端王玩球，他使個「鴛鴦拐」踢還端王飛來的球而從此發跡的奇遇。

又如王進與史進比武，僅一小段，即生龍活虎，逼真完整，連動作帶心理，連攻守帶絕技，寫得歷歷分明，引人入勝，批得鞭闢入理，發人深省：

王進道：「恕無禮。」去槍架上拿了一條棒在手裏，來到空地上使個旗鼓。（名家自有家數，妙絕。）那後生看了一看，拿條棒滾將入來，逕奔王進。（寫史進負氣，好笑。）王進托地拖了棒便走。（不是尋常家數。）那後生輪著棒又趕入來。（史進好笑。）王進回身把棒望空地裏劈將下來。（不是尋常家數。）那後生見棒劈來，用棒來隔。（史進好笑。）王進卻不打下來，對棒一掣，卻望後生懷裏直搠將來，只一繳。（不是尋常家數，妙絕。〇只一棒法寫得便如生龍活虎，此豈書生筆墨之所及耶！）那後生的棒丟在一邊，撲地望後倒了。（史進好笑。〇寫史進，便活寫出不經事後生來。）

無論球藝還是武藝，小說都用最為內行的筆法寫出其精妙造詣，令人驚歎，金批對此奇想奇文，都能一一精細揭示，給讀者以啟發和知識性的智力享受。

不少批語揭示和總結小說的高明寫作手法。如奇峰跌落，跌起峰頭，文心縱橫蒼莽之筆，等等。

金聖歎還注意到《水滸傳》描寫人物的外貌、衣著和故事發生的環境等，都有不同的特定的視角。本回史進與前來借路的陳達對陣時，小說描寫史進的

裝束和武器，夾批指出：「從三四百人眼中看出，妙妙。」即從陳達及其帶領的三四百小嘍囉眼中看出的史進形象。而陳達的裝束和武器，夾批指出：「亦從史進眼中看出。」金批清晰分析視角，不僅提高讀者欣賞的趣味，而且也為敘事學的理論建設作出了不可忽視的貢獻。

另比較《赤壁賦》的名句，分析王四酒醒後，在山地月光下，「卻見四邊都是松樹」這句看似平常的話的妙處：精練寫出周圍景色、表現人物心理和這個描寫與情節的絲絲入扣的微妙關係。這既涉及視角的分析，又強調繼承前人高妙手段，「善於用古」的好處。

通過閱讀《水滸傳》我們可以瞭解古代文化的方方面面。例如，少華山三個頭領商議攻打華陰縣時，陳達叫將起來，說道：「你兩個閉了鳥嘴！……」梁山好漢和他們周圍的人，多是沒有文化的粗人，所以常常罵一些粗俗的切口。讀者可以留意，《水滸傳》中的粗人常常罵人，罵人都用一個「鳥」字，「鳥」指男性的生殖器，可見古人出粗口罵人，都用男性的生殖器說事。現在的男人們不及古人有出息，所以罵人都帶上女性的性器官。當然，罵粗俗的話，現代的文明人不應該有這樣的壞習慣，講話以文明為好。

又如，小說描寫史太公招待王進母子，史進和少華山頭領互相招待宴飲時，都殺牛斬羊，當時以吃牛肉為主，也吃羊肉、雞鴨，但不吃豬肉。整部《水滸》只寫被魯智深打死的鄭屠在賣豬肉。

另如陳達認為史進應該提供借路的方便，他向史進提醒「四海之內皆兄弟也」這個古代處世待人的原則。此言是梁山好漢所牢記和遵循的，所以他們經常提起此言，而這裡開卷第一回就運用了這句名言。此言源出《論語・顏淵》：「君子敬而無失，與人恭而有禮，四海之內，皆兄弟也。」此言從人際關係的互相敬重角度提出了一個重要的觀點，數千年來業已深入中國人的人心，常被引用於口頭和書面語言中。1938 年榮獲諾貝爾文學獎的美國女作家賽珍珠的英譯本即據金批《水滸》的七十一回本譯出，取名為《四海之內皆兄弟》。

《水滸傳》的外文版以英文版最多，對西方讀者的影響也最大。《水滸傳》的英譯本共有三種，譯名也有三種：All Men Are Brothers（四海之內皆兄弟）、Water Margin（水邊，即水滸）和 Outlaws of the Marsh（水泊中的不受法律保護的人）。賽珍珠的譯本是最早、也是取題（譯名）最巧的《水滸》譯本。《水泊中的不受法律保護的人》使英語讀者聯想到羅賓漢一夥（Robinhood and his men）打家劫財之綠林好漢，容易產生親切感，但這個題目也因此而有

了歐化色彩，並未恰切反映本書的內容實質。將《水滸》直譯成「水邊」，又不能讓讀者抓住要領，西方人會感到不知所云。而《四海之內皆兄弟》這個譯名，體現了賽珍珠對此書的深切理解。用「四海之內皆兄弟也」這句中國諺語作為譯作之書名，突出了本書的中國文化特色，讓西方讀者體味異質文化的語言色彩和理想精神。賽珍珠本人顯然是自覺地這樣做的，因此她在榮獲諾貝爾獎的受獎演說中說：「我自己已將七十回的版本全部譯成了英文，書名用的是《四海之內皆兄弟》。原來的名字《水滸傳》在英文中毫無意義，只是指著名的沼澤湖水泊是那些強盜的老窩。對中國人這些字立刻會引起幾百年的回憶，但對我們卻不會如此。」

賽珍珠的《水滸》英譯本於 1933 年出版後，立即贏得廣泛好評；1934 年 3 月 24 日魯迅先生寫道：「近布克夫人譯《水滸》，聞頗好，但其書名，取『皆兄弟也』之意，便不確。因為山泊中人，是並不將一切人們都作兄弟看的。」魯迅先生在聽說賽珍珠《水滸》英譯本的譯文質量「頗好」的同時，對譯名提出了不同意見。魯迅先生生活在國內外階級鬥爭都極其激烈的時代，他對這個譯名和這句名言不區分階級性的不滿，是很可理解的。實際上不僅山泊中人的確不將一切人們都作兄弟看，而且即如創言者孔子和他的忠實繼承人也決不將一切人包括本階級人士都作兄弟看，如孔子評論《春秋》中的有些歷史人物如暴君和弒君之人；在等級森嚴的封建社會中，天子、諸侯亦無法互相恭敬如兄弟。後世引用者實懂得此點。但客觀地看，此言本是文學性語言，帶有強烈的誇張和理想色彩，因此作為文學作品的譯名，不僅符合《水滸》作者及其書中的英雄人物所追求的理想，而且也的確抓住了《水滸》此書的實質。《水滸》中的英雄希望消滅人間不平，消滅製造人間不平的惡勢力，建立四海之內皆兄弟的理想世界，以實現「替天行道」。賽珍珠顯然抓住了《水滸》的這個實質，其選擇的這個譯名亦反映了此書的這個實質。賽珍珠通過《水滸》的這個譯名，向西方讀者介紹和宣傳了禮儀之邦的文明語言及此語在引申中所表達的平等、友愛思想。而魯迅的批評顯然是有偏頗的。（參見周錫山《賽珍珠與中國文化》，《中國文化與世界》第三輯，上海外語教育出版社，1995 年）

第二回　史大郎夜走華陰縣　魯提轄拳打鎮關西

總批

第一段說，史進之後即寫魯達，兩個都是粗糙、爽利、剴直的性格，是同

一類型的人物，一起寫，難免雷同，這是特地走此險路，作者卻能寫出同中之異，顯出自家筆力。

第二段，通過史進的表白，指出一百八人的初心，都不肯做強盜，但是因為人材遭屈，這些人材不肯埋沒，就被迫當了強盜。又啟發讀者，造成這個局面是誰的過失？

第三段，分析史進的原先目的是去老種略相公處找師父王進，卻在小種略相公處遇到師父李忠，猶如絳雲在宵，伸卷萬象，文情變幻莫測，出人意料，卻又能寫得合情合理。

第四段，極贊魯達救助弱小的英雄精神。

第五段，分析魯達拳打鎮關西是用「極忙」之筆，但作者精於照應細節，善於描寫氣氛，處處寫出人們不注意的參與其中的群眾角色的表現和心理，從而歷歷繪出現場氛圍，猶如如鏡子般地照映出現場的全景，文情如綺。

回後評論

史進在第一、第二回是主角，接著在第五回再次出現，在第六十八回再寫他的表現，共有四回描寫他，是梁山英雄中給以突出描寫的 10 大人物之一。

自此回起，主角從史進轉換到魯達、魯智深，至第七回止，共有 6 回。在第五回，史進又出現，而第六、第七回，魯智深與林冲都是主角。至第十六回，魯智深再次出現，魯智深共有 7 回給以突出表現，與林冲大致相等，在《水滸傳》中是繼林冲、宋江、武松之後的最重要的人物形象，也可說他是《水滸傳》的四大主角之一。

魯智深因其慷慨救人，具有自我犧牲精神，成為書中品格最為高尚的獨行俠。日本研究家說：「如果在現代日本的《水滸傳》讀者中做一個人氣指數的問卷調查，大概名列榜首的是魯智深。」(佐竹靖彥《梁山泊──水滸傳一○八豪傑》，中華書局，2005 年，第 75 頁) 他的威望在日本也這麼高。

本回第一大段，史進毀家抒難，火燒莊院，帶領眾頭領殺退官兵。救出少華山頭領後，無家可歸，決意去尋找和投奔師父王進。

第二大段，一路來到渭州，在小種經略相公處，相識魯達，巧遇開手的師父李忠。一起到酒樓喝酒交談。

第三大段，喝酒半酣，金翠蓮父女哭訴遭遇，魯達問清情由，當場資助他們回鄉銀兩，並約定次日即保護他們離開此地。

第四大段，次日早晨，他特到客店放金氏父女回鄉，怒打替鄭屠看守金氏

父女的店小二。接著坐在店內守候多時，讓他們走得遠了，才到肉店，尋鄭屠復仇。拳打鎮關西，置其死地後，魯達倉皇逃走。官府下通緝公文。

第五大段，鄭屠逃到代州雁門縣，正在十字路口擠在圍觀人中看告示，被人攔腰抱住，扯離而去。

本回五大段，每一段的場面都寫得生動精彩。其中最精彩的無疑是魯達拳打鎮關西。總評第五段分析店小二、買肉主顧、過路的人等穿插其中，「百忙中偏又要夾入店小二，卻反先增出鄰舍火家陪之，筆力之奇矯不可言。」「百忙中處處夾店小二，真是極忙者事，極閒者筆也。」也即群眾角色的描寫也處處照應到，描寫細微，並分外出彩，遑論主角。至於夾批分析魯達消遣鄭屠，命他切肉的三種要求，「肉雨」的比喻和三拳打出兩家店鋪和全堂水陸道場的比喻，想像力豐富而描繪精確，更是精妙絕倫，無人能夠模仿。

金批分析魯達性格，精細入微。魯達詢問金氏父女，問題細緻而實在，長時間坐在店中不走，盯住店小二，讓金氏父女從容逃離，都顯得粗中有細，粗人偏細，並有「救人須救徹」的細心和耐心；他在茶館、酒樓賒錢，向史進借錢資助金氏父女，都賒借而不還的分析，對他丟還李忠銀子的分析，都獨闢蹊徑，言出意外。他助人闊綽，金批還讚揚他「打人亦打得闊綽」，觀點精新，並不乏幽默。更幽默而深刻的是，評論魯達介紹鄭屠「投托著俺小種經略相公門下做個肉鋪戶」，夾批說：「十七字成句，上十二字何等驚天動地，讀至下五字，忽然失笑。」後來分析掣肘楊志的奶公，也深刻揭示了這種拉大旗為虎皮的可笑心理。

夾批精細分析史進與魯達初見面時雙方的對話時，兩人話頭的差異，顯出兩人「一個心頭，一個眼裏，各自有事」的不同心理。史進和李忠摸銀子時的速度的推測，令讀者不禁莞爾一笑。

另外可引起注意的是，史進在茶館，茶博士問他「吃甚（麼）茶」，不說喝茶而說吃茶。魯達初見史進，邀請他「上街去吃杯酒」，不說喝酒而說吃酒。今日江南話依舊說「吃茶」、「吃酒」。此因江南話保留了不少古代的口頭語言，彌足珍貴。縱觀《水滸傳》全書，這樣的話語不少。不僅《水滸傳》，《紅樓夢》也如此，都說吃茶吃酒。個別人以金庸小說為例，公開歧視南方話（包括蘇南和浙江），認為南方話不標準，這是一種數典忘祖的偏見，也是讀書少或讀書不細之過。

又，金老冒叫魯達為「張大哥」，有趣的是《水滸》中，請讀者們留意，

諸英雄的假名都冒姓張。為什麼都冒姓「張」？張姓人，今有一億之多，在古代，張姓人也是最多的，大約就是這個緣故吧。

第三回　趙員外重修文殊院　魯智深大鬧五臺山

總批

第一段指導讀者「看書要有眼力，非可隨文發放也」，分析作者塑造趙員外這個人物在本段情節中的作用，通過「好生不然」一語，揭示他幫助魯達的心理動力和他與魯達的淺薄關係。

第二段，寫金老家，寫得小樣，即從小處寫，寫得細緻細微精細；寫五臺山寫得大樣，即從大處寫，寫得線條粗曠，即僅用魯智深「離了僧房，信步踱出山門外立地，看著五臺山，喝采一回」數語，虛寫此山雄渾壯麗。這樣不同的方法，是緊緊圍繞情節展開和人物塑造服務，有話則長，無話則短；又根據描繪對象的特點，使用不同的方法。

第三段，魯達兩番使酒，寫得完全不同，已屬難事，更難的是兩番使酒之間，如何描寫？原作以極其高明的手段，忽然拓出題外，寫山另一番完全不同的景象和心境，「真斷鼇煉石之才也」，即歎為觀止也。

回後

本回第一段，魯達受到金氏父女和趙員外的盛情款待，避居七寶村趙氏莊院。

第二段，做公的聞到風聲，正加緊打聽魯達的下落，在趙員外的建議下，魯達到五臺山文殊院出家為僧。

第三段，魯智深第一次大鬧五臺山。

第四段，魯智深下山，到市井閒逛，定制禪杖、戒刀，又喝得酩酊大醉。

第五段，魯智深第二次大鬧五臺山。

第六段，智真長老打發魯智深另去他處安身。

金聖歎在夾批中，分析魯達的性格，爽直、率真、爽性直口，託大；粗魯，但自知粗魯，而李逵不然，兩人同中有異。魯達在方丈室內的種種行為表現，不懂禮節。

趙員外雖是書中曇花一現的過渡人物，但他的性格，也在寥寥數語中表露無遺。如金批分析他介紹魯達性命時「三寶們前，不敢更名改姓，寫盡婆氣員外」；介紹魯達出家原因是「因見人世艱辛」時，「信心人口頭滑語，鄭屠

一案，卻在藏露之間」。魯達出家後，趙員外臨別時，人叢裏，喚智深到松樹下，低低分付道：（夾批：人叢裏一句，到松樹下一句，低低說一句，三句描出一位作家員外來。）「賢弟，你從今日難比往常。（夾批：含無數不好說的話於此八字，寫盡匆匆難盡。）凡事自宜省戒，切不可託大。（夾批：二字是魯達生平。）倘有不然，難以相見。保重，保重。早晚衣服，（夾批：何得止是衣服，況衣服甚緩，四字風雲入妙。）我自使人送來。」智深道：「不索哥哥說，洒家都依了。」（夾批：二語有深厭趙員外東唧西噥之意。○爽直自是天性，定無食言，且今日依，是真正依，後日吃酒打人，是另自吃酒打人，亦並非食言也。）一個極小的場面，將兩人的性格、心理和潛臺詞都分析得清晰明白。又暗示趙員外在送衣物時，暗中夾帶酒肉，讓智深解饞。後來魯智深果然發牢騷：趙員外這幾日又不使人送些東西來與洒家吃，口中淡出鳥來！（夾批：可見日前曾送來吃，不止衣服而已。○隋煬帝從天台智者受菩薩戒，日食止米二掬，而別以衣褾裹肉恣啖。趙員外亦定曾用此法，而雅俗之殊，何啻河漢！）趙員外對魯智深的體貼和他的手段靈活，躍然紙上。

小說中智真長老的描寫也筆墨不多但更顯神采奕奕。魯達進寺為僧時，智真顯然已知他出家的因由，而智真對他優禮殊厚，連法名也親替他取為「智深」，聖歎說：「竟與長老作兄弟行」。對其極為尊重。眾僧反對魯達入寺，長老一面焚香入定，代佛宣言：「此人上應天星」，決定同意魯達出家，救他出被追捕的險境，一面又評價他「心地剛直」，極見閱人的功力。聖歎的評批，一面批評眾僧「以眼取人，失之魯達」。一面盛讚智真：「《維摩詰經》云：『菩薩直心是道場，無諂曲眾生來生其國』。長老深解此言」。聖歎認為此是得道高僧的應有之義。智深兩次酗酒鬧事，破壞佛門清規，智真皆能因勢利導，因人制宜，讓智深情緒平靜下來，口服心伏。第一次大鬧佛寺後，長老一面嚴斥智深，一面「留在方丈裏，安排早飯與他吃」。自古至今所有政權的「寬大」政策也多寬大不寬小，故而聖歎一面調侃「然後知百丈清規，為下輩設也」。一面急批：「降龍伏虎，盡此數言」。充分肯定長老的非凡能耐。小說又寫長老還贈他衣鞋，聖歎又批：「不受上罰，反加上賞，畏之乎？愛之耳。我做長老，亦必爾矣」。長老在堅持佛門清規的原則性的同時顯示出愛護和敬重英雄僧人、用誠心感化剛直之士的教育手法的靈活性，且顯出這位高僧的仁厚心地和博大胸懷。故聖歎極加贊賞。

金批對寫作手法的揭示與總結：對「不尷不尬，宛然外宅」的難寫和種種細膩描寫的具體分析；金翠蓮請魯達上樓款待，無意中引起他人猜疑，遂有趙

員外打上門來的後果,「文心真有前掩後映之妙」;趙員外圍攻自家外宅,真
相大白時,「寫得淋漓突兀,真正奇文」,趙員外弄清真相後,對魯達的萬分恭
敬,「為前文出色加染」的藝術效果,善於文勢曲折。魯達在山上為僧,空虛
度日,百無聊賴,一次,離了僧房,信步踱出山門外立地,看著五臺山,喝采
一回,(夾批:寫英雄人,必須如此寫,便見他蓋天蓋地胸襟,夫魯達豈有山水之鑒載?)善
於借助山水的雄渾襯托英雄的胸襟,這是中國古代著名的美學原理「江山之
助」的成功寫作實踐。

本回所描寫的多個大小場面,都生動入畫、栩栩如生,不少場面如果不看
金批,絕難領略其好處,如魯達出家時的熱鬧景象:長老叫備齊食品請趙員
外等方丈會齋。齋罷,監寺打了單帳。趙員外取出銀兩,教人買辦物料;一面
在寺裏做僧鞋、僧衣、僧帽、袈裟、拜具。金聖歎的夾批說:「特詳此語,寫
得魯達出家,可涕可笑。○要知以極高興語,寫極敗興事,神妙之筆。縫匠攢
造新進士大紅袍,新嫁娘嫁衣裳,極忙。攢造新死人大斂衣裳,新出家袈裟
拜具,亦極忙。然一忙中有極熱,一忙中有極冷,不可不察。」此批聯想豐
富,對比強烈,筆力犀利地指出魯達的人生悲劇,深切批出魯達心中無限悲涼
痛苦的深長意味。經過金聖歎的點穿,我們進一步可以體會到王夫之說的「以
樂景寫哀,更增其哀」的美學原理和小說的高明寫作手段。由於《水滸》非凡
藝術魅力和高超的寫作手段,小說竟將魯達軍官論為和尚,和尚變為強盜這
一每況愈下的人生三部曲表現得轟轟烈烈。魯達本人因其自覺的人生選擇原
則而毫無怨尤,有時還反而感到無比痛快。理應旁觀者清的讀者也受主人公
本人情緒的強烈感染而感到淋漓痛快。只有金聖歎在人們熟視無睹的出色描
寫中看出其中的無限辛酸,並映照出魯達在經過轟轟烈烈,然後冷靜下來之
後加倍的心感沉痛。魯達入寺後在佛門清規束縛下,形同囚犯,失去人生自
由,生活水平嚴重下降——不能吃喝酒肉,害得魯達苦極。這還是魯達個人的
不幸和痛苦,聖歎還進一步批出國家和民族的悲哀。當小種經略相公聽說魯
達犯了人命案時,他哀歎:「魯達這人原是我父親老經略處的軍官,……怕今
後父親處邊上要這個人時……」聖歎批道:「此語本無奇特,不知何故讀之淚
下。又知普天下人讀之皆淚下也。」聖歎結合魯達身世和國家人材的流失,痛
惜魯達在寺院的晨鐘暮鼓中消磨年華,不禁感歎:「閒殺英雄,作者胸中,血
淚十斗。」

即使小小的一個場面,小說也寫得精彩而富於變化。例如趙員外帶魯達

去出家時，眾僧見了他——

　　只見首座與眾僧自去商議道：「這個人不似出家的模樣。一雙
眼卻恁兇險！」（以眼取人，失之魯達。）眾僧道：「知客，你去邀請客人
坐地，我們與長老計較。」知客出來請趙員外，魯達，到客館裏坐
地。首座眾僧稟長老，說道：「卻才這個要出家的人，形容醜惡，相
貌凶頑，不可剃度他，恐久後累及山門。」長老道：「他是趙員外檀
越的兄弟。如何撇得他的面皮？你等眾人且休疑心，待我看一看。」
焚起一炷信香，長老上禪椅盤膝而坐，口誦咒語，入定去了；一炷
香過，卻好回來，對眾僧說道：「只顧剃度他。此人上應天星，心地
剛直。（維摩詰經云：菩薩直心是道場，無諂曲眾生來生其國。長老深解此言。）
雖然時下凶頑，命中駁雜，久後卻得清淨。證果非凡，汝等皆不及
他。（一個文殊叢林，其眾何止千人，卻不及一個軍漢。）可記吾言，勿得推
阻。」首座道：「長老只是護短，我等只得從他。不諫不是，諫他不
從便了！」

　　這短短的一段敘述，寫出眾僧厭惡魯達的心理、言語和行動，智真長老的
態度和對付他們的方式，構成了一個內涵豐富、事端曲折的場景。智真長老對
魯達的認識，說他「心地剛直」，將來「證果非凡」，顯示其法力深厚——真正
具有慧眼識人的超人能力，所以他接著為魯達取的法名時，說偈曰：「靈光一
點，價值千金；佛法廣大，賜名智深。」金聖歎連忙夾批說：「竟與長老作弟
兄行。」是啊，他們兩人都用一個「智」字，智真在東京大相國寺當長老的師
弟，法名「智清」，都是「智」字輩，豈非都成了師兄弟？智真當然知道這中
間的講究，但他如此取名，可見他非常尊重魯達，尊重到不以師父自居，竟然
以平輩對待，佛眼相看。偈曰「佛法廣大」，智真願賴佛法，將落難英雄（時下
凶頑，命中駁雜的）魯達庇護在寺中，讓他安然度過最為艱險的歲月。

　　《水滸傳》善於運用神秘現實主義的手段，此處即是佳例：長老點香，然
後入定。點香表示對神鬼的尊敬，又是人與神鬼交往的通道。入定是靈魂走
向遠處，與彼岸神佛相遇的方式，通過這種方式預知魯達的未來結果。一炷香
過，即燒完了一炷香，長老「卻好回來」，這個景象可以借用美國作家海明威
的著名小說《老人與海》中的一句描寫來補充：「The old man opened his eyes
and for a moment he was coming back from a long way away.」（老人——指小說的主
人翁桑提亞哥——睜開了眼睛。這時他的思維彷彿正在老遠的路上走回來似的。）

魯智深在五臺山下小鎮酒家騙買酒喝時，自責莊家道：「你家見有狗肉，如何不賣與俺吃？」莊家道：「我怕你是出家人，不吃狗肉。」夾批：相傳有此言，而實非也。這裡有兩個問題，其一，出家人食素，不茹葷腥，當然不吃狗肉；其二，出家人修行即包括打坐練功，即煉氣，而狗肉、蛇肉和黃鱔皆散氣，所以練功人不吃，從這個角度說，出家人也不吃狗肉。金聖歎博古通今，學識豐富，但「萬寶全書缺只角」，可能他關於修煉的知識不很全面，故有此言。

魯智深新制的禪杖重達六十二斤，而《三國演義》中的關雲長的「關王刀」有八十一斤，有的讀者會以為都是誇張的描寫。這兩位人物及其故事都是虛構的，但兵器重量的描寫則並非向壁虛構。史載努爾哈赤天命三年（萬曆四十六年，1618）初反叛時，明軍於四十七年（1619）奉命鎮壓。明軍東路主將劉鋌是熟諳兵法、久經征戰的勇將，所使鑌鐵大刀重達一百二十斤，「馬上輪轉如風」。他與西路主將杜松先後都中敵方誘敵之計，陷入重圍而戰死。他的大刀還遠重於關公和魯智深，可惜他的謀略還不及魯智深，頗像關羽，最後輕敵中伏戰死。

第四回　小霸王醉入銷金帳　花和尚大鬧桃花村

總批

第一段，從五臺山文殊院到東京大相國寺，從寺廟到寺廟，豈不淡寡乏味？中間竟然插入新婦房裏，豈不匪夷所思？顯示作者龍跳虎臥之才，即出奇的藝術想像力和非凡的虛構、描寫能力。

第三段，總結魯智深的一生命運的重大轉折，都與救助婦女有關：為金翠蓮而到五臺山去做了和尚，及做了和尚弄下五臺山來，又為劉太公的女兒又幾乎弄出來。最後為了林冲娘子受欺，出手相助，被逼著做了強盜。

第四段，對比魯達與武松和婦女的緣分，情節卻遙遙相對，卻又彷彿相似，同中有異，相準而立，奇妙無窮。

第五段，讚揚智深作為堂堂丈夫，要盤纏便偷酒器，要私走便滾下山去，行為瀟灑，不拘小節，浩浩落落。

回後

第一段，告別長老和五臺山，取路投東京來。

第二段，投宿桃花村劉太公的桃花莊，救其女兒，痛打小霸王周通。

第三段，打虎將李忠前來報仇，與魯智深舊友相遇，請上桃花山相聚。

第四段，魯智深謝絕李忠挽留，前往東京，送路筵席剛擺好，李忠、周通下山打劫，魯智深不告而別，拿走金銀酒器當盤纏，從後山滾下，揚長而去。

魯智深性格爽快，而且爽直之中氣度非凡，小說也寫得天空海闊，頗多神化之筆。智深遇事，口氣往往「看得天下無難事」。寫他喜歡觀看景色。上回說他看著五臺山的壯麗景色，喝采一回，本回說他在路上「貪看山明水秀」（夾批：寫得魯達文秀。）而趕不上宿頭；後又寫李忠、周通在桃花山管待魯智深，還引魯智深山前山後觀看景致。果是好座桃花山：生得凶怪，四圍險峻，單單只一條路上去，四下裏漫漫都是亂草。智深看了道：「果然好險隘去處！」

智深行事出格地幽默，裝新娘，在黑暗中的婚床上偏要脫得赤條條地等候新郎。做貴客，打翻小嘍羅搶走金銀酒器，不辭而別，從後山翻下，落荒而走。

本回的各種場面也寫得好，赤條條的和尚冒充新娘，痛打強盜新郎，等等都風趣好笑，精彩紛呈。大的場面如強盜「大王」迎親，是千古難逢的另類盛大喜慶場合，小嘍羅頭上亂插著野花，「高興」的氣氛，表現得異樣的興高采烈。即使小小場面也寫得生動真切，且含義深廣，如魯智深到桃花莊借宿時，魯智深對莊客禮節周到，莊客卻凶巴巴的回答：「和尚快走，休在這裡討死！」智深道：「也是怪哉，歇一夜打甚麼不緊，怎地便是討死？」莊家道：「去便去，不去時便捉來縛在這裡！」（夾批：莊主苦不可言，莊客已使新女婿勢頭矣，世間如此之事極多，寫來為之一笑。）魯智深大怒道：「你這廝村人好沒道理！俺又不曾說甚的，便要綁縛洒家！」莊客也有罵的，也有勸的。幫傭的狐假虎威，兇狠欺負生客和窮困、地位低下的人，還動輒立人罪名，小說生動地寫出了這種世態。魯智深與劉太公的三次對話，金批都從語言的表面，深挖其內心的思維活動。

第五回　九紋龍剪徑赤松林　魯智深火燒瓦官寺

總批

第一段說叢林（指佛寺）和叢林（五臺山文殊院和東京大相國寺）相連，中間用新婦婚房相隔，是高明的相「避」的調節手段；但叢林與叢林中間，中間反而加倍寫一叢林，是相「犯」之法，這更顯大才。

第二段說本回寫瓦官寺，但須臾之間，又讓它燒掉，「顛倒畢竟虛空，山

河不又如夢耶？」此則聖人讀北《西廂》「臨去秋波」之曲可悟重玄，第三段接說：「一部《水滸傳》，悉以此批讀。」

第四段說，作者巧妙地借瓦官寺前，將史進的近期經歷和未來前程做一交待，將這位英雄的描寫，告一段落。

第五段比較真長老和清長老對魯智深的不同態度，評論兩人境界的高低，「以真入五臺，以清占東京，意蓋謂一是清涼法師，一是鬧熱光棍也。」確切而警醒、精新。

第六段總結本回設計情節的高明手法。

第七段分析本回人物語言之妙，撰出不完句法，乃從古未有之奇事。即在於「斷句」和「插語」法，是前所未有的創造。聖歎在西方標點符號和語言學傳入中國之前，即能清晰分析《水滸傳》這個語言創造的高度成就，十分難能可貴。他在本書中多次指出《水滸傳》的這個語言創新的重大成就。

回後

第一段寫智深肚饑覓食，來到瓦官廢寺，與眾僧搶粥。

第二段，智深發現飛天藥叉丘小乙，跟他進入裏面，撞見生鐵佛崔道成。智深與這兩個賊徒相鬥，因肚饑不敵，退走。

第三段，智深在赤松林巧遇史進，兩人互道別後經歷後，再返回，聯手殺了兩個惡賊，燒了瓦官寺。兩人廝趕著行了一夜後分手，史進回少華山，智深前往東京。

第四段，智深到東京大相國寺，智清長老心中惱恨師兄將智深「推來與我」，都寺建議將智深安排到酸棗門外的菜園當菜頭。

第五段，菜園附近的潑皮商議耍弄、欺辱智深。

夾批細膩分析小說描寫的精細入微，如智深來到瓦官寺前，抬頭看時，（夾批：一個看時。）卻見一所敗落寺院，被風吹得鈴鐸響，（夾批：七字補出抬頭之故，謂之倒句。）看那山門時，（夾批：兩個看時。）上有一面舊朱紅牌額，內有四個金字，都昏了，（夾批：只用三個字，寫廢寺入神，抵無數牆塌壁倒語，又是他人極力寫不出，想不來者。）分析「倒句」（即後來英語將原因狀語放在主句之後的方式）和「寫廢寺入神」（將被廢棄的寺廟的破敗狀況表現得分明、鮮明），皆提醒作者注意欣賞其不起眼的妙處，也指點作家如何寫作、如何描寫細微之處的方法。

小說描寫強盜的強橫邏輯和自得心理，精微入妙。那賊道買肉而歸，一路唱著「嘲歌」道：「你在東時我在西，你無男子我無妻。我無妻時猶閒可，你

無夫時好孤淒！」(夾批：並不說擄掠婦女，卻反說出為他一片至情，如近日有諧語云：「有人行路，見幼婦者，抱持而嗚咽之。婦怒，人則謝曰：我復何必，誠恐卿欲此耳。」是一樣說話。○「猶閑可」三字，說得好笑。)後來，知客見智深不肯去菜園，就為他介紹僧門中「職事人員，各有頭項」，外人聽了眼花繚亂的各種職事，頭頭是道地說來，真令人佩服作者對強盜的心理、佛門職事知識的瞭如指掌，的確是「十年格物」，對社會方方面面、各個階層的深入觀察、瞭解和研究工夫的深厚和道地。智深終於被說服了，猶如悟空當上了弼馬溫一樣，幹起蠅頭小職，令人發噱。這是批出原著的幽默發噱之處。

另有傷心之處，智深應肚饑而落敗，後來巧遇史進，史進拿出乾糧，當下和史進吃得飽了，夾批說：「肚中饑時雖以魯達之勇，亦不能鬥，此豈作者寓言邊事耶？」這是指晚明時鎮守東北邊境、抗擊滿族反叛者的明軍，缺少糧食和裝備、武器，處境相當不利的情況。聖歎憂心國事，由此可見。接著，小說寫智深和史進兩人各拿了器械，再回瓦官寺來。(夾批：筆之既去如龍入海，筆之復來如虎下山。如龍入海，非網纏之可牽；如虎下山，非藩籬之可隔。讀之真是駭絕常情，拓開文膽。)揭示原作構思情節的輕巧和氣勢。

本回總批讚揚《水滸傳》在描寫人物對話時，有重大創新，夾批再做具體分析。當智深質問強盜和尚：「你這個如何把寺來廢了！」那和尚便道：「師兄，請坐。聽小僧……」(夾批：其語未畢。)智深睜著眼道：「你說！你說！」(夾批：四字氣忿如見。)「……說……在先敝寺(夾批：「說」字與上「聽小僧」，本是接著成句，智深自氣忿忿在一邊，夾著「你說，你說」耳。章法奇絕，從古未有。)一人講到一半，話頭被對付打斷，對方的話插在中間，然後此人接下去說。這樣的筆法，是全新的創造，過去沒有標點，讀者難以認識，聖歎則做精當的斷句和分析，幫助讀者理解原著的這個妙處。

後來智清長老在眾僧面前責怪師兄智真說：「汝等眾僧在此，你看我師兄智真禪師好沒分曉！這個來的僧人原是經略府軍官，原為打死了人，落髮為僧，二次在彼鬧了僧堂，因此難著他。——你那裏安他不得，卻推來與我！——待要不收留他，師兄如此千萬囑付，不可推故；待要著他在這裡，倘或亂了清規，如何使得！」同樣用第二人稱「你」，全篇是對面前的眾僧說的，中間卻插著一句針對師兄似乎就在當面的話，這種夾花的語言，更其強調他對師兄的不滿，是一種非常高明的表現手段。本書後面還有這樣的佳例，請讀者留心注意。

　　總評比較智真和智清之後，夾批進一步分析大相國寺智清長老利慾薰心，俗氣很重。初見智深，自稱「我這敝寺」，將方外聖地等同於名利場俗處。故聖歎批評他說：「『敝寺』，謙得好笑，『我這敝寺』，占得可笑，寫東京法師，便是東京法師。○……今人於佛法中，每爭我宗他宗，亦此類也」。指出佛門並非真是世外淨地，名利、宗派之爭也十分厲害激烈，對有些宗教徒虛偽的一面，順手一刺，即中要害。智深乍到東京，清長老即在眾僧面前責怪師兄推薦，又極其鄙視智深的經歷和為人；最後還向眾僧交待，如回絕他則怕傷了師兄的情面，如留下他又怕亂了寺內清規。他將這個左右為難的想法向眾僧公開，一是推卸責任，二是難以遏止而公開厭惡智深其人。故聖歎批判他說：「無如此算計，便住持五臺山；有如此許多算計，便占坐東京。……」品定兩僧高下雅俗之分並揭示狡獪之徒反易佔領要津的規律性的現象。智清背後厭惡智深，當面則表示籠絡，也留他在方丈裏歇了，聖歎的批語斥穿其用心說：「二老一樣方丈裏，一樣留智深，而一個平等慈悲，一個機心周密，其賢不肖，相去真不可算。嗟乎！佛法豈可以門庭冷熱為低昂哉！」指出混入佛門中並佔據高位的私利之徒，將社會上的世態炎涼，私念私利，和種種弊病，在一定程度上帶入和敗壞了神聖的佛教，給讀者以重大啟發。

第六回　花和尚倒拔垂楊柳　豹子頭誤入白虎堂

總批

　　第一段，前此各回都一手順寫一事，波及他事，相時乘便出之。此回，同時寫魯達、高衙內；寫高衙內也要同時寫林家、高府，要兩面照顧，中間又插魯達。卻能做到多面照應，不偏不漏，不板不犯（不呆板，也不重複）。

　　第二段，此回多用奇忿筆法。例舉四個情節描寫，極贊其出奇不意、曲曲折折，「雖驚蛇脫兔，無以為喻」，為真正奇文。

　　第三段，分析「四邊鄰舍都閉了門」一語的豐富涵義。

回後

　　第一段，魯達識破潑皮的詭計，反而令他們飛入糞坑。眾潑皮服膺魯達，日日服侍魯達，魯達倒拔垂楊柳。

　　第二段，林冲看到魯達舞動禪杖，喝彩，和魯達結為兄弟。

　　第三段，高衙內欺凌林冲娘子，林冲解救後回家，心中只是鬱鬱不樂。

　　第四段，高衙內單相思林冲娘子，乾鳥頭富安設計由陸虞候陸謙騙開林

冲，高衙內乘機調戲林冲娘子。

第五段，陸謙施計騙林冲到樊樓飲酒，高衙內騙林冲娘子到陸謙樓上深閣，林冲小遺時遇見女使錦兒報訊，到陸謙家救出妻子，把他家打得粉碎而歸。回家拿瞭解腕尖刀，在陸家門前等了一晚，娘子勸阻丈夫前去報仇，苦勸，不聽，又一連等了三日，要殺他報仇。

第六段，第四日，魯達到林冲家相探，兩人天天上街喝酒。高衙內相思病重，陸謙與富安設計害死林冲。林冲與魯達外出吃酒，在閱武巷路遇大漢喊賣寶刀，林冲買回寶刀，愛不釋手。

第七段，次日巳牌時分，高太尉派兩個承局，催叫林冲去太尉府比看寶刀。林冲拿刀進府，被引入「白虎節堂」簷前，高太尉說他「欲殺本官」，立即將他拿下治罪。

本回的主角是魯達和林冲兩人，自本回起，林冲出場了。日本研究家說：「如果在現代日本的《水滸傳》讀者中做一個人氣指數的問卷調查，大概名列榜首的是魯智深，接下來是武松和林冲。」（佐竹靖彥《梁山泊——水滸傳一〇八豪傑》，中華書局，2005 年，第 75 頁）在中國讀者的心目中，林冲和魯達、武松是《水滸》三大英雄人物之一。中國和日本同文同種，在文化上有很多很大的共同點，在《水滸》人物的評價上，中日讀者即「英雄所見略同」。

本回夾批首先讚揚人物如智深的眾多動作描寫細緻入微，嚴密而無疏漏。智深與眾人歡飲是忽聞老鴉叫，則「奇文怪想，突如其來」，又用「六層層折」細作鋪墊，「行文如畫」，才引出智深倒拔垂楊柳。對著這棵樹，智深「相了一相」，這樣普通自然的動作，聖歎夾批：「四字不是細作，真是氣雄萬夫處。」批出智深非凡的氣概和風範。在敘述林冲救妻，發現歹徒竟然是高衙內時，夾批：「奇峰當面起」，指出這是出人意料的結果，使林冲也一時無法措置；又在百忙中間插敘高衙內的來歷，夾批：「忽然又補入高俅家中一段，筆勢夭矯。」作者接著介紹高衙內本是叔伯兄弟，卻與他做乾兒子，夾批：「特地寫出小人無倫理，無閨門，以表惡之至也。」小說非常高明地補敘高俅本是破落戶，無力娶妻，所以沒有子息。現在新發跡，要有青年人幫助，而他的近親都是窮漢，娶妻生子都晚，故而並無下一代，就權將同代人當兒子。批出暴發戶在思想道德方面的先天不足，後天失調。後來林冲把陸虞侯家打得粉碎，將娘子下樓；出得門外看時，鄰舍兩邊都閉了門。夾批：「用鄰舍閉門，補寫上文驚天動地。」原作用閒閒一句「閉門」，補寫林冲把陸家打得粉碎的「驚天動地」之聲響，金

批精細分析小說不寫而寫、舉重若輕的高明描寫手段，有「於無聲處聽驚雷」的極為敏銳的藝術感覺，其眼力真是力透紙背，入木三分。

金批又精妙分析各人的性格和品質。例如魯達問訊帶著潑皮來救助，妙在林冲反而相勸他忍耐，夾批：「本是林冲事，卻將醉後魯達極力一寫，便撥做了林冲勸魯達，真令人破涕為笑，奇文奇文。」這段描寫和金批精彩表現了魯達的嫉惡如仇、包打不平的英雄性格和爽直痛快、醉語不醉的心理與語言。林冲受高太尉壓制時一再忍耐，對知心朋友則坦率感歎：「男子漢空有一身本事，不遇明主，屈沉在小人之下，受這般醃臢的氣！」聖歎急批：「發憤作書之故，其號耐庵不虛也。」這是聖歎揭示全書主題的一個重大判斷，同時精確分析林冲的避免雞蛋去碰石頭的善於忍耐的性格。而對陸謙的詭計，金批一則驚歎其寶刀計的毒辣、嚴密與精巧：「陸謙畜生，以情理論之，一刀豈足惜哉！若以才情論之，真堪引而與之痛飲。只如安排計策，卻是賣刀，何等奇絕，偏又是抓角頭巾，舊戰袍，又插個草標兒，色色刺入林冲心裏眼裏，豈不異哉。」二則林冲決意要殺他報仇，娘子勸阻，金批一再稱頌她的顧全大局，夾批道：「只一『勸』字，寫娘子貞良如見，若是淫浪婦人，必然要哭要死，要丈夫為報仇也。」林冲堅持要尋他報仇，娘子苦勸，那裏肯放他出門。夾批說：「好林冲，又好娘子，真是壯夫良婦。」小說描寫高衙內從那日在陸虞侯家樓上吃了那驚，跳牆脫走，不敢對太尉說知，夾批說：「又寫此一句，見人家子弟原好，都被小人教壞。」高太尉初聽說衙內此事時，略作躊躇，金批說：「惡人初念未必便惡，卻被轉念壞了，此處特地寫個樣子。」揭示惡人性格發展的軌跡和幫閒為紂助虐的極壞作用，皆發人深省。

像前幾回一樣，本回一連串的大小場面都寫得精彩絕倫，如林冲上街小遺（古時因衛生條件所限，酒家內不設廁所），得遇女使錦兒報訊；賣寶刀時，林冲、魯達和賣刀人的雙雙對話和心理，賣刀人巧妙掩飾「祖上」是誰的詢問等等，皆精切自然，絲絲入扣，讓我們感歎作者構思之高明、嚴密和精妙，值得反覆咀嚼和回味。

第七回　林教頭刺配滄州道　魯智深大鬧野豬林

總批

此回總批只有一句話，介紹本回的內容只有兩段，行文歷歷落落。批語用對仗形式，揭示原作的妙處。

回後

第一段，高太尉陷害林冲，將他送到開封府欲辦死罪。

第二段，當案孔目孫定主動出面、出策救助林冲，滕府尹首肯，林冲撿回了性命，刺配滄州。

第三段，張教頭和林冲娘子送別林冲，林冲寫下休書，要娘子改嫁。

第四段，陸謙在巷口酒店內款待防送公人董超、薛霸，送上 10 兩金子的賄賂，令兩人在路上結果林冲性命。

第五段，董超、薛霸路上設計虐待林冲，在野豬林動手，要置林冲死地。

開封府滕府尹聽了林冲的辯白，金批提醒讀者：「府尹不開口。」可見這是一個人情練達，富於心機的成熟官吏。他不駁斥林冲，也不做附和性的表態。駁斥，幫了高太尉，但喪失了自己的官品和人格；附和，馬上惡了高太尉，也不妥當。他「且叫與了回文」，一面將林冲推入牢裏監下。當案孔目「孫佛兒」孫定為林冲呼冤，指斥「這南衙開封府不是朝廷的。是高太尉家的！」府尹立即道：「胡說！」止住他的「放肆攻擊」，但當孫定拿出可以拯救林冲性命，又可搪塞高太尉的嚴命時，就立即首肯，並親自去高太尉處再三秉說「林冲口辭」，轉達林冲冤屈的辯護和對高衙內的揭發，逼使高太尉「情知理短」，又礙府尹，只得准了這個處置。對於滕府尹短短描寫，既特出他深沉不露的干練能吏的心理素質，又暗寓他也想極力維護社會正義、公正辦案的為官品質，和精幹的處事辦事能力。

林冲自知高太尉不會放過他，深知此生前途叵測，所以主動、強烈要求休妻，給妻子自由再嫁的生路。丈人張教頭、林冲娘子和林冲都為對方著想，用斬釘「截鐵」的態度、語言愛護對方，體現了人間真情、真誠愛情，令人感動，更令讀者對迫害無辜的貪官污吏的痛恨。

林冲要娘子再嫁，說明古代中國對於婦女的再嫁不僅是容許的，而且是提倡的。五四以後，不少反傳統的知識分子將古代中國歷史和社會妖魔化，說婦女必須嚴守貞潔，不准再嫁，並將這作為古代社會的一大罪狀，是很不符合事實的。即以理學昌盛的宋朝來說，施正康《水滸縱橫談》介紹：當時的法律規定「若夫妻不相安諧」，女方可以主動離婚再嫁。不僅民間如此，皇室中，宋真宗的劉後，原嫁蜀人龔美，後來做了皇后。宋仁宗的曹後，原嫁李化光，李化光熱衷修煉，不肯娶妻，竟然在新婚之夜逃走，曹氏被休回家，後來也做了皇后。這些皇帝並不因為皇后嫁過人，不是處女而有任何心理障礙。宋代名

臣的母親改嫁，也書有明載，如宋仁宗的宰相杜衍之母，他隨母改嫁河陽錢氏。范仲淹之母改嫁朱氏。這些名臣也並不因母親改嫁而感到恥辱。更奇妙的是，宋仁宗時，龍圖學士祖無擇的妻子徐氏，還嫌這個丈夫相貌醜陋，與自己不相匹配，而反目離婚。到明清時，有一些女子在丈夫死後堅決守節不嫁，當地還為她們立了牌坊，這反證這些人是少數，所以要特加表彰，至於大多數寡婦，雖然已經生子育女，也依舊「天要落雨娘要嫁」，攔也攔不住。

　　董超、薛霸是政府機構中的兩個小爬蟲，卻是經驗豐富老到的利害角色。他們在陸謙出示金子，公開收買時，兩人配合默契，應對得當，還顯得不亢不卑，亢中有卑，精通「起發人錢財」的靈通方法。他們在路上捉弄林冲也善於做好作歹，機心周密，動作熟練，不動聲色。最有趣的是，他們在結果林冲性命之前的最後關頭，特地將指使他們的密人密語，即高太尉和陸謙的陰謀，都講出來，既作為林冲必死的原因，接著又藉此勸導林冲早點受死，「長痛不如短痛」的勸慰：「便多走的幾日，也是死數！只今日就這裡倒作成我兩個回去快些。」竟然還「兼顧」雙方的「利益」，真是非常有「說服力」，難怪夾批說：「此即是善知識語，細思之，當有橄欖回甘之益。」最後再鄭重重新提醒：「休得要怨我弟兄兩個；只是上司差遣，不由自己。你須精細著」，一再推卸自己的責任。夾批說：「惡人殺人，又怕其鬼，每每如此，寫來一笑。」意思是惡人對作為弱者的活人雖然兇惡，但對他們死後成為的鬼，則非常害怕，更怕鬼來報復。不僅小小公差如此，皇帝老子和皇后娘娘也都如此。《舊唐書》卷一百七《玄宗諸子傳‧李瑛傳》記載，唐玄宗在楊貴妃之前，最寵愛的是武惠妃。武惠妃為了消滅異己，藉故挑唆皇帝，將三個王子廢為庶人，旋即「賜死於城東驛。天下之人不見其過，咸惜之。其年，武惠妃數見三庶人為祟，怖而成疾，巫者祈請彌月，不瘥而殞。」她害死了這三個王子後，自感被這三個鬼魂纏住，怕極而成重病，唐玄宗心疼她，特請巫師做法，她還是嚇死了。《舊唐書》是「二十四史」中有名的一部史著，連正史都這麼記載，何況民間。在古代社會，絕大多數人相信受屈而死的鬼魂會向仇人報復的，所以不少人因此而不敢隨便害人。而善良的人則「日間不做虧心事，半夜不怕鬼叫門。」

第八回　柴進門招天下客　林冲棒打洪教頭

總批

第一段，以雲霞、花萼、鳥獸為喻，說明文章要像自然那樣必然而精彩優

美，而不少鄙儒，不惜筆墨，到處塗抹，自命作者，未免出乖露醜。他們沒有讀過《水滸傳》，所以才會不自量力地亂寫亂塗。

接著第二至第七，共六段，分析小說的高度藝術成就和高明的寫作手法，闡發第一段提出的觀點。第八段則對以上做一小結。

第九段，聖歎分析本回「旁作餘文」，大寫銀子的功能，共有十三個精細描繪銀子的情節並有精彩對話和內心獨白等，聖歎連著復述，並連稱「可歎」，至「十三可歎」而止。在一個充滿勢利、唯利是圖的社會，「名以銀成」，有錢能使鬼推磨，而無錢只能受辱受苦受冤屈，故而聖歎最後感歎：「士而貧尚不閉門學道，而尚欲遊於世間，多見其為不知時務耳，豈不大哀也哉！」到社會游蕩，必須以銀子打底，貧士到社會上去闖蕩，只是自取其辱。而學道，則能拋棄世俗一切名利，甘於貧賤，專心探究宇宙和自然的奧秘，同時修煉自己的心性，以求身心、性靈的愉悅、健美和長生。

回後

第一段，薛霸正要下手，魯智深現身相救，並補敘自己多日尋找林冲和一路相隨情況。

第二段，魯智深一路陪伴林冲，已近滄州才回。

第三段，林冲路遇柴進，受到隆重款待。

第四段，洪教頭不滿柴進禮敬林冲，與林冲比武而慘敗。

第五段，林冲告別柴進，到滄州牢城營內來，因厚贈差撥、管營等人，又有柴進的書信相託，故而得到善待，並得到天王堂看守的美差。

聖歎細膩分析智深現身相救時的四段描寫，用公差和林冲的視角分段看到和認出「從天而降」的大師、救星，小說寫得層次井然，而又突兀變幻，是詭譎變幻、弄奇作怪、雷轟電掣式的神變之筆、奇文奇筆。智深補敘近日自己行蹤和旁觀林冲遭遇的八段，文勢如兩龍夭矯，至最後陡然合筍，其藝術功力可與《史記》並駕齊驅。

在此回中，表現了智深另一個性格特點：機警敏銳。他尋找林冲不著，但「見酒保來請兩個公人，說道，『店裏一位官尋人說話。』以此，洒家疑心，放你不下。恐這廝們路上害你，俺特地跟將來。見這兩個撮鳥帶你入店裏去，洒家也在那店裏歇。夜間聽得那廝兩個，做神做鬼，把滾湯賺了你腳，……洒家見這廝們不懷好心，越放你不下。」先預感這廝路上要加害林冲，後耳聽兩個公人做神做鬼，預知他們不懷好心，而他自己如影隨身地緊跟著他們，卻令

三人毫不察覺；而兩個公人假裝恭問身份，智深馬上察知其動機，智深笑道：「你兩個撮鳥，問俺住處做甚麼？莫不去教高俅做甚麼奈何洒家？」警覺萬分。總評第四段說，公人試圖打聽智深來歷，被智深喝斷，後又被林冲揭破，都出人們意料，筆法高明，猶如空中之龍，真極奇極忿之筆。

聖歎在總評第三段已經指出，前回不寫魯智深，手法乾淨，此回就智深口中追補敘還，還重敘林冲的行程、遭遇，再加渲染，有若「山雨欲來風滿樓」之暢快而豐滿。

智深暗中跟隨林冲，竟至於不遠千里，護送林冲。當林冲問道：「師兄今投那裏去？」（夾批：急語可憐，正如渴乳之兒，見母遠行，寫得令人墮淚。）魯智深道；「『殺人須見血，救人須救徹』；洒家放你不下，直送兄弟到滄州。」（夾批：天雨血，鬼夜哭，盡此二十一字。）智深一貫如此，當初為保證金氏父女順利離開，他尋思（夾批：粗人偏細。）不讓店小二阻攔，曾坐在客店的板凳上苦守 2 個時辰（實足 4 個小時）。他救助別人不僅心細，而且方方面面負責到底，認真實踐他那「救人須救徹」的原則。

正因魯達視惡勢力如草芥，不惜犧牲自己一切，「心地厚實，體格闊大」，氣象豪邁，聖歎又於其性格中發現深蘊的詩意。當荒山走盡，滄州已近，智深手揮禪杖，松樹橫飛，公差咋舌之際，他叫聲：「兄弟保重！」即擺手拖杖，飄然而去。聖歎批道：「來得突兀，去得瀟灑，如一座怪峰，劈插而去，及其盡也，迤邐而漸弛矣。」每在此等處，聖歎總是用形象生動的警句，形容出智深的品性特點和行為風格，揭示斯人性格和感情中鬱勃萌動著的不盡詩意。

與魯達的勇武、豪邁、聲勢壓人完全不同，林冲善於忍氣吞聲地忍。前面他對高衙內如此，本回再次描寫林冲忍的工夫，他對於兩個公差的辱罵、虐待，忍。對差撥的辱罵，忍：差撥把林冲罵得「一佛出世」，（林冲）那裏敢抬頭應答。林冲等他發作過了，去取五兩銀子，陪著笑臉，送上孝敬。林冲的忍，大有深意，並非像有的學者所批評的那樣，是膽小窩囊。膽小窩囊是表面現象，其實質是非凡的氣度，暗藏在這個表面之下，我們以後再做分析。

他和洪教頭比武時的忍讓則直接顯示了非凡的器度和出色的風度。林冲平時待人接物儒雅敏慎，彬彬有禮。遇到洪教頭這樣狂妄自大盛氣凌人的蹩腳教師爺，他也謙恭有禮（金批「儒雅之極」）。兩人開打時，洪教頭咄咄逼人，來個「把火燒天勢」（金批：「棒勢也驕憤之極。」）林冲則吐個「撥草尋蛇勢」，聖歎贊道：「棒勢亦敏慎之至。」林冲事先和初戰時一再忍讓，待正式交量時，

一棒就將洪教頭掃倒地上，這時才真正反襯出林冲忍讓中所含的力量。

小說描寫林冲與洪教頭的比武：

> 洪教頭喝一聲：「來，來，來！」（只管「來來來」。）便使棒蓋將入來。林冲望後一退。洪教頭趕入一步，提起棒，又復一棒下來。林冲看他腳步已亂了，把棒從地下一跳。洪教頭措手不及，就那一跳裏和身一轉，那棒直掃著洪教頭臁兒骨上，（寫得棒是活棒，武師是活武師，妙絕之筆。）撇了棒，撲地倒了。

我們回憶王進與史進比武時，情況也十分相似：

> 那後生看了一看，拿條棒滾將入來，逕奔王進。（寫史進負氣，好笑。）王進托地拖了棒便走。（不是尋常家數。）那後生掄著棒又趕入來。（史進好笑。）王進回身把棒望空地裏劈將下來。（不是尋常家數。）那後生見棒劈來，用棒來隔。（夾批：史進好笑。）王進卻不打下來，對棒一掣，卻望後生懷裏直搠將來，只一繳。（不是尋常家數，妙絕。○只一棒法寫得便如生龍活虎，此豈書生筆墨之所及耶！）那後生的棒丟在一邊，撲地望後倒了。

寫他們或「往後一退」，或「拖了棒就走」。雖然俗語說：「先下手為強，後下手遭殃」，但高手相搏，都是神閒氣定，後發制人。這是聖歎十分讚賞的「大智量人退一步法」的為人器度和鬥爭風度。

最後一段描寫林冲在牢城營內，上下打點銀子前後的遭遇和感慨，林冲歎口氣道：「『有錢可以通神』，此語不差！端的有這般的苦處！」（夾批：千古同憤，寄在武師口中。）此後

夾批一再感歎：「此段偏要詳寫以表銀子之功，為千古一歎。」林冲凡有所託，對方連忙操辦，夾批說：「連忙妙，銀子之力如此。」呼應總評末段的論述，再做具體深入、深刻的批判，非常有力。

前幾回說「閒話」（閒聊、無關緊要的話），此回說「差撥落了五兩銀子」中的「落」（中間截下、揩油），這裏說「連忙」（趕緊），至今還是江南方言的日常用語。

第九回　林教頭風雪山神廟　陸虞候火燒草料場

總批

第一段，介紹兩種寫作方法：先事而起波，事過而作波。先事而起波，文

自在此而眼光在後,則當知此文之起,自為後文,非為此文也;事過而作波,文自在後而眼光在前,則當知此文未盡,自為前文,非為此文也。

第二段,舉例說明先事而起波;第三段,舉例說明事過而作波的寫作方法。

第四段分析小二夫妻眼中耳中所獲信息,忽斷忽續,忽明忽暗,如古錦、斷碑這樣有殘缺的文物,但深心好古之家,自能於意外求而得之。這個比喻確切而巧妙,說明善於讀書者,能從字裏行間中間,讀出內涵的意思,具有「無中生有」的銳利目光。

第五段分析小說描寫林冲追殺三個仇人時的次序(節次)、間架、方法、波折,如此緊急的狀況,卻能寫得不慌不忙,不疏不密,不缺不漏,不一片,不煩瑣,是「鬼於文,聖於文」的大手筆。

第六段分析本回一會兒寫雪寒徹骨,一回兒寫火熱照面,寒熱間作,寒時寒殺讀者,熱時熱殺讀者,真是一卷「瘧疾文字」,為藝林之絕奇也。

第七段分析小說描寫兩次偷聽對方密語,一次正妙於聽得不仔細,另一次又正妙於聽得極仔細;又令人感歎「冤家路窄」這句名言啊!

第八段分析本回通篇以「火」發奇,即靠「火」字大做奇妙文章,細膩分析「火」本與人之恩怨無關,但「一加以人事,遂恩怨相去(的區別)」竟然到了這種程度,「獨成大冤深禍」。並感歎:「然則人行世上,觸手礙眼,皆屬禍機,亦復何樂乎哉!」揭示世道的險惡。

第九段提醒讀者「文中寫情寫景處,都要細細詳察」。「如此等處甚多,我亦不能遍指」,希望讀者舉一反三,以後自己多加注意。聖歎的這個讀書原則,現代西方稱之為「細讀法」,自本書楔子、第一回起,直到全書結束,聖歎的評批用的都是細讀法。西方不少現代理論,中國早已有之,往往還解釋、論述得更好,可惜不少人熟視無睹,或崇洋迷外,只知西方不知中國也!

此回首段敘林冲無意中邂逅酒生兒李小二,林冲經常光顧小二酒家。小二發現東京來客的蹊蹺,夫婦倆觀察和偷聽重要信息,警告林冲。林冲知陸謙來此,反覆尋他不著。

第二段,林冲被調往草料場,當天,因雪大天冷,外出買酒,回來時,草廳被雪壓倒,只能去半裏路上的古廟中安歇存身。

第三段,林冲聽到外面聲響,發現草料場裏火起,正待開門來救火,又發現外面有人說話。他聽得差撥、陸謙、富安談論暗害他的計劃和行動,出門殺死三人。

第四段，林冲逃離此地，在路途中與草屋中的守夜莊客為酒而爭執。林冲打走他們，喝得大醉，被他們叫來眾莊客抓獲。

首段描寫林冲當年出力、出錢救助了一個初犯偷竊的青年。這個青年自東京流落到滄州，認真幹活，終於有了一份家業，開酒店安然過活。這個青年知恩圖報，給發配來此的林冲很大的幫助。

這段描寫，使我們聯想到法國文豪雨果的驚世巨作《悲慘世界》的主人公、善良老實的貧苦青年冉阿讓，為了小外甥忍不住飢餓，偷了一片麵包，最終被判 19 年監禁的重刑。小說第二卷第十二章《主教工作》描寫他在出逃路上，出於窮極無聊和報復社會，偷竊了好心招待他的卞福汝主教的銀餐具，主教沒有惱恨他，反而保護他，在警察抓獲他後，放他逃生。臨別時主教說：「您拿了這些銀子，是為了去做一個誠實人用的。」「我贖的是您的靈魂，我把它從黑暗的思想和自暴自棄的精神裏面救出來，交還給上帝。」這個善舉，使本已憤世嫉俗、甘心墮落的冉阿讓享受到難得的心靈溫暖，懂得人間中善的可貴和力量，他從此改惡從善，成為維護社會正義、救助窮弱的義士。因此，給年輕的初次輕微犯法者的適當挽救，對影響和改造人的心靈往往是非常有效的。

小說描寫李小二在滄州重新做人，在酒家打工勤謹，安排的好菜蔬，調和的好汁水，來吃的人都喝采。他有這份手藝，是幹活勤謹，又善於學習——在自己的這一行中處處做留心人，才能做到的。一個人能否做好人，做好事，關鍵在於一個認真、負責，積極、主動的態度，有了這個態度，就可以做一個出色的人，出色地完成自己的工作、任務。有了這個態度，成為了一個出色的人，而且做人也重情義，所以，他能夠敏銳地觀察、發現東京來客的蹊蹺，而且根據不起眼的蛛絲馬蹟，馬上聯想到林冲的命運，主動、積極地應對——派妻子耐心偷聽，主動、積極地幫助林冲避免受害。這對林冲後半生的命運轉折，起了關鍵的作用，尤其是為林冲殺死仇人，報了血海深仇，大解其恨，起了重要的提供情報的作用。金批對李小二的分析評論則另有色彩，幫助讀者欣賞原作的種種妙處。

此回金批精細分析原作在緊鑼密鼓的開首之後，陰謀者竟然沒有任何動作，令林冲大惑不解，這樣高明巧妙的描寫，是「放慢前文」、「極力放慢」的高明手段；又一路寫雪，一路寫火，紅白相映；暗埋伏線，做到「相去萬里，遙遙想照」、「文生情，情生文」和極力精細的描寫手法。

《水滸傳》一而再、再而三描寫酒醉誤事的人生教訓。史進的莊客王四酒醉失落信件，魯達兩次大醉闖禍，這次則林冲酒醉被莊客擒獲拷打，差點丟了性命。

第十回　朱貴水亭施號箭　林冲雪夜上梁山

總批

第一段解釋「旋風」的意味，比較「小旋風」與「黑旋風」的異同。

第二段讚揚此回前半敘事簡淨，後半林冲在店中飲酒，「筆筆如奇鬼，森然欲來搏人」，令人傷心萬分。

第三、四段讚揚林冲為「投名狀」渡河三日，每天都寫得不同，筆力奇拗多變。

第五段，再贊林冲三天的活動，處處寫雪，分外耀豔。

第六段，稱讚第三日林冲已作好失敗準備，這種出色的構思，令人敬佩。

回後

第一段，林冲被抓去拷打，正巧被抓到柴進莊上，柴進救下林冲，林冲住了五七日後，因官府追捕緊急，柴進介紹他投奔梁山。

第二段，林冲在朱貴酒店內心悲自己走投無路，朱貴問清他的來歷，安排他上梁山。

第三段，王倫堅決拒絕林冲入夥，不得已限命他三天內「有投名狀來」方可入夥。

第四段，林冲空過兩天，日子一天比一天難過，眼看就要落空，心中萬分焦急和淒慘。

第五段，第三天的最後時刻，林冲攔住一個客商——楊志，兩人惡鬥。

林冲被抓去莊內拷打，柴進問道：「你等眾打甚麼人？」眾莊客答道；「昨夜捉得個偷米賊人！」夾批：「輕輕加一罪名，天下大抵如此。」聖歎對官府審案的黑暗、民間私刑的可怕，瞭解很深，故而有此感歎。當然在兩宋清平世界，此非普遍性的現象。但莊客是底層無權小民，一旦因某種機緣，有機會也會如此迫害弱者，此類人不讀經書，缺乏仁義思想，有的借著主人的勢利，狐假虎威，乘機害人，也是常有的現象。

柴進要將林冲送出，用巧妙的計策，混過關卡。他假裝打獵，讓林冲穿上打獵的衣服，雜在眾多的從人中間。他又明知故問把關軍官何事在此守候，然

後故意笑道：「我這一夥人內，中間夾帶著林冲，你緣何不認得？」夾批：「好。○庾冰故事，用得恰妙。」這是一種欲擒故縱手法的靈活運用，而且大膽而保險，果然順利混過關口。

本回繼續大力描寫林冲精細、忍耐性格，走投無路時的悲涼心境和性格表現。

林冲興沖沖來到梁山腳下，結果上山無路，在酒店悶上心來，驀然想起：（夾批：此四字猶如驚蛇怒筍，跳脫而出，令人大哭，令人大叫。）「我先在京師做教頭，每日六街三市遊玩吃酒；誰想今日被高俅這賊坑陷了我這一場，文了面，直斷送到這裡，閃得我有家難奔，有國難投，受此寂寞！」（夾批：一字一哭，一哭一血，至今如聞其聲。）因感傷懷抱，問酒保借筆硯來，（夾批：十二字寫千載豪傑失意如畫。）乘著一時酒興，向那白粉壁上寫下八句（夾批：何必是歌，何必是詩，悲從中來，寫下一片，既畢數這，則八句也，豈如村學究擬作詠懷詩耶？）後，撇下筆再取酒來。（夾批：寫豪傑歷歷落落處，只有七字，遂使讀者目皆盡裂。）這就是總評「筆筆如奇鬼，森然欲來搏人」的筆調。小說善寫英雄末路，而且多次寫，各有不同。

林冲終於上了梁山，一路觀察山中雄壯形勢，夾批：「林冲眼中看出梁山泊來。○此是梁山泊最初寫圖，一句亦不可少。」又揭示王倫接待林冲時傲慢無禮，不容人材，怕壓不住他的才華而被奪權，還公開疑忌林冲是否「來看虛實」，將他說成是臥底的奸細。夾批：「白衣秀士經濟，每每如此。」白衣秀才，指讀書不精，考不取功名的落第秀才。譏諷此類人的思維、胸襟就是如此短淺狹窄。

在爭取辦成「投名狀」的三日內，林冲在山上落魄到「討些飯吃了」，夾批：「冷淡可憐。○一『討』字哭殺英雄。」次日，清早起來，和小嘍囉吃了早飯。夾批：「早飯便和小嘍囉吃，哭殺英雄。」第三日，天明起來，討飯食吃了。（夾批：一討猶可，至於再討，胡可一朝居耶？）並具體評批林冲守候三天的不同景象的生動、變化的描寫。更妙在林冲已經徹底灰心，對小小嘍囉哀歎：「眼見得又不濟事了！不如趁早——天色未晚——取了行李，只得往別處去尋個所在！」夾批：「奇文妙筆，偏到欲合處，偏故意著實一縱，使讀者心路俱斷。」就要心想事成了，卻濃筆渲染失敗，文筆曲折，增強懸念和閱讀趣味，令讀者難以預料結局。

夾批最後還揭示了小說寫作的走馬垂韁法。

第十一回　梁山泊林沖落草　汴京城楊志賣刀

總批

第一段，一般的作者，寫相似的人物、相似的故事（金聖歎稱之為「犯」），是文家之大忌，因為容易雷同，令人看了生厭。但《水滸傳》作者「特特故自犯之」，「而後從而避之」，即特地要寫相似的人物和相似的故事，然後又能寫出完全不同的人物性格和故事的不同發展及其內涵（金聖歎稱之為「避」），具有頂級文學大師無與倫比的魄力和才力。「故此書於林沖買刀後，緊接楊志賣刀，是正所謂才子之文必先犯之者，而吾於是始樂得而徐觀其避也。」

第二段讚歎林沖買刀和楊志賣刀，都以寶刀結成奇彩；寫豪傑已經是一個寫不完的好材料，但竟然放開豪傑而去寫寶刀，實際上作者將寶刀作為豪傑的替身處理。將寶刀前後照耀林沖和楊志，「兩位豪傑，兩口寶刀，接連而來，對插而起，用筆至此，奇險極矣。」這實在是太難寫了！可是兩處竟然寫得沒有一句、甚至每有一個字相同，「譬如東（嶽）泰（山）西（嶽）華（山），各自爭奇」，各呈千秋。

第三段，此回前寫楊志天漢橋下賣刀，英雄失路，後寫演武廳前比武，英雄得志，對比之下，兩者的情緒色彩的落差更顯強烈，這都是作者構思奇巧，塑造人物的命運有著飛龍活虎般的巨大創作魄力和活力的驚人表現。

回後

第一段林沖、楊志搏命相鬥，不相上下，被王倫喝止，一起上山。林沖終於在梁山落草，有了安身立命之處，楊誌謝絕挽留，到東京去求官。

第二段，楊志求官失敗，陷入絕境。

第三段，楊志為求官，錢財用盡，只得賣寶刀，以維持生計。京師有名的破落戶潑皮「沒毛大蟲」牛二喝醉了酒撞見楊志賣刀，胡攪蠻纏，楊志無法脫身，怒極，殺了牛二，到官府自首。

第三段，楊志為民除害，所以在牢中得到善待和市民眾人的資助。他被發配到北京大名府充軍，大名留守司梁中書在東京時也曾認得楊志，暸解楊志的經歷和才華，十分同情和愛惜，留在廳前聽用。

第四段，梁中書見楊志早晚殷勤聽候使喚，服務勤謹，有心要抬舉他，安排他與著名軍官比武。

王倫因怕林沖武藝高強，難以控制，見兩人決鬥不分高下，心裏想道：「若

留林沖，實形容得我們不濟，不如我做個人情，並留了楊志，與他作敵。」（夾批：寫秀才經濟可笑。）他想利用楊志牽制林沖，讓兩人鷸蚌相爭，他可漁人得利。聖歎嘲笑他這個落第秀才的這種謀劃是一種不可實現的如意算盤。

林沖終於找到安身之所，在梁山泊「打家劫舍」，金批說：「此四字所謂昔之梁山泊也，若後之梁山泊亦有四字，所謂『替天行道』也。」劃清了梁山的王倫時代和晁蓋、宋江時代不同性質的界線。

楊志求官，被妒賢忌能的高俅一票否決，他回到客店後思量自己的志向再次落空，不禁遙對遠處的仇人，在心中呼喊：「高太尉！（夾批：叫一聲妙，至今如聞其響。）你忒毒害，恁地刻薄！」又用上了與智清長老呼喊千里之外的師兄同樣的這種句法。

接著楊志被迫走到馬行街內，（夾批：好街名，與前閱武坊各有其妙。○「刀」、「馬」二字，襯成奇絕。）金批強調：「林沖一口寶刀，楊志一口寶刀，接連敘出，看他卻結撰成兩樣奇景，詳具總批中。」

小說描寫牛二的胡鬧，真切而細膩，活畫出一個醉了酒的無賴潑皮的嘴臉、性格和言行。京師東京城裏的潑皮，鬧得街市不寧，不僅市民聞風而逃，連堂堂京城的官府也對他無可奈何，充分顯示了人群的複雜，社會的複雜。

本書前所記敘的多為農村景象，出現的人物多為地主、莊客；有時描寫店鋪（鐵匠店、酒家），還是農村中小鎮中的景象。有時也寫到魯達曾經任職的渭州，寫及為鄭屠看守金翠蓮的店小二等，還都是順帶描寫、或一筆帶過的次要配角。鄭屠是個店主，並非普通市民。智深在東京時，還是在郊外菜園看守，遇到的是城郊潑皮。林沖是東京禁軍教頭，周圍的市民沒有正面的大段詳寫。

牛二是本書第一個出現的市井閒漢，作者牛刀初試，即已神采奕奕。以後市井中的各色人等還會不斷出現，如萬花筒般地展現在我們面前。《水滸傳》描寫任何市井男女都能達到真實、生動、自然、富於變化這樣極高的思想、藝術成就，不要說塑造英雄人物的偉大成就，即如這些稍縱即逝的卑微角色，也能寫得精彩絕倫，後鮮來者，《水滸傳》的偉大成就的確令人歎為觀止。

聯想當代作家能寫農村生活的，一般不善寫城市場景，反之亦然。而《水滸傳》則農村、城鎮，無論人物及其心理、性格，景物及其環境、氛圍，都能寫得兩全其美，左右逢源，相得益彰，令人欽佩。

梁中書是依靠裙帶關係當官的庸才，但他愛惜和重視楊志這個人材，並

準備用公開、公平的方式提拔他，這一點是值得肯定的，《水滸傳》對這個人物的描寫也是公正而真實的。

第十二回　青面獸北京鬥武　急先鋒東郭爭功

總批

第一段，此回東郭爭功是最難的猶如畫火、畫潮的第一絕筆；首次比武，略寫使槍，詳寫弓馬，已是盡態絕豔，後之比武，滔滔浩浩，莽莽蒼蒼，異樣的驚心動魄，閃心搖膽，而場內各類人士備戰、看戰的行動和神態，真是天生絕筆，無與倫比。

第二段，東郭爭功看似驚天動地，實為後文生辰綱要重託楊志；寫比武，文雖絢爛縱橫，卻是閒筆，而凡寫梁中書加意楊志處，文雖少，卻是正筆，不能搞錯賓主。

第三段，用《風賦》這篇名文中的兩句名句作比喻，說明校場比試，是為梁中書、楊志的描寫服務。

回後

第一段，楊志與周謹比武，先比槍法，再比箭，楊志皆輕鬆獲勝。

第二段，周謹師父索超出來挑戰，兩人鬥到五十餘回合，不分勝敗。全場轟動，梁中書賞賜兩人，都予陞官。

第三段，端午節，梁中書因丈人蔡太師六月十五生辰已近，與夫人飲酒時開始商議生辰綱事宜。

第四段，山東濟州鄆城縣新到任知縣時文彬，聞知本府濟州營所屬水鄉梁山泊賊盜聚眾打劫，拘敵官軍，又恐各鄉村盜賊猖狂，特令馬兵都頭美髯公朱全和步兵都頭插翅虎雷橫分頭出西門、東門，分投巡捕，到東溪村山上大紅葉樹採紅葉為證，來縣裏呈納。雷橫與眾人採紅葉後，回程途中，在靈官廟內，果然抓獲一個大漢，投一個保正莊上來。

楊志與周謹比武，比槍已經寫得精彩，而比箭更為精彩。楊志讓周謹先射三箭，場面奇異而驚險；小說對三箭的描寫都細膩而有變化，最緊張的第三箭，卻在緊要關頭，不寫箭，先寫馬，筆力神變；周謹射箭，一次比一次兇狠，楊志三次避箭，一次比一次輕鬆，夾批一再說「寫得好」、「神奇」。輪到楊志射箭，不僅寫人，也寫戰馬性情，寫得出神入化，更且「蓋前文雖帶敘馬，而意在箭，今文帶敘箭，而意在馬，此作者爐錘之妙也。」

　　誰知楊志與索超比武還要精彩絕倫。首先是雙方都得到戰馬的支持，出場時雙方的裝束都分外出色並五彩繽紛，風格各異、互相照耀，眉批說：「二將披掛五彩間錯處，俱要記得分明。凡此書有兩人相對處，不寫打扮即已，若寫打扮，皆作者特地將五彩間錯配對而出，不可忽過也。」此時，比武前的鼓聲、炮聲，比武時的滿場喝彩、叫好、感歎聲。整個過程，不僅正面描寫比武的驚心動魄的全過程，更能寫出觀戰者的出神風貌，金批也精彩紛呈，還提醒讀者「要看他凡四段，每段還他一個位置。如梁中書，則在月臺上；眾軍官，則在月臺上樑中書兩邊；軍士們，則在陣面上；李成、聞達，則在將臺上。又要看他每一等人，有一等人身份。如梁中書只是呆了，是個文官身份；眾軍官便喝采，是個眾官身份；軍士們便說出許多話，是眾人身份；李成、聞達叫好鬥，是兩個大將身份。真是如花似火之文。」眉批：「一段寫滿教場眼睛都在兩人身上，卻不知作者眼睛乃在滿教場人身上也。作者眼睛在滿教場人身上，遂使讀者眼睛不覺在兩人身上。真是自有筆墨未有此文也。○此段須知在史公《項羽紀》『諸侯皆從壁上觀』一句化出來。」與《史記》比較，《項羽本紀》說諸路軍隊不敢與秦軍主力決戰，項羽率楚軍破釜沉舟，背水一戰，「及楚擊秦，諸將皆從壁上觀（各路將軍都不敢出戰，都躲在軍營的壁壘上觀戰）。楚戰士無不一以當士，楚兵呼聲動天，諸侯軍無不人人惴恐。於是已破秦軍，項羽召見諸侯將，入轅門，無不膝行而前，莫敢仰視。」而此回描寫觀戰，繼承了《史記》，又能「化出」──寫得細膩、周詳、豐富、精彩、靈幻多變──而與《史記》異曲同工，各呈千秋。

　　以上的場面已經是千古壯觀，小說還不罷休，在梁中書回府路上再寫眾百姓的讚美，補敘全城百姓剛才也在現場觀看了楊志比武，聖歎夾批讚美：「半日敘滿教場喝采，讀者止謂若干軍卒，然已極多矣。忽然於大軍散去之後，梁中書回府之時，有意無意補出一大名城百姓來，遂令讀者陡然回想適才交馬時，人山人海，不是前番讀時氣象也，可謂咄咄怪事矣。」精彩批出小說善於營造聲勢浩大、氣象萬千氛圍的高妙藝術成就。

　　梁中書與蔡夫人端午飲酒，聖歎又用細膩深入的眼光批出靠裙帶關係當官的奴才嘴臉。小說寫梁中書在家中與夫人交談時，「只見蔡夫人道」，夾批說：「『蔡夫人道』，寫盡驕妻，『只見』寫盡弱婿。○『蔡夫人道』者，言梁中書不敢則聲也，『只見』者，言蔡中書不敢旁視也。」又批「酒至數杯，食供兩套」曰：「八字寫盡驕妻弱婿之苦。」這樣的官吏如何能為國家辦事？他的

最大目標是搜括民脂民膏，孝敬、報答丈人，不將猛將用於邊事，而用來保送自己的贓物。

金批又認為梁中書識拔楊志，早就心存靠他去送生辰綱的動機，而不是為了國家武備需要而提拔楊志，是處於私心而不是公心。

第十三回　赤髮鬼醉臥靈官殿　晁天王認義東溪村

總批

第一段指出晁蓋是本書提綱挈領的主要人物，但到第十三回才出現，說明作者「有全書在胸而後下筆著書」，而且，「此其以一部七十回一百有八人輪迴疊於眉間心上，夫豈一朝一夕而已哉！」

第二段將吳用比擬為諸葛亮，所以說「加亮初出草廬第一句」，曰：「人多做不得，不少亦做不得。」認為此言是至理名言，「雖以治天下，豈復有遺論哉！」猶強調「樞機之地，惟是二三公孤得與聞之。人多做不得，豈非王道治天下之要論耶？」雖然是小說家言，絕對不可以忽視的！「治大國如烹小鮮」，吳用雖然是做小事，行事的原則是通用的，也適合用於治大國。

第三段認為一部書一百八人，聲色爛然，而為頭是晁蓋先說做下一夢。為頭先說是夢，則知無一而非夢也。

回後

第一段，雷橫等拜訪晁蓋，眾士兵先把那漢子弔在門房裏。晁蓋假稱是雷橫的舅舅，將雷橫救下，送雷橫十兩花銀，又賞了眾士兵，以了此事。

第二段，雷橫等走後，雷橫向晁蓋報告來此的目的是通報梁中書今年又收買十萬金珠寶貝做生辰綱，建議晁蓋搶奪這筆財富。

第三段，晁蓋安排劉唐在客房歇息，劉唐卻拿了一把樸刀追趕雷橫，要討還晁蓋給他的那十兩銀子，兩人在大路上廝拼了五十餘合，不分勝敗。

第四段，暗中旁觀的吳用，上前相勸無果，晁蓋趕來，喝開劉唐，讓雷橫等回去。

第五段，晁蓋請吳用同回到晁家莊上，三人一起商議攔截生辰綱。

小說介紹晁蓋此人的情況，從他搶奪青石寶塔，獨霸在那村坊，因此人皆稱他「托塔天王」的來歷，可知他是地方一霸。又說他平生仗義疏財，專愛結識天下好漢，但有人來投奔他的，不論好歹，（夾批：斷定晁蓋。○活畫出晁蓋有粗無細來。）便留在莊上住。不論好歹，確是有粗無細，但他在搭救被當賊抓的劉

唐的過程中則處處留心、細看、深思，夾批三次讚揚他的這種負責、細心、周密的處事態度，「宰相如此，便是賢宰相也」。搭救劉唐時，他不暇思索，當場計上心來，立即精心實施，夾批讚揚「明畫之甚」。金批細細分析晁蓋一系列欺騙雷橫、搭救劉唐的神態、語言、口吻、動作，設計周密，對話默契，效果奇佳：誠如夾批所言，「罵小三（晁蓋假稱他是自己的外甥王小三），卻正是駁雷橫，妙絕。」到後來，「晁蓋不勸雷橫，雷橫反勸晁蓋，妙絕。」「晁蓋偏要陷（劉唐）是賊，雷橫極辨（劉唐）不是賊，妙絕。」這樣的搭救效果，顯示作者如椽巨筆的「文情曲曲折折，並無一筆直寫」，後來又讓讀者看到小說筆筆直寫，但八面玲瓏的妙計和精緻並不乏幽默的實施過程，令人信服地讓讀者讚歎，讓雷橫心甘情願地留下劉唐而帶著眾人高高興興地離開。

劉唐殺回馬槍，路截雷橫，出乎人的意料，但又合情合理。夾批讚揚這段描寫「放過晁蓋，再從劉唐身上生出文情，有千丈游絲，縈花黏草之妙。」劉唐自忖：「我著甚來由苦惱這遭？多虧晁蓋完成，解脫了這件事。只叵耐雷橫那廝平白地要陷我做賊，把我弔這一夜！想那廝去未遠，我不如拿了條棒趕上去，齊打翻了那廝們，卻奪回那銀子送還晁蓋，也出一口惡氣。此計大妙！」夾批分析這段情節的精妙：「此非寫劉唐小忿，益圖曲曲轉出吳學究來」，作者的構思不僅充分顯示了劉唐的性格，又化難為易，曲折地引出吳用這個重要人物，真是「所謂文生情，情生文」的高明寫作手法的體現，「皆極不易之事也。」

而劉、雷相鬥前，雙方爭吵中，雷橫大怒，指著劉唐大罵道：「辱門敗戶的謊賊！怎敢無禮！」劉唐道：「你那詐害百姓的醃臢潑才！怎敢罵我！」雷橫又罵道：「賊頭賊臉賊骨頭！必然要連累晁蓋！你這等賊心賊肝，我行須使不得！」雙方斥罵對方的罪名，看似亂罵，實質上都極為精確地揭示了對方的本質，而雷橫罵劉唐的一連串的「賊」字，看似平常，實質非常精彩，夾批說：「劉唐之來，止為冤之為賊喊捉賊耳，卻偏用無數賊字痛罵之，雖承前文作波，實為後文作引也。」此批意味深長。

吳用會見晁蓋時表揚劉唐：「這個令甥端的非凡！」夾批總結此書的一個寫作特色：「凡一個好漢出現，必有一番出色語，今是劉唐出現處，故特地寫出八個字，為他出色。雷橫此時只算陪客，不妨權讓一步也。」吳用謀劃劫生辰綱時：「只是一件：人多做不得，人少又做不得」；夾批呼應總批：「十字千古名言，可謂初出茅廬第一語矣。」吳用接著說：「宅上空有許多莊客，一個

也用得。如今只有保正，劉兄，小生三人，這件事如何團弄？（夾批：此二語向保正說，下二語向劉唐說，看他寫來，宛然三個人議事，回頭轉耳，左顧右盼也。）便是保正與劉兄十分了得，也擔負不下。（夾批：此二語向劉唐說。）這段事，須得七八個好漢方可，多也無用。」金批將吳用講話時的神態、姿勢變換也分析得明白精妙，《水滸傳》原作和金聖歎批語的精彩，都令我們讚歎。

《水滸傳》和眾多經典名著一樣，善於利用神秘主義文化的資源，運用神秘現實主義和神秘浪漫主義的寫作手段，為塑造人物、開展情節服務。此回首尾，都用這個方法。此回開首說晁家莊所在的東溪村旁的「西溪村常常有鬼，白日迷人下水，聚在溪裏，無可奈何」。中國古書中關於鬧鬼的記載很多，最早的如《左傳》也記載過鬧鬼的事。春秋戰國時，鄭國姓良、姓駟的二貴冑爭權。良家的伯有和駟家的子晳都驕奢蠻橫，子晳還有個弟弟公孫段相幫爭權。子晳命他的將官駟帶殺了伯有。子晳擅殺伯有是犯了死罪，但鄭國的國君和宰相子產並未立即執行國法。子晳隨後兩年裏又犯了兩樁死罪，子產讓他自殺了。伯有死後化為厲鬼，六七年間經常出現，「鄭人相驚伯有」，只要聽說「伯有至矣」，鄭國人就嚇得亂逃，又沒處可逃。伯有死了六年後的二月間，有人夢見伯有身披盔甲，揚言：「三月三日，我要殺駟帶。明年正月二十八日，我要殺公孫段。」那兩人如期而死。鄭國的人越加害怕了。子產忙為伯有平反，把他的兒子「立以為大夫，使有家廟」，伯有的鬼就不再出現了。這是中國最古的歷史名作記載鬧鬼的事蹟。最新的著作有楊絳《走到人生的邊上》，此書記載她年輕時和中年時見聞的多個鬧鬼事件，「我早年怕鬼，全家數我最怕鬼」，「我解放後又回清華時，（小妹）楊必特地通知保康姐，請她把清華幾處眾人說鬼的地方瞞著我，免我害怕。我既已遷居城裏，楊必就一一告訴我了。我知道了非常驚奇。因為凡是我感到害怕的地方，就是傳說有鬼的地方。例如從新林院寓所到溫德先生家，⋯⋯感到前面大片黑氣，阻我前行，只好退回家。」（《走到人生的邊上》，《商務印書館》，2007 年，第 21～22 頁）

此回末尾，晁蓋等三人商議時，晁蓋向吳用介紹：「他（指劉唐）來的意正應我一夢。（夾批：又忽然撰出一夢，奇情妙筆。○此處為一部大書提綱挈領之處，晁蓋為一部大書提綱挈領之人，而為頭先是一夢，可見一百八人、七十卷書，都無實事。）我昨夜夢見北斗七星直墜在我屋脊上，斗柄上另有一顆小星，化道白光去了。（夾批：一部大書，羅列一百八座星辰，此處乃忽然撰出一夢，先提出北斗七星，夫北斗七星者，眾星之所環拱也，晁蓋為此泊之杓，於斯驗矣。）我想星照本家，安得不利？今早正要求請

教授商議此一件事若何。」中國神秘文化中的奇異之夢,有象徵作用和預示作用。這個夢象徵著晁蓋在梁山泊的中心地位,更預示了同劫生辰綱的七人共謀,小星化白光則預示此事結局中的一個環節,讀者讀到後面自會領會。

第十四回　吳學究說三阮撞籌　公孫勝應七星聚義

總批

第一段,讀阮氏三雄,而至「石碣村」字,《水滸》之始也,始於石碣;《水滸》之終也,知一百八人之入《水滸》,斷自此始也。

第二段,阮氏之言曰:「人生一世,草生一秋。」據此分析人生之短暫,人生的最佳時段在 15 至 50 歲,中間僅僅三十五年,而風雨占之,疾病占之,憂慮占之,飢寒又占之,然則如阮氏所謂論秤秤金銀,成套穿衣服,大碗吃酒,大塊吃肉者,亦有幾日乎耶!而又況還有終其身不曾過一日幸福生活的人呢!故作者特於三阮名姓,深致歎焉:曰「立地太歲」(生),曰「活閻羅」(死),(生死)中間則曰「短命二郎」。聖歎感慨:生死迅疾,人命無常,富貴難求。而作為有才識的知識分子,「從吾所好,則不著書,其又何以為活也」。

第三段,分析吳用勸說三阮的手法,「其漸近即縱之,既縱即又另起一頭」,即善於逼近而後又宕開,再另起一個話頭,「復漸漸逼近之,真有如諸葛之於(七擒)孟獲者,此定非人之所能也」。非常高明。

回後

第一段,吳用向晁蓋、劉唐介紹梁山泊邊石碣村打魚的阮氏三兄弟,準備說他們三人入夥。當夜三更便去,明日晌午可到那裏。

第二段,吳用來到石碣村,先後找到阮小二、阮小七和阮小五。假意要向他們定購大魚,一起飲酒敍話。

第三段,他們先在酒店,後來移至阮小二家後面水亭上坐定。席間,阮氏三雄介紹梁山一夥強人佔了泊子,他們不能去打魚。捕盜官司的人不敢捉拿,反而騷擾百姓。他們哀歎自己空有一身本事,王倫忌才,無法投奔梁山。如有人「識我們的」,水火不避,勇往直前。

第四段,吳用向他們介紹晁蓋和打劫生辰綱的打算,阮氏三雄踊躍參與。

第五段,吳用帶領阮氏三雄來到晁家莊,晁蓋和他們正熱烈商議時,公孫勝闖來入夥。

此回第一段是過渡文字。第二段,金批指出:「吳用說三阮,只用一個順

他性格，順他口語之法，一篇皆然，蓋深得控御豪傑之術者也。」一般缺乏人文經典薰陶和家庭嚴格教育的人，都耐不得別人的批評和反對，沒有文化的豪傑之士更是如此，自以為是，隨心所欲，所以吳用用順從法對付，便綽綽有餘。

阮小二道：「隔湖有幾處酒店，我們就在船裏蕩將過去。」吳用道：「最好；也要就與五郎說句話，不知在家也不在？」夾批指出：「看他如此去，並不著意要見五郎，下文叫七哥二字亦然，只如無心中說閒話，遇閒人也者，此史公敘事這法也。」指出此用《史記》的並不著意的閒閒筆調，似無心而實則是精心構思之後的自然敘寫。

吳用隨小二乘舟去尋小五，只見阮小二把手一招，夾批說：「生於斯者習於斯，則或從密樹中，或從沙嘴上，或從破屋角頭，或從大水中央，每每眼明手快，見而招之矣。若夫初來生客，目光不定，則人在樹中，與樹一色；人在沙上，與沙一色；人在屋角，與屋一色；人在水中，與水一色，其烏乎知此中有人來，無人來者乎？『只見阮小二把手一招』者，只見阮小二把手一抬耳。文筆細妙入神，視夫直書云『只見阮小七劃出一隻船來』者，真有金糞之別也。○亦無他法，只是逐半句寫耳。」通過簡單一個動作，分析這個動作的緣由、根據和與初來生客的目光的本質性區別，指導作家觀察生活和塑造人物的方法，很有指導意義。

接著阮小二叫道：「七哥，曾見五郎麼？」夾批：「看他如此來。（按指作品寫小七的出現，寫得靈巧方便。）○上文自說尋五郎，此處卻先遇七哥，離奇錯落，縱橫霍躍，真行文妙訣也。」小七叫「二哥，你尋五哥做什麼？」吳用叫一聲：「七郎，（夾批：不用小二答。眉批：此回看他四個人問答不接處，如問小二，卻是吳用答，都要算其神理。）分析小說描寫對話的靈活和變幻。阮小七道：「小人也欲和教授吃杯酒，（夾批：二句與前倒轉，法變。）只是一向不曾見面。」夾批說：「『只是』二字，不通之極。非不通文墨也，胸中有無數相思相愛，而口中不能宣通之也。便也出阮小七鬱勃可愛。」僅僅兩字，既暴露小二不懂文法人的語言不通，又顯示不善語言的底層善良青年講不出胸中濃烈的情感、不講而講的鬱勃可愛。

此回金批對阮氏三雄性格、語言和吳用巧妙煽動他們人夥的智慧，都用讚賞的態度評批，對作品的精彩描繪，也給以細膩分析，並總結了吳用精巧奇妙的「倒插而入」、「反跌法」，作者構思情節、善於前後照應的「草蛇灰

線」法等。

來到阮小二家時，阮小二叫道：「老娘，（夾批：突然叫聲老娘，令人卻憶王進母子也。○試觀王進母子，而後知求忠臣必於孝子之門，斯言為不誣也。三阮之母，獨非母乎？如之何而至於有三阮也？積漸既成。而至於為黑旋風之母，益又甚矣。其死於虎，不亦宜乎！凡此等，皆作者特特安排處，讀者宜細求之。）五哥在麼？」那婆婆道：「說不得！魚又不得打，（夾批：此五字乃通篇之綱，卻在其母口中提出。）連日去賭錢，輸得沒了分文，卻才討了我頭上釵兒（夾批：特寫三阮之為三阮，非一朝一夕之故，其母之縱之者久矣。）」做賭資，繼續去賭錢。

阮母說「魚又不得打」，這事她最關心，因為兒子沒了經濟來源，家庭無法過活，母親最憂心；而吳用能夠說動他們一起搶劫，則三阮不能打魚，正愁沒有活路，正是他們入夥的經濟基礎和思想基礎。金批嚴斥三阮之母，沒有嚴格教育好兒子，還放縱兒子學壞。兒子不僅不懂仁義道德，對社會上的人事沒有正確的是非觀，又沒有養成嚴謹的生活作風，還賭博墮落，從而更為羨慕強盜的殺人劫財，不懂安分守己的人生原則，是他們經不起外界的誘惑和教唆，徹底墮落，成為強盜的內因。所以聖歎進一步批評：「三阮之為三阮，非一朝一夕之故，其母之縱之者久矣」。這種母親一味放縱兒子，兒子就更其放肆，連母親頭上的釵兒也討去做賭資，母親照舊姑息放縱。對照王進，其母從小對他嚴格教育，所以能夠做孝子，做忠臣；對照李逵之母，則更差，所以李逵做人兇狠蠻橫，酗酒賭錢，不順心就打，這樣的母親給老虎吃掉，真是活該！

金聖歎的以上看法，從教育學的總體上來說，是正確的。我們再對照史進的母親，史太公對王進介紹說：「老漢的兒子從小不務農業，只愛刺槍使棒；母親說他不得，一氣死了。（夾批：將母而去，此其所以為王進也。嘔死其母，此其所以為史進也。兩兩寫來，對照入妙。）老漢只得隨他性子，不知使了多少錢財投師父教他。」史進的母親對兒子的教育是堅守正道，也是嚴格的，但丈夫不配合，不能行嚴父之責，兒子堅不學好，她又堅持己見，所以被活活氣死了。史太公則放任自流，遂兒子心性。其結果是，史進即使不做強盜，他也不事生產，坐吃山空，家業敗完，自己淪落為窮漢為止。他即使有王進這樣的師父，也只有學了半年，技業還是不精，即使有人收留，只能終身做一個沒有出息的底層軍官而已；如無人收留，只能流落江湖了。家裏有這麼好的條件，最後竟然窮愁淪落，這是非常失敗的人生道路。史大郎天性善良，如果史太公配合其妻嚴格教

誨、甚至責打兒子，強令其學習農務，他也就能夠繼承家業了。現在他燒光了房子、莊院，放棄了自家的田地，外出流浪，最後做了強盜，在任何社會都會被認為是非常沒有出息的墮落子弟。

但金聖歎對統治者腐敗無能，既無能力剿滅造反保護百姓，反而騷擾欺凌百姓也是痛恨萬分的。所以阮小五道：「如今那官司一處處動撣便害百姓；但一聲下鄉村來，倒先把好百姓家養的豬羊雞鵝盡都吃了，又要盤纏打發他！」（夾批：千古同悼之言，《水滸》之所以作也。）如今也好教這夥人奈何那捕盜官司的人！那裏敢下鄉村來！（夾批：作者胸中悲憤之極。○一路痛恨強人，乃說到官司，便深感之，筆力飄忽夭矯之極。）若是那上司官員差他們緝捕人來，都嚇得屎尿齊流，怎敢正眼兒看他！」阮小二道：「我雖然不打得大魚，也省了若干科差。」（夾批：十五字抵一篇《捕蛇者說》。）阮小七憤慨「千萬犯了迷天大罪的倒都沒事」！夾批：「千古同歎，只為確耳。」

金聖歎一般地反對造反，是對的，任何社會都反對動亂，不僅政府，民眾也喜歡安定和諧的生活。但對於腐敗無能的統治者造成了社會動盪，民不安生，有人起來反對這些執政的貪官，金聖歎也是同情的，甚至是首肯的。造反者如果替天行道，聖歎贊成；如果隨便殺人放火，欺負良民，聖歎是反對的。他希望造反的義軍紀律井然，劫富濟貧。這是他的儒家仁義、民本思想所決定的政治態度，也是他評批《水滸》英雄人物的原則。在這樣的立場上，他贊成打劫生辰綱，歌頌晁蓋等人的義舉。

至於阮氏三雄和劉唐等人，因嚮往享受金銀、酒肉而造反，用這種方法脫貧致富，在一定的歷史條件下，這也是可以理解的，不僅他們，即使現代，百姓參加革命也是為了過好日子，其直接目標是「打土豪，分田地」等等。不能指望普通民眾，在接受正確的革命理論之後，未經艱苦的磨難和長年的奮鬥，就有崇高的社會和人生理想。

第十五回　楊志押送金銀擔　吳用智取生辰綱

總批

第一大段分析，做事如果一個人決斷，大事可以成功，但是兩人執政，小事也要失敗。梁中書太看重十萬金銀而看輕楊志，派人監控，是怕楊志途中覬覦這批財物而起壞心。但他又知「疑人勿用，用人勿疑」的成訓，所以又偽裝夫人也有一擔金銀要送，需要都管跟隨，用這樣的方法，派人監視掣肘楊志，

造成楊志無法獨力行使路途的指揮權，造成最終失敗，而失敗的責任不在晁蓋八人、禁軍十一人、一都管和兩虞候，全是梁中書的罪責。楊志好比是寓言，古之國家，以疑立監者，比比皆有。金批的這個觀點是歷史經驗的總結，也是當時現實的反映：明末崇禎不信任臣下，派太監監軍，朝廷議臣也遙加批評，遼東抗擊滿清的將帥大受掣肘，是明軍失敗的重要原因之一。

第二、三、四、五、六段，具體分析此回精彩的人物和情景描寫。

回後

第一段吳用開玩笑恐嚇，吳用在和七人商議時介紹自己的計謀。

第二段梁中書與夫人商議派楊志押送生辰綱，梁中書指派楊志這個任務時，楊志忽然肯去，忽然不肯去，忽然又肯去，忽然又不肯去，最後肯去。梁中書另派都管和二虞候相隨，根據楊志要求，令他們一路遵從楊志，率十一個壯健的廂禁軍，挑十一擔金珠、寶貝，一行十五人，取大路投東京進發。

第三段楊志等在路上行進，正逢五月半，天氣酷熱。第一階段五七日，趁早涼便行，日中熱時便歇。第二階段，人家漸少，行路又稀，一站站都是山路，楊志要求辰牌時（上午七時）起，辰牌（下午五時）便歇，正是最熱的時候頂著毒日趕路。軍漢要求趁早涼便行，日中熱時便歇。雙方大起爭執，楊志痛罵痛打軍漢，逼著在日頭裏趕路，虞候和都管也怕熱，幫軍漢反對楊志。

第四段，如此又行了十四五日，那十四個人，沒一個不怨楊志。六月初四這一天，眾軍漢熱極，在土岡子松樹下睡倒，楊志正急打眾軍漢，遇到七個販棗子客人也在此歇息，楊志只好同意大家在此歇涼。

第五段，沒半碗飯時，來了一個漢子，挑著一擔酒桶，唱上岡子來。軍漢們詢問漢子，楊志警告他們：「多少好漢，被蒙汗藥麻翻了！」那夥販棗子客人卻當場買一桶酒喝。

第六段，眾軍漢經不起誘惑，買了另一桶酒喝，也請楊志喝。楊志見眾人登時吃盡了那桶酒，吃了無事，也就喝了半瓢。結果全部都頭重腳輕、軟倒了，眼看著販棗子客人將車中的棗子倒在地上，將這十一擔金珠、寶貝，都裝在車子內，推下岡去。

第七段，楊志吃的酒少，醒得快，爬起來，怒斥眾人，望著黃泥岡下便跳，準備自殺。

此回描寫楊志的性格、智慧極其出色，在這個基礎上再寫他也被奶公逼上絕路，和一點不肯受騙，他的智慧對付強盜的陰謀綽綽有餘，到上當受騙的過

程，精彩絕倫，是世界頂級巨著的偉大成就的出色體現。

　　楊志雖然是一個武官，但對社會瞭解很深，對官場中的弊病更瞭如指掌。金聖歎精確批示：梁中書要派他去護送生辰綱時，「第一段，不敢不去。」梁中書要護送隊大張旗鼓、張揚而去時，「第二段，忽然去不得，文勢飄忽。」因為楊志知道如此張揚，豈非沿路引來多批、大批盜賊來搶奪？楊志向梁中書例舉八處險害之處，這幾處都是強人出沒的去處。更兼單身客人，亦不敢獨自經過。他知道是金銀寶物，如何不來搶劫！枉結果了性命！以此去不得。梁中書道：「恁地時多著軍校防護送去便了。」楊志道：「恩相便差一萬人去也不濟事；這廝們一聲聽得強人來時，都是先走了的。」（夾批：借事說出千古官兵，可惱可笑，言者無罪，聞者足戒。）梁中書道：「你這般地說時，生辰綱不要送去了？」夾批說：「寫來天生是梁中書口中語，又寫得飄忽。」梁中書是一個不學無術、不懂歷史、社會的昏庸之徒，所以講話喜跳絕端，看不到困難時以為事情容易而簡單，人家指出困難時，他就認為事情是沒法辦了，不能辦了，他不懂凡事都要想辦法。楊志則提供了成事的辦法：「若依小人一件事，便敢送去。」（夾批：第三段，依了一件事，又便去得，飄忽之極。眉批：忽然去得，忽然去不得，凡四段翻騰跳躍，看他卻是無中生有。）

　　出發前夕，梁中書對楊志道：「夫人也有一擔禮物，另送與府中寶眷，也要你領。怕你不知頭路，特地再教奶公謝都管，並兩個虞候和你一同去。」夾批啟發讀者和學習寫作的人：「非真有夫人一擔禮物，定少不得也，只為岡上失事，定少不得老都管，則不得已，倒裝出一擔梯己禮物來，此皆作者苦心也。」這是從構思情節的角度立論。至於這樣的安排必會引來禍害，精明的楊志心中極其明白，他馬上看出梁中書的用心，告道：「恩相，楊志去不得了。」（夾批：第四段，忽然又去不得了，飄忽如此，異哉。）梁中書毫無辦事的經驗，又將事情看得太容易，道：「禮物都已拴縛完備，如何又去不得？」（夾批：真是奇事。）楊志稟道：「此十擔禮物都在小人身上，（夾批：是。）和他眾人都由楊志，（夾批：是。）要早行便早行，要晚行便晚行，要住便住，要歇便歇，亦依楊志提調；（夾批：是。）如今又叫老都管並虞候和小人去，他是夫人行的人，（夾批：閒中捎帶一句，千古同笑。）又是太師府門下奶公，（夾批：又捎帶一句。）倘或路上與小人別拗起來，楊志如何敢和他爭執得？（夾批：是。○不惟楊志爭執不得，依上二句，想相公亦爭執不得。）若誤了大事時，楊志那其間如何分說？」（夾批：是。○一路都是特特寫出楊志英雄精細，便把後文許多別拗爭執，因而失事，隱隱都算出來，深表楊志

不墮七個人計中也。）梁中書道：「這個也容易，我叫他三個都聽你提調便了。」社會經驗和辦事經驗都非常稚嫩的梁中書開口又說「容易」，以為這樣處置已經萬事大吉，不想就是在這個環節上爆出漏洞，十萬金銀就此出送。到此地步，楊志也只能同意了，但他與老都管之路平時沒有打過交道，不知此種人成事不足，敗事「有餘」的能耐有多大，未免埋下禍根。梁中書又暗中關照老都管等「夫人處分付的勾當，你三人自理會。」夾批說：「調侃一句，然卻是分外閒筆，以泯自家倒裝之跡耳。」

接著描寫路上的艱辛，第一段寫楊志嚴逼挑擔的廂軍，第二段，寫兩個虞候。他們雖只背些包裹行李，也已氣喘了跟不上。楊志便嗔怪他們。那虞候道：「不是我兩個要慢走，其實熱了行不動，因此落後。前日只是趁早涼走，如今恁地正熱裏要行，正是好歹不均勻！」他們不懂楊志這種違反常理的安排的深意，而且，他們雖然是奴才，但是高級奴才，平時養尊處優，即使空手閒逛也走不遠走不快，何況酷熱天趕山路？楊志嚴斥，兩個虞候口裏不言，肚中尋思：「這廝不值得便罵人！」

第三段，寫老都管。夾批：「看他三段三樣來法。」兩個虞候向老都管告狀，老都管道：「須是相公當面分付道：『休要和他別拗』，因此我不做聲。這兩日也看他不得。權且耐他。」兩個虞候道：「相公也只是人情話兒，都管自做個主便了。」他們認為梁中書吩咐他們聽候楊志管束的話「只是人情話兒」，即是給楊志面子的門面話。老都管是高級奴才中的頂尖人物，所以為人「穩重」，懂得克制和忍耐，因而勸他們：「且耐他一耐。」

次日，眾人都已滿腹、滿口牢騷，兩個虞候在老都管面前絮絮聒聒地搬口。老都管聽了，也不著意，心內自惱他。老都管之流善於在肚子裏做工夫，善於敷衍，所以心裏惱恨，口裏不露，不到關鍵的時候不講真話。

接著小說極力描寫酷熱趕路之極其艱辛，到了忍無可忍之時，眾軍人看那天時，（夾批：寫熱卻寫不盡，寫怨恨亦寫不盡，陡然寫出「看那天時」四字，遂已抵過《雲漢》一篇，真是才子有才子之筆也。）四下裏無半點雲彩，其實那熱不可當。楊志催促一行人在山中僻路裏行。（夾批：先將未午一段盡情寫出炎熱之苦，至此處交入正午，只用一句，便接入眾人睡倒，行文詳略之際，分寸不失。）看看日色當午，那石頭上熱了，腳疼，（夾批：只得一句七個字，而熱極之苦，描畫已盡，歎今人千言之無當也。）走不得。

的確，石頭路上曬得沸燙，腳踩上去疼痛難熬，這樣的感覺非實際體驗過

或實地觀察過,如何寫得出?作者觀察和描寫生活得真切細膩,每每在細微處體現出來。

此時空手行走兩個虞候和老都管氣喘急急,也巴到岡子上(夾批:此一段都管、虞候方來。)松樹下坐下喘氣。(夾批:巴得他來,卻也坐了,真奈何!○寫來真有此事。)這一段,夾批揭示老都管和兩個虞候便當場反駁和譏刺楊志只管把強盜猖獗這話來驚嚇人,「真有此語。○如國家太平既久,邊防漸撤,軍實漸廢,皆此語誤之也。」和老都管敷衍楊志,「其言既不為楊志出力,亦不替眾人分辨,而意旨已隱隱一句縱容,一句激變,老奸巨猾,何代無賢。」老都管喝罵時,夾批說:「從空忽然插入老都管一喝,借題寫出千載說大話人,句句出神入妙。」「(稱呼)增出一『楊』字,其辭甚厲。」「二句六字,其辭甚厲,『你聽我說』四字,寫老奴託大,聲色俱有。」還揚言:「我在東京太師府裏做奶公時,(夾批:嚇殺丑殺,可笑可惱。○一句十二字,作兩句讀,「我在東京太師府裏」,何等軒昂!「做奶公時」,何等出醜!然狐輩每每自謂得志,樂道不絕。)門下軍官見了無千無萬,(夾批:四字可笑,說大話人每用之。)都向著我喏喏連聲。(夾批:太師戒焰,眾官諂佞,奴才放肆,一語遂寫之。)不是我口淺,(夾批:老奴真有此語。)量你是個遭死的軍人,(夾批:第一句,說破楊志不是提轄,惡極。)相公可憐,抬舉你做個提轄,(夾批:第二句,說提轄實是我家所與,惡極。)比得芥菜子大小的官職,(夾批:第三句,說楊志即使是個提轄,亦只比之芥子,惡極。)值得恁地逞能!(夾批:已上罵楊志,已下說自家,妙絕。)休說我是相公家都管,(夾批:一句自誇貴。)便是村莊一個老的,(夾批:一句自誇老。○看他說來便活是老奴聲口,尤妙在反借「村莊」二字,直顯出太師府來,如云休說相公家都管,便是村莊一老,亦該相讓,何況我今不止是相公家都管也。)也合依我勸一勸!只顧把他們打,是何看待!」楊志道:「都管,你須是城市里人,生長在相府裏,那裏知道途路上千難萬難!」老都管道:「四川、兩廣,也曾去來,不曾見你這般賣弄!」楊志道:「如今須不比太平時節。」都管道:「你說這話該剜口割舌!今日天下怎地不太平?」(夾批:老奴口舌可駭,真正從太師府來。)

老都管的怒斥一句比一句厲害,最後深文周納,也即從政治上「上綱上線」,欲置楊志於死地,就在這一刻,楊志還來不及回答,森林中的可疑人出現了,於是白熱化的爭執場面立即轉移到波詭雲譎的智取豪奪場面。

大家驚恐地面對可疑的闖入者,以為強盜出現了,結果發現「不是」強盜,老都管坐著,道:「既是有賊,我們去休。」(夾批:坐著道,則明明聽得非賊矣,

卻偏要還話，惡極。）楊志說道：「俺只道是歹人，原來是幾個販棗子的客人。」老都管別了臉對眾軍道：「似你方才說時，他們都是沒命的！」（夾批：老奴惡極。）楊志道：「不必相鬧；俺只要沒事便好。你們且歇了，等涼些走。」眾軍漢都笑了。（夾批：分明老奴所使，寫得活畫。○凡老奸巨猾之人，欲排陷一人，自卻不笑，而偏能激人使笑，皆如此奴矣，於國於家，何處無之。）楊志也把樸刀插在地上，自去一邊樹下坐了歇涼。（夾批：上文楊志如此趕打，至此亦便坐了歇涼，中間有老大用筆不得處，須看其逐卸來。）

此回是《水滸傳》的經典篇章之一，充分體現了《水滸傳》的偉大成就。這裡妙在：是真的強盜來了，卻竟能使大家感到強盜總算沒有來，來的是比我們膽子還要小、還要柔弱的良民，於是大家還感到分外的安全，連精明絕頂的楊志也不得不認輸。又妙在楊志對對方的陰謀早就預防，這時也並未喪失警惕，一語道破酒中有偶蒙汗藥。而真強盜是「大智若愚」，酒中就是沒有蒙汗藥，但就是有蒙汗藥，真真假假，虛虛實實，騙局設得嚴密到天衣無縫的精巧程度，成為一場精美絕倫的好戲，既是喜劇，又是悲劇，悲喜交錯；更是一場發人深省的心理劇，對症下藥，藥到病除，引得這夥病人快樂得意地走向安樂死。這要比世界著名電影、日本《追捕》中的匪徒要靠現代化的醫院設施與高科技的毒藥損害人的神經相配合，再興師動眾在高樓屋頂上引誘橫路精二在鬧市的眾目睽睽之下跳樓，要高明得多。

本戲第一個主要角色上場時，未見其人，先聞其聲，先聲奪人，一首山歌唱得楊志部下眾位聽眾，人人心中發生共鳴，夾批還總結《水滸傳》至此：「挑酒人唱歌，此為第三首矣。然第一首有第一首妙處，為其恰好唱入魯智深心坎也。」魯智深在五臺山寺中正閒殺英雄，又無酒喝，山歌說「九里山上舊戰場」，等等。「第二首有第二首妙處，為其恰好唱出崔道成事蹟也。」強盜唱歌唱出強盜邏輯：因為自己的「濃厚同情心」所以強奪「孤單無伴」、難度寂寞的良家婦女一起尋歡作樂，等等。「今第三首又有第三首妙處，為其恰好唱入眾軍漢耳朵也。作書者雖一歌不欲輕下如此，如之何讀書者之多忽之也？○上二句盛寫大熱之苦，下二句盛寫人之不相體悉，猶言農夫當午在田，背焦汗滴，彼公子王孫深居水殿，猶令侍人展扇搖風，蓋深喻眾軍身負重擔，反受楊志空身走者打罵也。」聖歎讚頌作者連一曲山歌都慘淡經營、精心設計：結合小說的情節、人物的處境（所處的季節、身體勞累和心裏焦躁等等），對症下藥，有極其明顯的雙面心理治療效果：使清醒者昏聵地、使昏聵者亢奮地合著陰謀者預

設的節拍走向滅亡。還妙在三首山歌都用優美生動的語言，唱出一種或真或假的人生哲理，令人不得不信服。山歌雖好，還是序曲，接著的生動的一幕一幕，令千古讀者大開眼界，金批則錦上添花，與原著交相輝映，將原作的高明處處挑明，如分析氣氛：「一段有山雨欲來風滿樓之勢。」分析寫作手段：「（眉批）此一段讀者眼中有七手八腳之勞，作者腕下有細針婉線之妙，真是不慌不忙，有庠有序之文。」「閒處寫出楊志半日英雄精細。」「獨說那桶當面亦吃過一瓢，表出楊志英雄精細，超過眾人萬倍。」「故作奇波。○前七個人買時作此一波，實是無藥好酒，故成奇趣，今十五個人買時作此一波，酒中卻已有藥，故又成奇趣，蓋雖一樣波折，而有兩樣翻湧也。」「波頭只是不落，妙。」「龍跳虎臥之才，有此一筆，不然，則眾軍奪吃既不好，白勝肯賣又不好也。」「（那軍漢開了桶蓋，無甚舀吃），八個字寫出妙景。○一桶酒，一個桶蓋，十四個人，十四雙眼，二十八隻手，絕倒。）」「匆匆中寫來有體。」「（叫老都管吃一瓢，楊提轄吃一瓢。楊志那裏肯吃。）寫楊志英雄精細，固也，然楊志即使肯吃，亦不得於此處寫他肯吃，何也？從來敘事之法，有賓有主，有虎有鼠。夫楊志，虎也，主也，彼老都管與兩虞候，特賓也，鼠也。設敘事者於此不分賓主，不辨虎鼠，雜然寫作老都管一瓢，楊志一瓢，兩個虞候一瓢，眾軍漢各一瓢，將何以表其為楊志哉！故於此處特特勒出一句不吃，夫然後下文另自寫來，此固史家敘事之體也。」「（那賣酒的漢子說道：「這桶酒被那客人饒了一瓢吃了，少了你些酒，我今饒了你眾人半貫錢罷。」）不惟尚有閒力寫此閒文，亦借半貫錢，映襯出十萬貫金珠，以為一笑也。」面對《水滸傳》的精妙刻畫和金批的精闢分析，如果能夠邊閱讀邊深思，多次閱讀多次深思，無論讀者還是作家都能獲益良多。

第十六回　花和尚單打二龍山　青面獸雙奪寶珠寺

總批

第一段如果一百八人上梁山都一律套用朱貴酒店接待的模式，就太呆笨，魯智深和楊志藏之於二龍山，然後乘勢可動，疾飛而去，此為「良匠心苦」的慘淡經營的構思結果。

第二段魯達和楊志，二孽龍同居一水，因鄉里之情可以增加和諧因素，又因林冲之徒曹正的調節，林冲對兩人的團結有著潛在的影響。

第三段，後來武松也上此山，因他與魯達都在張青店中遭遇險情，都因避難而「出家」，這就有了精神共鳴。

第四段，曹正之妻，使曹正酒店與張青店中彷彿相似，而後下文就可結撰各呈千秋的奇觀。

第五段，魯、楊和魯、武的同鄉通氣、出家逗機，使文章自成篇段，即增加趣味和內涵。

第六段，此回拖尾翻出何清報信一段情節，教育讀者要重視和維護兄弟情誼。

回後

第一段楊志珍惜自己生命，不再自殺，痛斥十四人後，獨自另尋生路。十四人醒後，後悔莫及，趁楊志溜走，大家商議將罪責都推到楊志一人身上，向官府報告。

第二段，楊志行了半夜，饑渴難忍，只能到酒店吃喝後開溜，被曹正追及，兩人相鬥。曹正是林冲徒弟，他感到楊志的武藝手段與林冲一般，就和他互通姓名，認出是楊志，請他回店相聚。

第三段，曹正問知楊志近況，兩人商議奪取二龍山安身立命。

第四段，在二龍山下，兩人巧遇魯智深，魯智深講述自野豬林回去後，遭高俅捉拿，逃離東京，在十字坡險遭殺害，後與張青結成兄弟，現來投奔二龍山，遭到鄧龍拒絕。

第五段，曹正用計，幫助魯智深、楊志殺死鄧龍，佔領二龍山。

第六段，老都管等人趕回北京，向梁中書誣告楊志。梁中書向丈人蔡京報告此事，蔡京下公文，嚴令濟州官府捉拿這夥賊人。

第七段，濟州太守嚴逼緝捕使臣何濤捉拿賊人，如不成，先將何濤迭配遠惡軍州，還先在何濤臉上刺字。

第八段，何濤回到家中，憂心忡忡，恰好兄弟何清來訪，提供緊要情報。

楊志當時在黃泥岡上欲要自尋死路，「猛可醒悟，拽住了腳」，夾批指示一條重要的人生哲理說：「敗子回頭，忠臣惜死，皆有此八個字。」楊志回身再看那十四個人時，（夾批：再看一看。）只是眼睜睜地看著楊志，夾批揭示作者選擇視角之巧妙：「妙言奇趣，令人絕倒。○本是楊志看十四個人也，卻反看出十四個人看楊志來，兩看字，寫得睜睜可笑。」楊志歎了口氣，一直下岡子去了。夾批指出高明的敘述技巧說：「上文一路寫來，都在楊志分中，此忽然寫出去了二字，卻似在十四人分中者，當知此句，真有移雲接月之巧。蓋楊志一路自去，固也，然岡上十四人，一夜畢竟作何情狀，不爭只要寫楊志，卻至後

日重又追敘今夜耶？輕輕於楊志文尾，用『去了』二字，便令楊志自去，而讀者眼光自住岡上，重複發放此十四人，此皆作者著乖處，偷力處，須要一一知其筆蹤墨蹟，毋為昔人所瞞，如是，始得謂之善讀書人也。○看他午間二十三個人在岡上，何等熱鬧，卻一個人去了，又七個人去了，又一個人也去了，又十四個人也都去了，寫得可發一笑。又想他連日十五個人，於路百般斗口，卻一個人先去了，十四個人也都去了，寫得又好笑，又好哭也。」

我們常見「英雄欺人」，即大作家、大文豪故意寫出蠻橫無理的話；《水滸傳》寫出楊志一文不名、肚中飢餓，蠻橫騙食的「英雄無賴」，聖歎進而指出：小說之高明還在於「寫英雄無賴，卻寫出他沒意思來，妙筆。」「寫英雄無賴好笑。」「寫得無賴，又寫得可憐」。「又無賴，又沒意思，真是寫出可憐。」

接著楊志邂逅魯達，兩人惡鬥時，楊志暗暗地喝采道：「那裏來的和尚！真個好本事，手段高！俺卻剛剛地只敵得住他！」夾批說：「魯達本事，前林冲歎之矣，今楊志又歎之。至云自己剛剛敵得他住，則是楊志本事，林冲歎之，魯達歎之，楊志亦自歎之也。」

兩人認出對方是知名英雄，從而歇戰攀談時，各自介紹自己的經歷，魯智深介紹離開大相國寺、逃走在江湖上的原因和經過，夾批說：「前文林冲到滄州，公人回來，未有下落，魯達松林中別了林冲，重到不重到菜園，未有下落，卻於此處補完，妙絕。」又介紹在十字坡酒店的險遇橫死，幸虧酒家見了洒家這般模樣又見了俺的禪杖、戒刀吃驚，夾批提示：「此一句作者直抵上文林冲二字用，其精神氣色，有跌躍擲霍之勢，不望讀者能自知之，但望讀者能牢記之足矣。○牢記此句，俟後武松文中對看也。」又因張青和母夜叉孫二娘，甚是好義氣。一住四五日，夾批再次提示：「如此一段奇文，卻不正寫，只用兩番口中敘述而出，此非為魯達已於此地得遇楊志，苟欲追記，則筆墨遼越，苟不追記，則情事疏漏，於是不得已，而勉出於口中敘述，以圖草草塞責也。蓋楊志魯達，各自千里怒龍，遙遙奔赴，卻被曹正輕輕閃出林冲，鎖住一處，固已；乃今作者胸中，已預欲為武松作地。夫武松之於魯達，亦復千里二龍，遙遙奔赴，今欲鎖之，則仗何人鎖之，復用何法鎖之乎？預藏下張青夫婦，以為貫索之蠻奴，而反以禪杖戒刀為金鎖。嗚呼！作者胸中之才調，為何如也！」揭示作者創作長篇巨著時，善於將前後情節和人物遙相綰連、互作照應的非凡本事。

　　魯達在此回終於找到了一個生活安樂、有酒有肉的安身立命之處，卻是江湖綠林的險惡之地，做的卻是強盜營生。

　　魯達為什麼受迫害、上二龍山和梁山？他本來處境還是比較優裕的，首先他擔任一定職務，既有一定社會地位，又有自在快活的生活，經濟上因沒有家室拖累，用錢也比較自由。第二，受到上司的器重和愛護。他因性格剛烈，武藝高強，老種經略相公特地派他到小種經略相公處任職，這既是對自己兒子的一種惠顧，同時也可以看作為是一種合理的「人材儲存」，以後邊關上需要時再起用他。小種經略相公充分理解父親的用意，也十分尊重和愛惜魯達。魯達跌入困境、逆境乃至絕境，全是因為他在正義感和人道精神的驅使下，挺身而出，包打不平，拯救無辜弱女（金翠蓮、桃花莊劉小姐、瓦官寺被強人霸佔的女子和林冲娘子）和落難英雄（如林冲）而犯了人命案，開罪了當政權貴造成的。魯達對此事先毫不猶豫，事發時義無反顧，事後絕不後悔，體現了一種浩然正氣和磊落胸懷。聖歎除在具體情節描寫處作了多次精細、深刻、生動的評批外，又總結他是為了三個婦人，尤其是金翠蓮和林冲娘子而獻出一生前途的，還在第二回總評中總結說：

　　　　寫魯達為人處，一片熱血直噴出來，令人讀之深愧虛生世上，

　　不曾為人出力。孔子曰：「詩可以興。」吾於稗官亦云矣。

　　魯達的英勇仁愛的言行，張揚我國民族正義志士的正氣，是先秦以來慷慨悲歌精神的繼承和宏揚，維護社會正氣的重要力量。聖歎指出魯達英雄行為的教育意義和榜樣作用，聯想我國當今社會壞人作惡弱者受凌，常常缺乏挺身而出、伸張正義的好漢、強者，說明至今仍有現實意義。

　　前已言及，由於《水滸》非凡藝術魅力和高超的寫作手段，小說竟將魯達軍官論為和尚，和尚變為強盜這一每況愈下的人生三部曲表現得轟轟烈烈。魯達本人因其自覺的人生選擇原則而毫無怨尤，還反而感到無比痛快。我們必須學習金聖歎，在字裏行間讀出原作是深意。

　　此回下半描寫何濤被嚴令追捕盜賊而陷入絕境，其妻巧妙調節兄弟關係，用適當的語言套出兄弟何清獲悉的破案線索，眉批提示：「何清與阿嫂交口，另作一篇小文讀，蓋《棠（常）棣》之詩，遜其婉切矣。」

　　何濤、何清兄弟交惡是因為弟弟不學好，行為不端，何清不僅不自省，反而責怪哥哥對他的教育。何清道：「嫂嫂，你須知我只為賭錢上，吃哥哥多少打罵。我是怕哥哥，不敢和他爭涉。閒常有酒有食，只和別人快活，今日兄弟

也有用處！」夾批說：「說得透，罵得好。○言之至再至三者，亦所以省發《棠（常）棣》一章也。」由於金聖歎預設本書中的強盜是好漢，於是追捕他們的官吏、官兵都是壞貨，故而否定何濤，同情何清。如果站在公正的立場，何濤在官府負責捕盜，照理應該是社會正義的代表，但他有壓榨鄉民、接受賄賂這樣的劣跡，也的確應該批評。但何濤對於家庭來說，有正當職業和收入，何清則游手好閒，不務正業，酗酒賭博，沒有出息，作為哥哥對他嚴加管教，弟弟不聽，不予資助，保持距離等等，也是合情合理的。酗酒賭博，又沒有生活的正當來源，最後或結交匪類，或淪落街頭，對於這樣的自甘墮落、不聽教育之人，金聖歎用不講原則的「孝悌」理論給以同情和支持，是有偏頗的。

第十七回　美髯公智穩插翅虎　宋公明私放晁天王

總批

第一段，此回開始進入宋江傳。宋江，盜魁也，比之群盜，應該罪加一等。本書開首就寫他私放晁蓋，宋江通天之罪，作者也不能為他遮掩。

第二段，此回處處寫出辦案的機密，和機密之至，其目的就是要鮮明挑出宋江私放晁蓋之罪。

第三段，寫朱全、雷橫二人，各自要放晁蓋，但雷橫處處讓過朱全一著。沒有想到先有宋江早已做過人情，強手之中，更有強手，真是寫得妙絕。

回後

第一段，何清告訴案犯的姓名和得知的原因。何濤立即報告府尹，府尹立即派八個公人半夜抓捕白勝，並審清為首者是晁蓋。

第二段，濟州府緝捕使臣何濤帶二十個公人秘密到鄆城縣，值日押司宋江接待。宋江將何濤穩住，自己飛馬去通知晁蓋。又建議半夜去抓捕，給晁蓋留下充裕的準備時間。

第三段，朱全和雷橫奉命與縣尉帶士兵半夜去圍捕，兩人都存心放走晁蓋，在朱全的掩護下，晁蓋順利脫逃。

第四段，縣尉只好抓幾個鄰居應差。

小說寫何清因賭博而獲得線索，夾批：「何濤罵兄弟好賭，不謂賊人消息卻都在賭博上撈摸出來。看他逐段不脫『賭』字，妙絕。」

小說又寫何清幫助小二登記住店客戶姓名，而得到確切情報——何清告訴何濤：「為是官司行下文書來：著落本村，但凡開客店的須要置立文薄，一

面上用勘合印信；每夜有客商來歇息，須要問他『那裏來？何處去？姓甚名誰？做甚買賣？』都要抄寫在簿子上。官司察照時，每月一次去里正處報名。（夾批：閒閒說出一件事。○寫何清口中一時說出數事，事事如畫。○可見保甲之當行也。）為是小二哥不識字，央我替他抄了半個月。（夾批：又閒閒說出一件事。）」當時的保甲制度的嚴密和對治安的有效作用，與此可見。而作者熟悉各種世情、深入生活的功力，也由此可見。

小說寫抓捕疑犯的機密程度，可見當時司法和刑偵制度與手段的成熟。在白勝住處搜查，就地取出一包金銀。隨即把白勝頭臉包了，（夾批：又包其頭臉，恐或有人見之，機密之至。）帶他老婆，扛抬贓物，都連夜趕回濟州城裏來，卻好五更天明時分。（夾批：到白家是三更，到州城是五更，三更則人都睡著，五更則人都未起，皆機密之至，更無走漏消息也。）除非有內線，案情不會洩露。

此回宋江出場時，對他詳加介紹，最後說：「以此，山東、河北聞名，都稱他做及時雨；卻把他比做天上下的及時雨一般，能救萬物。」夾批說：「一百八人中，獨於宋江用此大收者，蓋一百七人皆依列傳例，於宋江特依世家例，亦所以成一書之綱紀也。」

接著描寫宋江營救晁蓋的一系列動作和內心獨白。剛開始，宋江聽罷，吃了一驚，肚裏尋思道：「晁蓋是我心腹兄弟。他如今犯了迷天大罪，我不救他時，捕獲將去，性命便休了！」心內自慌，卻答應道：「晁蓋這廝奸頑役戶，本縣內上下人沒一個不怪他。今番做出來了，好教他受！」（夾批：自此以下入宋江傳，皆極寫其權術，所以為群賊之魁也。○宋江權術如此，讀之真乃可愛。）他應付何濤，穩住他後，袖了鞭子，慌忙的跳上馬，慢慢地離了縣治；（夾批：慌忙上馬，慢慢行馬，妙。）出得東門，打上兩鞭，那馬撥喇喇的望東溪村攛將去；沒半個時辰早到晁蓋莊上。（夾批：只一上馬，寫得宋江有老大權術，其為群賊之魁，不亦宜乎？）晁蓋慌忙出來迎接。宋江道了一個喏，攜了晁蓋手，（夾批：宋江攜晁蓋手第一。○宋江一生以攜手為第一要務，思之可歎。）便投側邊小房裏來。（夾批：權術真正可愛。）通報追捕信息後，即勸晁蓋「三十六計，走為上計。」（夾批：大書此語，以表晁蓋之入山泊，正是宋江教之也。）百忙中晁蓋還要引見同黨，宋江略講一禮，回身便走，（夾批：真乃人中俊傑，寫得矯健可愛。）囑付道：「哥哥保重！作急快走！兄弟去也！」宋江出到莊前上了馬，打上兩鞭，飛也似望縣來了。（夾批：其人如此，即欲不出色，胡可得乎？）宋江向知縣建議道：「日間去，只怕走了消息，只可差人就夜去捉。拿得晁保正來，那六人便有下落。」（夾批：極似為知縣、為何濤，而不

知其正是緩兵。宋江權術,其妙如此。)時知縣道:「這東溪村晁保正,聞名是個好漢,他如何肯做這等勾當?」(夾批:寫知縣贊晁蓋,以顯上文宋江罵晁蓋之詐。)

　　金聖歎對宋江一邊痛責其知法犯法,放走巨盜,一邊欣賞其智慧出色,權謀可愛。又指出吳用與宋江心靈相通、智力相似,兩人同心是他們一生和梁山事業的關鍵。如吳用建議「兄長,不須商議。『三十六計,走為上計。』」晁蓋道:「卻才宋押司也教我們走為上計。(夾批:吳用與宋江同心,為一書之眼目。)同時也欣賞吳用的才智:吳用建議晁蓋「今急遣一人先與他弟兄說知。」(夾批:寫吳用有調有理,具見其才。)晁蓋道:「三阮是個打魚人家,如何安得我等許多人?」(夾批:逐箭抽出。)吳用道:「兄長,你好不精細!石碣村那裏一步步近去便是梁山泊。如今山寨裏好生興旺,官軍捕盜,不敢正眼兒看他。若是趕得緊,我們一發入了夥!」(夾批:宋江曰:走為上著。吳用亦曰:走為上著。如出一口也。然則吳用尋思梁山入夥,宋江獨不尋思梁山入夥,如出一心乎?便極表宋江、吳用為一路,為全書之眼目也。)

　　朱仝和雷橫也一心要救晁蓋,兩人卻互不知心,所以各有念頭,夾批說:「朱仝有朱仝心事,雷橫有雷橫心事,寫兩人爭後門,妙絕。」當朱仝提醒晁蓋,叫說:「保正快走!朱同在這裡等你多時。」(夾批:一腔心事不說又不得,要說又不得,看他匆匆只此一句。)晁蓋那裏聽得說,同公孫勝捨命只顧殺出來。(夾批:此一段寫晁蓋捨命殺出,不顧朱仝說話。)接著夾批指出:朱仝「讓走了卻撲入,所以穩住雷橫,便好趕上說明心事也。」「朱仝穩住雷橫,便好自去做人情,雷橫卻又發脫士兵,要來自己做人情。以一筆寫兩人,而兩人皆活靈活現,真奇事也。」雷橫自在火光之下,東觀西望,做尋人。(夾批:捉賊不是火光之下事,寫來絕倒。○寄語都頭,劍去久矣。○雷橫每讓朱仝一籌如此。)朱仝撇了士兵,挺著刀去趕晁蓋。晁蓋一面走,口裏說道:「朱都頭,你只管追我做甚麼?我須沒歹處!」(夾批:說又不聽得,讓又不看見,自應有此一番問答也。)夾批又說:「亦便算到梁山泊,朱仝之與宋江相厚有以也。○朱仝一番好心,凡作三段寫來,方得明之晁蓋,寫盡一時人多火雜,手忙腳亂也。○朱仝得見人情,雷橫不得見人情,甚矣朱仝之強於雷橫也。然殊不知先有宋江早已做過人情,真乃「夜眠清早起,又有早行人」也。)晁蓋道:「深感救命之恩,異日必報!」夾批:「小衙內死於此十字矣。」此批遙遙提示朱仝以後的遭遇和小衙內的未來命運。

　　朱仝明是追捕,暗是護送,等到漸漸黑影裏不見了晁蓋,朱仝只做失腳撲地,倒在地下。(夾批:寫美髯真有過人之才。)眾士兵隨後趕來,向前扶起。朱

同道:「黑影裏不見路徑,失腳走下野田裏,滑倒了,閃挫了左腿。」(夾批:妙妙,不惟自解趕不著,亦復自委不復趕也。)縣尉道:「走了正賊,怎生奈何!」朱仝道:「非是小人不趕,其實月黑了,沒做道理處。這些士兵全無幾個有用的人,不敢向前!」縣尉再叫士兵去趕。夾批:「是縣尉。○上文兩個都頭已不知費了無數曲折,縣尉睡裏夢裏不知也。」諷刺這個笨蛋縣尉無用透頂,也揭露官府用的多是此類窩囊廢,案子常常破不了,就是這個緣故。這段情節使我們聯想到著名的英國《基礎英語教材》有一課書說,主人到銀行去辦事,他叫隨來的狗,乖乖地呆在車中別走。他一進銀行,狗就飛奔而走,在街上亂竄,惹了許多禍事,等主人出來,它剛好重回車上端坐,主人拍拍它的頭,說:「真乖。」

再說縣尉抓不到真凶,只得捉了幾家鄰舍去,解將鄆城縣裏來。夾批說:「縣尉好笑從來如此。○不便拿莊客,且先拿鄰舍,文勢逶迤曲折之極。」好笑在他們從來抓不到主犯,只好抓良善之人交差,猶如官兵打不過盜匪,殺一些良民冒功一般。鄰舍關在牢中,百般受苦,這時,宋江自周全那一干鄰舍,保放回家聽候。夾批說:「非表宋江仁義,正見宋江權術。然其實則為一路宋江已冷,恐人遂至忘之,故借事提出一句也。」意味這個敘述句一箭雙雕,在小說中起了兩種作用。

縣尉捉不到案犯,只會捉鄰舍,聖歎譏諷說「好笑」,更好笑的是,當晁蓋接受吳用逃上梁山做強盜的建議,但他又擔心:「這一論極是上策!只恐怕他們不肯收留我們。」吳用道:「我等有的是金銀,送獻些與他,便入夥了。」金聖歎急批:「調侃世人語,絕倒。○做官須賄賂,做強盜亦須賄賂哉?」社會腐敗到根子了,所以不僅做官要靠賄賂,即使當強盜,也須賄賂。

第十八回　林冲水寨大並火　晁蓋梁山小奪泊

總批

第一段,此回前半幅借阮氏口痛罵官吏,後半幅借林冲口痛罵秀才。怨毒著書,《史記》不免,小說就更不該責備了。

第二段,讚揚小說敘述七人各有其貢獻,強盜猶不可以白做,但現在身居要職卻無所事事的官,還不自責。

第三段,小說是野史,創作野史是為了揭示當世社會的弊病。此回寫官兵未捉賊,先捉船,捉船是為了捉賊,等到船既捉矣,賊又不捉,而又即以所捉

之船排卻乘涼。因此百姓之遇捉船，乃更慘於遇賊，後又知起先捉船，本不是想捉賊，正是賊要乘涼耳。因此讀者諸君心中觸動而要整頓官軍，這就是野史小說的作用了。

第四段，何濤領五百官兵、五百公人，而寫來恰似深秋敗葉，聚散無力。晁蓋等不過五人，再引十數個打魚人，而寫來便如千軍萬馬，奔騰馳驟。這些描寫，並非當時真有是事，而是作者墨兵筆陣，縱橫入變的非凡創作成就。

第五段，聖歎皺眉感歎說：怨毒對於之於人的作用太大啦！林冲受王倫擠迫，只能隱忍，一旦有了機會，就會動手報仇。

回後

第一段，何濤奉命點選五百官兵人馬和五百餘做公的人，一齊奔石碣村來。漸近石碣村，但見河埠有船，盡數奪了；衝進村裏，只有空房。阮氏三兄弟早就逃走，而且撐船在湖中出沒，戲弄和誘惑官兵。

第二段，公人搜尋強盜，派去的都如肉包子打狗，有去無回，全被殺掉，何濤則被活捉。

第三段，天色已晚，官兵在搶來的船上過夜，天太熱，他們正在船上乘涼，眾豪傑將火船衝入官兵搶來的船隊中，船全部燒光，官兵逃到泥塘中，全被殺死。只留何濤一個活口，派頭回去報告。

第四段，晁蓋等七人上梁山，王倫盛情設宴款待。

第五段，次日天明，林冲訪問晁蓋七人，提醒他們王倫會拒絕他們入夥，自己會幫助他們。

第六段，王倫果然拒絕晁蓋七人聚義，林冲火拼王倫。

此回描寫阮氏三雄在水上戲弄、引誘公人，消滅五百公人。與公人對陣之初，阮小七唱山歌說：酷吏贓官都殺盡，忠心報答趙官家！夾批讚揚：「以殺盡贓酷為報答國家，真能報答國家者也。」後來阮小五唱：先斬何濤巡檢首，京師獻與趙王君！夾批又讚揚：「斬贓酷首級以獻其君，真能獻其君矣。○又兩歌辭義相承，如斷若續。前云殺盡，後云先斬；前歌大，後歌緊，妙絕。」可見聖歎讚賞《水滸傳》忠君報國和只反貪官，不反皇帝的基本理念。

於此相聯繫，當他們準備上梁山時阮小二選兩支桌船，把娘（載去梁山泊時），夾批說：「王進娘自到延安府去，此娘卻入水泊裏來。天下無不是的娘，只是其所由來有漸耳，做娘可不慎哉！○『把娘』二字，成文可笑。王進扶娘，是孝子身份，阮二把娘，是逆子身份。至後來李逵背娘，則竟是惡獸身份

矣。」竟然痛詆阮氏三雄和李逵。這是從總的原則出發，當兒子的應該走正道，有出息，這樣使娘過上安定幸福的生活，哪怕比較清苦，也是孝子。而做強盜，搶劫錢財給娘享福，這是不肖逆子。至於李逵背娘上山做強盜婆，還因為膽大妄為和愚不可及而讓虎將老娘吃了，於是罵他禽獸身份。當何濤懇求放他回去時道：「好漢！小人奉上命差遣，蓋不由己。小人怎敢大膽要來捉好漢！望好漢可憐見家中有個八十歲的老娘，無人養贍，（夾批：隨手嘈出一句有娘，以映襯三阮之娘也。後李鬼文中，亦有此一句，正與今文遙遙相對。）望乞饒恕性命則個！」何濤並無八十老娘，《水滸傳》首創求饒性命者都說家有八十老娘無人贍養，前有何濤，後有李鬼，金批提醒讀者將兩者聯繫起來欣賞。

　　阮氏三雄罵官兵和當官的都是賊，喊出當時人民的心聲，聖歎最為讚賞。阮小五罵道：「你這等虐害百姓的賊官！」（夾批：官是賊，賊喊捉賊是老爺。然則官也，賊也；賊也，老爺也。一而二，二而一者也。〇快絕之文。）只見那漢提起鋤頭來，手到，把這兩個做公的，一鋤頭一個，（夾批：快事快文。〇鄉間百姓鋤頭，千推不足供公人一飯也，豈意今日一鋤頭已足。）最後，官兵和公人全部殺光，單單只剩得一個何觀察，捆做粽子也似，丟在船艙裏。（夾批：忽然接轉觀察，筆如驚鷹餓虎。）阮小二提將上岸來，指著罵道：「你這廝，是濟州一個詐害百姓的蠹蟲！」（夾批：二字奇文。〇虎稱大蟲，鼠稱老蟲，馬稱聾蟲，官稱蠹蟲，皆奇文。）我本待把你碎屍萬段，卻要你回去對那濟州府管事的賊說：俺這石碣村阮氏三雄，東溪村天王晁蓋，都不是好撩撥的！我也不來你城裏借糧，他也休要來我這村中討死！（夾批：竟作酬酢語，妙絕。〇賊與賊，老爺與老爺，正應酬酢也。）《水滸傳》善於用幽默諷刺筆調摻合在嚴肅的故事中，這裡罵官為賊，只有用嬉笑怒罵的筆調最恰當，這樣就抹平了官與賊的差異，但人們也就並不因此而認為所有的官都是賊，是非常高明而有分寸的。

　　聖歎還非常讚賞小說用諷刺筆調嘲笑官兵對百姓的兇殘和對敵人的無能。同時讚揚七雄的智慧和勇敢善戰。總批中已有大段論述，文中夾批也多見精義。如，當眾多公人翻筋斗都打下水裏去時，何濤見了吃一驚；急跳起身來時，卻待奔上岸，只見那只船忽地搪將開去，水底下鑽起一個人來，（夾批：只是一兩個人，寫得便如怒龍行雨，其鱗爪有東現西沒之勢。）另如那時正是初更左右，星光滿天，（夾批：夾此一句，妙。〇又如「星光滿天」四字，如畫。）眾人都在船上歇涼。（夾批：不是歇涼之事，寫得好笑。〇日裏奪船，夜裏歇涼，千載官兵，於今為烈。）

　　最為酣暢淋漓的是火攻一段：

只見蘆花側畔射出一派火光來。（夾批：次見。）眾人道：「今番卻休了！」那大船小船約有百十來隻，正被這大風刮得你撞我磕，捉摸不住，那火光卻早來到面前。（夾批：深贊好風也。）原來都是一叢小船，兩隻價幫住，（夾批：村中苦無大船，若用小船，又不發火勢，設身處地算出此五字來。○此書處處設身處地而後成文，真怪事也。）上面滿滿堆著蘆葦柴草，刮刮雜雜燒著，乘著順風直沖將來。那百十來隻官船屯塞做一塊，（夾批：寫得如畫，便畫亦難畫。）港汊又狹，又沒迴避處；那頭等大船也有十數隻，卻被他火船推來在鑽在大船隊裏一燒。（夾批：妙。）水底下原來又有人扶助著船燒將來，（夾批：妙。）燒得大船上官兵都跳上岸來逃命奔走。不想四邊盡是蘆葦野港，又沒旱路。只見岸上蘆葦又刮刮雜雜也燒將起來。（夾批：寫得如畫，便畫亦難畫。）那捕盜官兵兩頭沒處走。風又緊，火又猛，眾官兵只得都奔爛泥裏立地。（夾批：「爛泥裏」三字，絕倒。○此「爛泥」句，算做官軍倉卒應變。）眾兵都在爛泥裏慌做一堆。（夾批：此「爛泥」句，算做官軍運籌帷幄。）說猶未了，只見蘆葦東岸兩個人引著四五個打魚的，都手裏明晃晃拿著刀槍走來；（夾批：只是兩個人引著四五個漁人，寫得便如左邊一陣相似。）這邊蘆葦西岸又是兩個人，也引著四五個打魚的，手裏也明晃晃拿著飛魚鉤走來。（夾批：亦只是兩個人引著四五個漁人，寫得便如右邊一陣相似。）東西兩岸四個好漢並這夥人（夾批：兩岸合來，連中間一人，只是公孫勝、晁蓋、阮小五、阮小二、阮小七耳，寫得便如兩軍合入中軍相似。○不惟當時官軍在暗裏，疑他有千軍萬馬，便是今日讀者在亮裏，也疑他有千軍萬馬，作者才調如此。○每見近代露布大文，寫得印板相似，便令千軍萬馬反像街漢廝打，因歎人之才與不才，何啻河漢。）一齊動手，排頭兒搠將來。無移時，把許多官兵都搠死在爛泥裏。（夾批：此「爛泥」句，算做官軍疆場效命。）

東岸兩個是晁蓋，阮小五；西岸兩個是阮小二，阮小七；船上那個先生便時祭風的公孫勝。（夾批：帶敘帶記，敘處有奔風激電之能，記處有水落石出之致。）五位好漢引著十數個打魚的莊家，（夾批：忽然結算一句，五個好漢，十個漁人，收拾上文一片八門五花文字，才調異常。）把這夥官兵都搠死在蘆葦蕩裏。（夾批：第二番完。○下忽又轉過第一番。）

我們可以把這一段與《三國演義》中的火燒赤壁對看、比較，兩書的描寫異曲同工，各呈千秋。但在細節描寫和摻合幽默筆調方面，此回不僅精細而分外歡快，而且更為傳神。《水滸傳》的藝術成就遠高於《三國演義》，由此可見。

描寫晁蓋等上山後的場景則別開生面。山中第一把交椅的頭領王倫的性

格、智力和言行，金批的分析解剖得節節分明：晁蓋把胸中之事，從頭至尾，都告訴王倫等眾位。王倫聽罷，駭然了半晌；（夾批：外邊寫一句。）心內躊躇，（夾批：裏邊寫一句。）做聲不得；（夾批：又於外邊寫一句。）自己沉吟，（夾批：又於裏邊寫一句。）虛作應答。（夾批：又於外邊寫一句。○五句活寫出秀才。）筵宴至晚席散，眾頭領送晁蓋等眾人關下客館內安歇，（夾批：此一句寫王倫異心。）自有來的人伏侍。（夾批：此一句寫王倫疏漏。○一句寫王倫密，一句寫王倫疏，活寫出秀才。）尤其分析王倫雖然對晁蓋等很有戒備之心，讓他們住在關下，顯得謹慎，但不派人嚴密監控他們，讓他們自由密謀，還讓林冲與他們自由串通，故密中有疏，而且疏漏極大也。當次日王倫拒絕晁蓋等入夥，林冲已經跳出來生事，晁蓋等假意告辭，王倫竟然還講客套，留道：「且請席終了去。」（夾批：秀才可憐，睡裏夢裏。）林冲動手，晁蓋等將在場梁山的頭領等隔在邊上，讓林冲自由殺人，王倫見頭勢不好，口裏叫道：「我的心腹都在那裏？」（夾批：活秀才。）俗話說：「秀才造反，三年不成。」王倫造反，三年了，還無長進，如果大度，就讓賢，如果要保私人權力，就要在平時處心積慮地培植親信和嫡系勢力，用種種具體措施確保自己在任何時刻的安全。到臨死，才吆喝「心腹都在哪裏」，可見的確是一個只有紙上談兵的水平的落第秀才。

王倫的對手晁蓋，水平與他相仿，但他有軍師。金批有著力批出晁蓋的性格直率而缺乏心機。當晁蓋心中歡喜，自以為王倫為接納自己時，吳用冷笑，晁蓋還不知冷笑的含義，問道：「先生何故只是冷笑？有事可以通知。」吳用道：「兄長性直。（夾批：此四字是一部大書中如椽之筆。晁蓋只是直，宋江只是曲，此晁、宋之別也。）」當林冲來訪，談的都是極為緊要的密謀，晁蓋講的卻都是閒話，也即廢話。晁蓋道：「久聞教頭大名，不想今日得會。」（夾批：晁蓋性直，只說閒話，並不與林冲對針，然卻少不得。）在密謀時晁蓋還不斷岔開去：「小可多聞人說柴大官人仗義疏財，接納四方豪傑，說是大周皇帝嫡派子孫，如何能夠會他一面也好！」（夾批：百忙中晁蓋又說閒話，真是閒口閒嗑，全與林冲不對。然上特注云卻少不得者，正為林、吳相對，鏃鏃相拄，括括相擊，反覺斧鑿之痕，太是顯然，深賴晁蓋夾在中間，順他直性，自說自話，以泯其跡也。）晁蓋道：「頭領如此錯愛，俺弟兄皆感厚意。」（夾批：又插入晁蓋直性人說話，全不摸林冲頭腦，全不對林冲箭括，讀之如話。）反之，林冲有目的而來，句句都是抓緊難得的機會和時間圍繞真題，最後，林冲起身別了眾人，說道：「少間相會。」（夾批：也說一句閒話。○林冲此來，只此一句是閒話。）金批妙在用林冲只有一句閒話，再反襯晁蓋的沒有政治頭腦，沒有心機，只

有粗豪的本性，金批提醒他與宋江「只是曲」的本質區別，埋下日後晁蓋被宋江架空、無形之中已被奪權，最後橫死的必然結局。晁蓋能夠順利闖蕩江湖，全靠軍師吳用，當吳用與宋江聯盟時，就拋棄了晁蓋，等候晁蓋的就只能是失敗了。

此回又突出用濃筆厚墨描寫林冲。

林冲主動找晁蓋等商議武力奪權。雙方交談時，林冲談及上山是柴進的薦舉，吳用挑撥說既是柴進薦舉，王倫應該讓你坐第一把交椅。林冲道：「承先生高談。只因小可犯下大罪，投奔柴大官人，非他不留林冲，（夾批：此六字令我讀之駭然。蓋寫林冲，便活寫出林冲來，寫林冲精細，便活寫出林中精細來。何以言之？去上文吳用文中，乃說柴進肯薦林冲上山也。林冲卻忽然想道：他說柴進薦我上山，或者疑到柴進不肯留我在家耶？說時遲，那時疾，便急道一句「非他不留林冲」六個字，千伶百俐，一似草枯鷹疾相似。妙哉妙哉，蓋自非此句，則寫來已幾乎不是林冲也。）誠恐負累他不便，自願上山。不想今日去住無門！（夾批：「去住」二字，寫林冲動搖已久也。）非在位次低微，只為王倫心術不定，語言不准，難以相聚！」（夾批：說得矯健。○「心術不定，語言不准」，犯此八字者，賊也做不成，痛言哉！）林冲道：「今日山寨幸得眾多豪傑到此相扶相助，似錦上添花，如旱苗得雨。此人只懷嫉妒賢能之心，但恐眾豪傑勢力相壓。」（夾批：千古同之，仲尼之所以致歎於臧孫也。）林冲此來就是要解決王倫的領導權的問題，所以他馬上引入主題，批判王倫。

在火併時，林冲對王倫的滿腔怒火一齊迸發，林冲拿住王倫，罵道：「你是一個村野窮儒，虧了杜遷得到這裡！柴大官人這等資助你，齎給盤纏，與你相交，舉薦我來，尚且許多推卻！今日眾豪傑特來相聚，又要發付他下山去！這梁山伯便是你的！（夾批：天下人聽者。）你這嫉賢妒能的賊，（夾批：天下人聽者。）不殺了要你何用！（夾批：卻作商量語，絕倒。）你也無大量大才，也做不得山寨之主！」（夾批：有大才，又必有大量，強盜頭猶必若是耶？）

吳用在上梁山前後，更是真相大露。當晁蓋對吳用等六人說道：「我們造下這等迷天大罪，那裏去安身！不是這王頭領如此錯愛。我等皆已失所，此恩不可忘報！」吳用只是冷笑。（夾批：妙。○七個人須人逐個出色一寫。故前朱全來捉時，晁蓋已著吳用、劉唐先行了，卻又著公孫勝先行，他便獨自一個挺刀押後，此是出色寫個晁蓋。何濤來捉時，阮小二道不妨，我自對付他，便調度小五、小七兩隻船兩個山歌來，此是出色寫個三阮。後來一陣怪風、一片火光、一隻小船、一口寶劍，便把一千官軍燒得罄盡，此是出色寫個公孫勝。今自「冷笑」二字已下完火併一篇，乃是出色寫個吳用也。七個人中，獨劉唐不

曾出色自效，便為補寫月夜一走，以見行文如行兵，遣筆如遣將，非可草草無紀也。）吳用批評晁蓋太直，林冲前來商議時，他不斷火上澆油，挑逗林冲進一步發作。他還蓄意分化瓦解梁山上已有眾人說：「頭領為新弟兄面上倒與舊弟兄分顏。」夾批馬上抓住其要義，說：「『新弟兄舊弟兄』六個字，有鉤槍拐馬之妙。○新弟兄以親之，舊弟兄以差之。不謂弟兄二字，又可作膠漆用，又可作刀劍用也。」當林冲殺了王倫，吳用就血泊裏拽過一把交椅來，（夾批：何必聚義堂上，只山南水亭有何不可，笑秀才之多計也。）便納林冲坐地，叫道：「如有不伏者，將王倫為例！今日扶林教頭為山寨之主。」（夾批：好吳用。）林冲大叫道：「先生差矣！（夾批：好林冲。）我今日只為眾豪傑義氣為重上頭，火拼了這不仁之賊，實無心要謀此位。今日吳兄卻讓此第一位與林冲坐，豈不惹天下英雄恥笑？若欲相逼，寧死而已！弟有片言，（夾批：願聞。）不知眾位肯依我麼？」眾人道：「頭領所言，誰敢不依。願聞其言。」

　　吳用知道林冲光明磊落，不慕名利，所以以攻為守，故意讓林冲坐第一把交椅，讓林冲提出由晁蓋當頭，林冲果然發表上述言論，要讓晁蓋當頭。金批有時罵吳用「丑」，即他的有些權謀帶欺詐之故。

　　金批總結此回眾多的寫作成就，大多結合人物、場景、心理和氣勢的分析，乳水交融。以上眾多引文都是這個特點，另如，小說寫林冲雙眉別起，兩眼圓睜，坐在交椅上，大喝道：（夾批：此處若便立起，卻起得沒聲勢，若便踢倒桌子立起，又踢得沒節次。故特地寫個坐在交椅上罵，直等罵到分際性發，然後一腳踢開桌子，搶起身來，刀亦就勢掣出。有節次，有聲勢，作者實有設身處地之勢也。）「你前番，我上山來時，也推道糧少房稀！（夾批：胸中主句，眼前賓句。）今日晁兄與眾豪傑到此山寨，你又發出這等言語來，（夾批：胸中主句，眼前賓句。）林冲道：「這是笑裏藏刀言清行濁之人！我其實今日放他不過！」（夾批：快絕妙絕，讀之神旺。○非一朝一夕之心矣。）王倫喝道：「你看這畜生！」（夾批：看他罵人法，活是個秀才。）晁蓋等七人便起身，（夾批：句。）要下亭子。（夾批：句。○俗人不知此句之妙，便作一句讀，不知上半句是真，下半句是假也。）林冲把桌子只一腳踢在一邊；搶起身來，衣襟底下掣出一把明晃晃刀來，（夾批：有山崩海立，風起雲湧之勢。）搭的火雜雜。（夾批：五字不知是寫人，不知是寫刀，但覺人刀俱活。）

　　有時也有單獨挑出者，如次日天明，只見人報導：「林教頭相訪！」（夾批：疾。○前寫晁蓋挺刀押後文中，卻將朱仝、雷橫夾雜而寫。此寫吳用文中，亦將林冲夾雜而寫。讀者須分作兩分眼色，一半去看吳用，一半去看林冲，乃雙得之也。）又如，但提起聚義

一事，王倫便把閒話支吾開去。吳用把眼來看林冲時，（夾批：只一句急遞入去，妙色筆力。）只見林冲側坐在椅上把眼瞅王倫身上。（夾批：寫得如畫，便畫也畫不出。○寫林冲寫得崒嵂之極，鬱勃之極。）這是分兩句評論，後句將人物動作中的氣勢與風格明晰析出，也顯示金批的極高水平。

第十九回　梁山泊義士尊晁蓋　鄆城縣月夜走劉唐

總批

第一段，此書筆力大過人處，每每在兩篇相接連時，偏要寫一樣事，而又斷斷不使其間一筆相犯。如上文方寫過何濤一番，入此回又接寫黃安一番是也。看他前一番，翻江攪海，後一番，攪海翻江，真是一樣才情和筆勢，但無一句一字偶而相似。其原因是經營圖度，先有成竹藏之胸中，故能極妍盡致，各自入妙，風痕露跡，變化無窮也。

此書寫何濤和黃安，都分作兩番寫：前後兩番，左右兩番。何濤是一番水戰，一番火攻；黃安是一番虛描，一番實畫。此皆作者胸有成竹，即已有如是之各各差別，則雖湖蕩、蘆葦、好漢、官兵，前後一樣，意思不覺都換，沒有一筆是重複的。

第二段讚揚此回宋江婆惜一段，此作者之紆筆也。作者大才，能夠灑墨成戲。

回後

第一段林冲表白胸襟，擁戴晁蓋為首領。山寨重新排定頭領的位置，林冲安排山寨事務，然後晁蓋發令，整頓山寨，並預備對敵。

第二段，林冲自感可以在梁山安居，派人去東京接娘子上山，得知娘子父女皆已亡故。

第三段，濟州府尹點差團練使黃安並本府捕盜官一員，帶領一千餘人，拘集本處船隻，就石碣村湖蕩調撥，分開船隻，作兩路來取泊子，被梁山義軍全部消滅，黃安被活捉。

第四段，朱貴劫得客商大批金銀財物，但不殺一人。晁蓋等商議感謝宋江救命之恩。

第五段，因接連兵敗，濟州府太守撤職，去東京聽罪，新官上任後，招兵買馬，準備再戰。

第六段，宋江正看到令鄆城縣預防梁山賊人的公文，他感歎晁蓋等將事

做大，出衙門後被做媒的王婆叫住，請求他資助閻婆惜母女。

第七段，閻婆見宋江尚無家眷，將女兒嫁他，宋江就在縣西巷內討了一樓房，安置她們母女，豐衣足食。宋江愛使槍棒，不戀女色，不久即與閻婆惜疏遠。

第八段，宋江帶後司貼書張文遠來閻婆家喝酒，張三與閻婆惜勾搭成奸。

第九段，劉唐月夜尋來，宋江與他到酒樓敘話，劉唐送上晁蓋的書信和謝禮一百兩黃金。宋江寫回信，只收一兩金子，其餘退回。

此回繼續描寫林冲的光輝形象。在此回之後，就完成了「林十回」的寫作任務，此後林冲就不是重要角色了，宋江開始正式出場。

林冲殺了王倫，手拿尖刀，指著眾人，（夾批：八字讀之不寒而慄。）說道：（眉批：此一段特特寫林冲。）「我林冲雖繫禁軍，遭配到此，（夾批：開口第一句的是林冲語，他人不肯說。○漢文帝《與南粵王書》第一句云：「朕，高皇帝側室之子」與林冲第一句「身繫禁軍，遭配到此」，二語正是一樣文法。然漢文推心置腹，林冲提出心在口，一是忠恕而行，一是機變立應，其厚其薄，乃如天淵。）今日為眾豪傑至此相聚，爭奈王倫心胸狹隘，嫉賢妒能，推故不納，因此火併了這廝，非林冲要圖此位。據著我胸襟膽氣，焉敢拒敵官軍，他日剪除君側元兇首惡？（夾批：《水滸》一書大題目，林冲一生大胸襟。）今有晁兄仗義疏財，智勇足備；方今天下人，聞其名無有不伏。我今日以義氣為重，立他為山寨之主，夾批說：「不是勢利，不是威脅，不是私恩小惠，寫得豪傑有泰山岩岩之象。」又說：「定大計，立大業，林冲之功，顧不偉哉！」接著林冲安排王倫死後之善後事宜和山寨事務，連著三個夾批說：「林冲才。」在按座次坐定後，林冲再次自謙「小可林冲只是個粗匹夫，不過只會些槍棒而已；無學無才，無智無術。（夾批：林冲何嘗不謙，只是謙得光明歷落，可以作自敘，可以作列傳，乃至遂可以作墓表、諡議，不須更易一字。而林冲有自說如此，人說林冲亦如此，故知永異於秀才之謙也。）又宣布：「學究先生在此，便請做軍師，執掌兵權，調用將校。須坐第二位。」（夾批：尊師重傳，真定得是。）「公孫先名請坐第三位。」（夾批：神道設教，真定得是。）對林冲的安排非常讚賞。林冲調停梁山事宜後，立即派人去接娘子，知道她去世，潸然淚下；自此杜絕了心中掛念。夾批說：「哭得真，放得快，真豪傑，真林冲。」

林冲作為主角的身份，到此結束。

此回中，梁山重開新的局面，聖歎歡欣鼓舞地批道：「連日讀水滸，已得十九回矣，直至此時方是開部第一句，看官都要重添眼色。」晁蓋宣布：「今

日山寨幸得眾豪傑相聚，大義即明，非比往日苟且。」（夾批：十字洗出梁山泊來。）當晁蓋下令時，夾批說：「聽令。」聖歎的夾批竟然像部下那樣連著答應六個「嗄。」最後一個「嗄」後批道：「並不增添一語，只依上文林冲所定宣諭一遍，真是又好晁蓋，又好林冲。昭烈之言曰：孤有孔明，如魚有水，其樂如是也。」將他們比作劉備、諸葛亮推心置腹地合作復興漢室一般。又一一分析眾人殺敵的功勞，小說寫得「明畫。○山寨中共是十一位英雄，今單敘出七個有功，而不言晁蓋者，凡眾人之功，皆晁蓋之功，晁蓋固不得與眾人爭功也。吳用、公孫勝者，運籌於內，決勝於外，有發縱之能焉，亦不必與眾人爭功也。止有朱貴例應立功，然身在外司，勢不得與，因為另生下文一段，以明無一人尸位素餐也。」又讚賞小說描寫山寨的山、水險要和物質豐富：「寫得山泊無物不備。」讚揚晁蓋劫掠客商時：「只可善取金帛財物，切不可傷害客商性命。」「等自今以後，不可傷害於人。」肯定晁蓋不殺良民的善政。

此回中，聖歎也指出作者的語言創新：「船上弩箭如雨點射將來。黃安就箭林裏……」，夾批說：「字法之奇者，如肉雨、箭林、血粥等，皆可入諧史。」並指出「讀《水滸》有極大學問」。

後半回描寫宋江娶閻婆惜，金批對閻婆惜的批語有時代的局限，我們下回再做分析。

第二十回　虔婆醉打唐牛兒　宋江怒殺閻婆惜

總批

第一段，此篇借題描寫婦人黑心，可令蕩子咋舌、收心。

第二、三、四段，分析此回塑造淫婦、虔婆的妙絕語言、手段的成就。

回後

第一段，宋江別了劉唐，乘著月色滿街，信步自回下處來，被閻婆拖回住所。

第二段，宋江來到閻婆惜住所受到冷落和奚落，閻婆百般捏弄，沒有效果。

第三段，賣糟醃唐牛兒賭輸了錢，尋來此處，找宋江要錢，幫他出走，被閻婆打出門外。

第四段，宋江胡亂熬過一夜。

第五段，宋江清早出門，遇到賣湯藥的王公，想資助他棺材錢時，發現遺落裝金子的昭文袋，急著趕回去拿。

第六段，閻婆惜發現昭文袋，宋江要討回，遭閻婆惜拒絕和刁難，宋江怒殺閻婆惜。

第七段，閻婆用計，將宋江抓往衙門，被唐牛兒攔住，宋江乘機逃走。

閻婆硬拖宋江回去，語言得體，既給宋江面子，也給女兒面子，她自己也不失身份。她趕上前來叫道：「押司，多日使人相請，好貴人，難見面！便是小賤人有些言語高低，傷觸了押司」，夾批說：「只說言語傷觸，虔婆成精語。」還說「是誰挑撥你？」（夾批：反責宋江受人挑撥，虔婆成精語。）閻婆道：「押司不要跑了去，老人家趕不上。」（夾批：又打諢一句，虔婆成精語。）後來除了言語勸說，還加上適當的動作：兩個廝跟著，來到門前，宋江立住了腳。閻婆把手一攔，說道：「押司來到這裡，終不成不入去了？」（夾批：虔婆成精如畫。）這是用手攔，動作配合勸說，接著更進一步盯住：宋江進到裏面凳子上坐了。那婆子是乖的，生怕宋江走去，便幫在身邊坐了，（夾批：寫虔婆成精如畫。）叫道：「我兒，你心愛的三郎在這裡。」夾批說：「看他句句包荒女兒，兜攬宋江，費心費口，風雲轉換，入後乃漸漸搓捏不攏，讀之失笑。」搓捏不攏，是因為女兒實在不聽話，下面我們再做分析。

那閻婆惜倒在床上，對著盞孤燈，正在沒可尋思處，只等這小張三來；聽得娘叫道，「你的心愛的三郎在這裡」，那婆娘只道是張三郎，（夾批：錯認陶潛，寫來入畫。）閻婆聽得女兒腳步下樓來，又聽得再上樓去了，（夾批：兩句不是聽出花娘乜邪，正是寫出虔婆著急。）沒了當絮絮聒聒地。」閻婆道：「這賊人真個望不見押司來，氣苦了。恁地說，也好教押司受他兩句兒。」夾批說：「一場官司反打在宋江屋裏，婆舌可畏如此。」閻婆以攻為守，為女兒圓謊，為自己找臺階，妙在她不暇思索，隨口就說，無不生動有力，還顯得處處「有理」，真是絕端地聰敏銳利。

閻婆便拖入宋江房裏去，閻婆就床上拖起女兒來，（夾批：拖起了，然仍在床上，如畫。）說道：「押司在這裡。我兒，你只是性氣不好，把言語來傷觸他，惱得押司不上門，（夾批：二十一字句。）閒時卻在家裏思量。我如今不容易請得他來，你卻不起來陪句話兒。顛倒使性！」（夾批：三十一字句。○一句是憑空生出「語言傷觸」四字，便將宋江一向不來緣故，輕輕改得好了。一句是當面生出「顛倒使性」四字，便將婆惜日常相思氣苦，明明顯得真了。靈心妙舌，其斯以為婆哉！）「你且和三郎坐一坐。不陪話便罷」，（夾批：不肯陪話，便算到同坐，亦是不得已而思其次也。）閻婆道：「『沒酒沒漿，做甚麼道場？』（夾批：天生妙語與婆用。）老身有一瓶好酒在這

裡，買些果品與押司陪話，我兒你相陪押司坐地，不要怕羞，（夾批：前要女兒陪話，既不陪話，便換作女兒同坐；及至又不同坐，便隨口插出「陪坐」二字，卻又倒拴一句「不要怕羞」，抬得女兒金枝玉葉相似，妙哉婆也！）我便來也。」

婆子道：「我兒，爺娘手裏從小兒慣了你性兒，（夾批：說得女兒嬌稚可憐之極。）別人面上須使不得！」婆惜道：「不把盞便怎的？終不成飛劍來取了我頭！」（夾批：閒中先襯一句。）那婆子倒笑起來，（夾批：一個「笑」字。○嚇人語，不得不笑。）說道：「又是我的不是了。（夾批：其語太唐突矣，便如飛一笑，引歸自己。）押司是個風流人物，不和你一般見識。（夾批：一邊又去如飛溫住宋江。）你不把酒便罷，且回過臉來吃盞酒兒。」（夾批：一邊又去如飛按下女兒。○看他三四轉，如盤珠不定。）婆惜只不回過頭來。那婆子自把酒來勸宋江。宋江勉意吃了一盞。婆子笑道：（夾批：兩個「笑」字。○不好開口，只得先笑。）「押司莫要見責。閒活都打迭起，明日慢慢告訴。（夾批：既云「打迭起明日告訴」矣，下又接出話來，看他粲花之舌。○要看他將張三事，在半含半吐間，說不得，不說不得，正如飛燕掠水，只是一點兩點，真是絕世文情。）外人見押司在這裡，多少乾熱的不怯氣，（夾批：又還他一個緣枚，又抬得女兒珍珠寶貝相似，若在必爭也者。）胡言亂語。放屁辣臊，（夾批：八字糊塗得妙。）押司都不要聽，且只顧吃酒。」（夾批：又是他自己說，又是他勸吃酒，教不要聽，寫出許多親熱，活是虔婆出現。）

當宋江與唐牛兒互送暗號，要藉口溜走時，吃那婆子攔住，道：「押司！不要使這科分！這唐牛兒撚泛過來，你這精賊也瞞老娘！正是『魯般手裏調大斧！』這早晚知縣自回衙去，和夫人吃酒取樂，（夾批：妙語隨口而成，映襯多少。）有甚麼事務得發作？」閻婆打罵唐牛兒道：「放你娘狗屁！老娘一雙眼卻是琉璃葫蘆兒一般！卻才見押司努嘴過來，叫你發科，你倒不攛掇押司來我屋裏，顛倒打抹他去！常言道：『殺人可恕，情理難容！』」這婆子跳起身來，便把那唐牛兒劈脖子只一叉，踉踉蹌蹌，直從房裏叉下樓來。唐牛兒道：「你做甚麼便叉我！」婆子喝道：「你不曉得破人買賣衣飯如殺父母妻子！你高做聲，便打你這賊乞丐！」唐牛兒鑽將過來道：「你打！」這婆子乘著酒興，又開五指，去那唐牛兒臉上只一掌，直顛出廉子外去。（夾批：總為明早作地。）這婆子力大，一巴掌即將一個小夥打下樓來，再一巴掌把他打出門外。還口口聲聲講「殺人」「殺父母妻子」，兇橫狠毒，暗示她自己女兒的命運，同時有其母必有其女，她的女兒遺傳和繼承了她的兇橫蠻橫，母女都是出眾的厲害角色。

面對固執強橫、不懂事的女兒和勉強拖來、消極被動的宋江，閻婆兩面拉

攏、兩面不得罪，精心彌補雙方的裂痕，還不忘不斷抬舉女兒，妙語連珠，小說的描繪精彩絕倫。

閻婆惜發現昭文袋後以及刁難宋江和語言，個性色彩極強，色彩豐富。

婆惜發現昭文袋中的信：「好啊！我只道『弔桶落在井裏』，原來也有『井落在弔桶裏』！我正要和張三兩個做夫妻，單單只多你這廝！今日也撞在我手裏！原來你和梁山泊強賊通同往來，送一百兩金子與你！且不要慌！老娘慢慢地消遣你！」有了把柄，不僅慶幸自己可以翻身做主人了，竟然囂張地要「消遣」宋江，這完全是女流氓的語言，潑婦行徑。她與宋江沒有這麼大的仇恨，這樣的打算，未免缺乏做人的基本道德；宋江原本有恩與她們母女，這樣的做法，無疑也是恩將仇報。

那婆惜柳眉踢豎，星眼圓睜，囂張得自稱：「老娘拿是拿了，只是不還你！你使官府的人，便拿我去做賊斷！」（夾批：駭人。）宋江道：「我須不曾冤你做賊。」婆惜道：「可知老娘不是賊哩！」（夾批：駭人。）宋江聽見這話心裏越慌，便說道：「我須不曾歹看承你娘兒兩個，還了我罷！我要去幹事。」婆惜道：「閒常也只嗔老娘和張三有事！（夾批：至此便竟承當，寫得花娘可畏。）他有些不如你處，也不該一刀的罪犯！（夾批：駭人。）不強似你和打劫賊通同！」宋江道：「好姐姐！不要叫！鄰舍聽得，不是耍處！」婆惜道：「你怕外人聽得，你莫做不得！（夾批：語語駭人。）這封書，老娘牢牢地收著！若要饒你時，只依我三件事便罷！」宋江道：「休說三件事，便是三十件事也依你！」婆惜道：「只怕依不得。」宋江道：「當行即行。敢問那三件事？」

婆惜口口聲聲自稱老娘，稱宋江為「黑三」「放屁」，句句罵賊，影射宋江是賊，兇相畢露，要宋江討饒，宋江只好討饒，叫她「好姐姐」，已經爽快答應她的兩個條件，這婆娘不是見好就手，而是得寸進尺，步步緊逼：「只怕你第三件依不得。」「有那梁山泊晁蓋送與你的一百兩金子，快把來與我，我便饒你這一場『天字第一號』官司，還你這招文袋裏的款狀！」宋江道：「那兩件倒都依得。這一百兩金子果然送來與我，我不肯受他的，依前教他把了回去。若端的有時，雙手便送與你。」婆惜道：「可知哩！常言道：『公人見錢，如蚊子見血。』他使人送金子與你，你豈有推了轉去的？這話卻似放屁！『做公人的，那個貓兒不吃腥？』『閻羅王面前須沒放回的鬼！』」（夾批：一篇中如「飛劍」句，「五聖」句，「閻王」句，確是識字看曲本婦人口中語。）你待瞞誰？便把這一百兩金子與我，值得甚麼？你怕是賊贓時，快熔過了與我！」（夾批：駭人。）

宋江道：「你也須知我是老實的人，不會說慌。你若不相信，限我三日，我將家私變賣一百兩金子與你，你還了我招文袋！」婆惜冷笑（夾批：此冷笑，正與更余腳後冷笑映襯出花娘蜜中有刺來也。）道：「你這黑三倒乖，把我一似小孩兒般捉弄！我便先還了你招文袋，這封書，歇三日卻問你討金子，正是『棺材出了討挽郎錢！』我這裡一手交錢，一手交貨！你快把來兩相交割！」宋江道：「果然不曾有這金子。」婆惜道：「明朝到公廳上，你也說不曾有金子！」（夾批：駭人。）

　　婆惜蔑視公人，譏笑「公人見錢，如蚊子見血」。「做公人的，那個貓兒不吃腥？」「閻羅王面前須沒放回的鬼！」對中有錯，因為宋江和其他公人平時的確如此，這次卻錯怪宋江；又錯中有對，現在錯怪宋江，等一會兒宋江馬上動刀，她自己果然也成為一個「閻羅王面前須沒放回的鬼！」此話一語成讖。更且，婆惜的語言帶著明顯的職業、身份的烙印，但如果沒有金批的提示，即使精通古代文化的讀者也會熟視無睹的，看不出原作的精彩。婆惜聰敏伶俐，所以發揮職業優勢，汲取職業中的智慧，使用到平時的生活中，夾批也頗欣賞她的辭令之妙，在刁蠻中夾著可愛。作者構思人物語言之妙，令人匪夷所思。

　　宋江聽了「公廳」兩字，怒氣直起，那裏按捺得住，睜著眼，道：「你還也不還？」那婦人道：「你恁地狠，我便還你不迭！」（夾批：活是伶俐婦人語，又可惱，又可愛。）宋江道：「你真個不還？」婆惜道：「不還！再饒你一百個不還！」（夾批：伶俐婦人語。）若要還時，在鄆城縣還你！」（夾批：駭人。）閻婆惜逞兇時的話語和口吻既伶俐，而又似與情人撒嬌一般的口吻，可見她平時活潑的性格頗有可愛的一面，難怪金批說她又可惱，又可愛。

　　宋江在床邊捨命的奪，婆惜死也不放。宋江狠命只一搖，倒拽出那把壓衣刀子在席上，宋江便搶在手裏。那婆娘見宋江搶刀在手，叫「黑三郎殺人也！」只這一聲，提起宋江這個念頭來。夾批說：「敘事真有龍跳虎臥之能。○宋江之殺，從婆惜叫中來，婆惜之叫，從鸞刀中來，作者真已深達十二因緣法也。」分析兇殺案的逐步形成過程的因果關係：看到宋江手中的刀，婆惜才叫，婆惜的叫聲，引來宋江的殺人。仔細分析起來，因為宋江拼命強奪昭文袋，婆惜死也不放，他沒有奪到，結果將刀倒拽了出來，宋江搶不到昭文袋，便將刀搶在手裏；那婆娘見宋江搶刀在手，害怕了，她在床上，無處可逃，只能叫喊，急忙中，針對對方手中的刀，叫「黑三郎殺人！」她如是一個柔弱的

女子，肯讓步的人，就懇求宋江「把刀放下，一切可以商量」。她心中害怕，但為人兇橫，就這樣一叫，用這樣的大叫來通知街坊，威脅宋江。宋江受到威脅，有兩種選擇可以緩解：一是丟下刀子，再做商量；二是逃離此地。但婆惜本就商量不通，逃離此地，婆惜拿著昭文袋告到官府，宋江也就完蛋。所以，宋江只有殺人滅口這個唯一選擇。婆惜兇橫狠毒，所以只知朝前進逼，不懂迂迴，更不懂讓步，不知對方在逼到死路時會狗急跳牆，會拼死一搏。她只知將對方逼死，要對方投降，而不體諒宋江並非撒謊，他是真的拿不出一百兩金子。

婆子聽到宋江殺女兒的託詞，她馬上附和道：「這賤人果是不好，押司不錯殺了！只是老身無人養贍！」閻婆接著故意只談女兒死後的具體要求和善後事宜，麻痹宋江的警覺性，她的話語非常巧妙得體，真像承認現實，只求補償的口吻，夾批接連稱她：「成精虔婆。」宋江果然以為閻婆只要善後做得好，就會放過他。宋江是極有權謀的人，閻婆竟能輕易地就將他騙倒，反襯閻婆的智力之高超，的確已經到了「成精」的程度。

閻婆這麼聰敏和富於智慧，可是在教育子女方面卻非常無能。她對女兒寵愛卻不嚴格教育，她自己也承認：「我兒，爺娘手裏從小兒慣了你性兒。」所以女兒不將母親放在眼裏，根本不聽母親的勸告，任性到極點。婆惜沒有受到正確的人生教育，也是父母本身在人生態度方面有欠缺所造成的。人生態度不正確，體現在婆惜貪圖生活享受，只要能弄到錢財，可以不擇手段。她也想到，如果嫁給張三是沒有這麼好的生活條件的，所以抓住機會就敲詐宋江，儘管明知宋江這些金子是不義之財，如果用這筆錢，就犯了窩贓罪，她也要奪過來，還不擇手段地硬奪。這就給自己鋪就了一條死路。觀察生活中的犯罪分子，多是這樣的人，利令智昏，說明《水滸傳》的現實教育意義很大，說明《水滸傳》的藝術成就之高超。

唐牛兒見是閻婆一把扭結住宋江，想起昨夜的一肚子鳥氣來，夾批說：「本是為了今早奪人，倒生出夜來嘔氣，卻偏寫做為了夜來嘔氣，順生出今早奪人。如此用筆，真令人尋覓不出。」啟示我們如何構思情節的方法。接著，唐牛兒便把盤子放在賣藥的老王凳子上，夾批說：「王公兩用，前用來提著招文袋，後用來安放薑盤子，妙。」揭示次要人物王公在情節構思中的作用：兩次起了輔助情節發展的作用，第一次使宋江想起昭文袋遺落在閻婆惜房內，第二次，他擺攤的凳子給唐牛兒放薑盤子，讓唐牛兒可以騰出手來攔住婆子、拆

開她緊揪宋江的手，並打她一個老大的耳光，就此將宋江放走。

唐牛兒聽到婆子的警告，不以為意，不問事由就打閻婆，使得宋江能夠順利脫逃。唐牛兒冒失、急躁、心地狹隘，只貪蠅頭小利，結果放走殺人兇手，惹了大禍。

小說的語言生動，唐牛兒稱呼閻婆「老賊蟲」，「又開五指，去閻婆臉上只一掌打個滿天星」，比喻恰切而生動，意為閻婆給她打得眼冒金星，因為打得重，所以是滿目金星，所以是「滿天星」。

此回仔細描繪婆惜臥室的場景：本是一間六椽樓屋。前半間安一副春臺，（夾批：實。）凳子；（夾批：虛。）後半間鋪著臥房，貼裏安一張三面棱花的床，兩邊都是欄杆，（夾批：實。）上掛著一頂紅羅幔帳；（夾批：虛。）側首放個衣架，（夾批：實。）搭著手巾；（夾批：虛。）這裡放著個洗手盆，（夾批：實。）一個刷子；（夾批：虛。）一張金漆桌子上，（夾批：實。）放一個錫燈檯；（夾批：虛。）邊廂兩個杌子；（夾批：實。）正面壁上掛一副仕女；（夾批：虛。）對床排著四把一字交椅。（夾批：實。○上得樓來，無端先把幾件鋪陳數說一房遍，到後文中或用著，或不用著，恰好虛實間雜成文，真是閒心妙筆。）這個敘述使坐樓殺惜的場景歷歷如繪，栩栩如生。

宋江面對閻婆惜的刁難，保證說：「限我三日，我將家私變賣一百兩金子與你。」此前宋江答應資助賣湯藥的王公一具棺材錢，直到拿到劉唐送來的金子才能支付，可見宋江本人的確財力有限，小說描寫他仗義疏財，接濟別人，似乎能夠揮金如土，顯然是誇張的描寫。

第二十一回　閻婆大鬧鄆城縣　朱仝義釋宋公明

總批

第一段，張三極力挑唆虔婆，必捉宋江的情節，是此回的正文。而知縣乃至滿縣之人，極力周全宋江，都是旁文，是波瀾。張三的挑唆，推動一系列情節的發展，逼得宋江逃走，然後讓武松出現。張三挑唆在情節發展中起了很大的作用。

第二段，寫朱、雷兩人放走宋江是的心事、做法非常精彩，與他們放走晁蓋時，正是一樣奇筆，又卻是兩樣奇筆。

回後

第一段，閻婆在縣裏告狀，告宋江殺人，唐牛兒放走兇身。知縣要出脫宋

江，張文遠逼著知縣捉拿宋江。

第二段，公人來宋家村宋太公莊上尋拿宋江，太公拿出執憑，證明宋江已經出籍，與家庭脫離關係，公人回去交差。

第三段，張三又挑唆閻婆去廳上披頭散髮來告，知縣只得派朱仝、雷橫去宋家村大戶莊上搜捉犯人宋江。

第四段，朱、雷二都頭領了公文，便來點起士兵四十餘人迳奔宋家莊上來。朱仝在地窖裏找到暗藏的宋江，與他商議逃走，宋江告訴他逃離的方向和目標地。朱仝與雷橫假裝搜查後，無功而返。

第五段，縣裏和宋江好的相交之人，都替宋江去張三處說開。朱仝自湊些錢物把與閻婆，教他不要去州里告狀。又得知縣一力主張，出一千貫賞錢，行移開了一個海捕文書，只把唐牛兒問做成個「故縱凶身在逃」，脊杖二十，刺配五百里外。

第六段，宋江從地窖子出來，和父親兄弟商議後，逃離故鄉。路上商議，去柴進躲避。

第七段，柴進熱情歡迎和款待宋江。

第八段，宋江因小解離席，巧遇武松。

此回塑造了張三、朱仝、雷橫、柴進、武松的性格。

張三死盯著知縣要捉拿宋江，夾批：「不是與婆惜有情，正是替武松出力。○讀書須心知輕重，方名善讀書人；不然者，不免有懵懂葫蘆之誚也。如此書，既已了卻晁蓋，便須接入武松，正是別起一番樓臺殿閣。乃今知縣只管要寬，此時若更不得張三立主文案，幾番勾捉，則又安得逼走宋公明，撞出武都頭乎？後人不知，遂反謂張三於公明甚薄，殊不知於公明甚薄者，於讀書之人殊厚也。」分析小說構思情節與安排人物言行的關係。

夾批一再讚譽朱仝的高明。朱仝先叫雷橫去搜：「我自把定前門。雷都頭，你先入去搜。」（夾批：寫朱仝出色過人。○若使真正要搜，則應撥令眾人圍定前後門，朱、雷一同進去搜也。只因朱仝自己胸中有事，必要獨自進去，卻恐雷橫見疑，因倒自來把定門外，卻使雷橫進去獨搜一遍畢，然後換轉雷橫把定門外，不由不放他也進去獨搜一遍，此皆欲取故予之法也。）雷橫搜後，朱同道：「我只是放心不下。雷都頭，你和眾弟兄把了門。我親自細細地搜一遍。」（夾批：視雷如戲。）

幼讚譽宋江尋思要去躲避的有三個安身之處對今後的情節發展埋下因由：一柴進莊上，二青州青風寨小李廣花榮處，三白虎山孔太公莊上時，夾

批：「先於此處伏得三支，入後翻騰顛倒，變出無數文字。譬諸龍也，當其在淵，亦與徑寸之蟲何異？殆其飛去，霖雨萬國，天地失色，然後乃歎向之可掬而觀者，今乃不測其鱗爪之所在也。文章有此，真奇矣哉！」

夾批分析小說描寫朱、雷二人的滿腹心事和兩人不同的性格和智慧。

「雷都頭，我們只拿了宋太公去，如何？」（夾批：不會看書人，只謂此句為朱全自解，會看書人，便知此句為雷橫出色。○雷橫之心與朱全之心，一也。卻因雷橫粗，朱全細，便讓朱全事事高出一頭去。乃今既已表過朱全，便當以次表出雷橫，行文亦不別起一頭，只就上文脫卸而下，真稱好手。）雷橫見說要拿宋太公去，尋思：「朱同那人和宋江最好。他怎地顛倒要拿宋太公？這話一定是反說。他若再攪起，我落得做人情！」（夾批：特表雷橫，用筆卻又曲折之極。）

雷橫道：「朱都頭，你聽我說。（夾批：寫朱、雷二人句句防賊，聲聲搗鬼，今我失笑。）宋押司他犯罪過，其中必有緣故，也未便該死罪。夾批：「反與朱全說，故妙。」「反勸朱全，故妙。讀之句句欲失笑也。」宋太公謝後隨即排下酒食，犒賞眾人，將出二十兩銀子，送與兩位都頭。朱同、雷橫堅執不受，把來散與眾人（夾批：雙表朱、雷。）

宋江到滄州柴大官人莊上時，通過莊客的話，讚譽宋江的名滿天下，夾批說：「信及童僕，真寫得妙，可見宋江，又可見柴進。」莊客慌忙便領了宋江、宋清（夾批：柴進慌忙，何足為奇，妙在莊客慌忙也。）那莊客入去不多時，只見那座中間莊門大開，（夾批：只一句寫出莊裏嚷做一片。）柴大官人見了宋江，拜在地下，（夾批：極畫柴進。）口稱道：「端的想殺柴進！」（夾批：六個字有喜極淚零之致，真是絕妙好辭，不知耐庵如何算出來。）說罷，便請宋江弟兄兩個洗浴。隨即將出兩套衣服、巾幘、絲鞋、淨襪，教宋江兄弟兩個換了出浴的舊衣裳。（夾批：寫柴進殷勤，累幅不盡，故特從閒處著筆，作者真正才子。）

武松剛出場時的狼狽腔：那廊下有一個大漢，因害瘧疾，當不住那寒冷，把一鍬火在那裏向。宋江仰著臉，只顧踏將去，（夾批：蜿蜒而來。）正在火鍬柄上；把那火裏炭火都鍬在那漢臉上。（夾批：蜿蜒而來。）那漢吃了一驚，驚出一身汗來。（夾批：武二何必害瘧，聊借作一紐頭耳。宋、武既得相遇，此紐便當不用，故順手便寫一句「驚出汗來」。夫以武二之神威，何至炭火驚得汗出；一驚而遂出汗者，隱然害瘧已好也。才子之文，隨手起倒，其妙如此。）那漢氣將起來，把宋江劈胸揪住，（夾批：有勢。）大喝道：「你是甚麼鳥人！敢來消遣我！」接著柴進趕來，介紹他是是宋江，那漢道：「奢遮殺，問他敢比得我鄆城宋押司，他可能！」（夾批：三字正接

下「有頭有尾、有始有終」八字，卻因柴進大笑，便說不完，妙妙。○柴進大笑，在「鄆城宋押司」五字中起，不等到「他可能」三字方笑也。）那漢道：「卻才不說了；（夾批：正接上「他可能」三字。）他便是真大丈夫，有頭有尾，有始有終！（夾批：八個字不必隱括宋江，正是捎打柴進。妙絕。）那漢道：「真個也不是？」（夾批：五字是驚出淚來語，乃至不及歡喜，與前端的想殺柴進一樣。）

次要人物，如宋太公，在兒子拜辭時，只見宋太公灑淚不住，又分付道：「你兩個前程萬里，休得煩惱！」（夾批：無人處卻寫太公灑淚，有人處便寫宋江大哭。○冷眼看破，冷筆寫成，普天下讀書人，慎勿忽（謂）水滸無皮裏陽秋也。○自家灑淚卻分付別人休惱，老牛愛犢寫來如畫。）

夾批還評論古時人們出門旅行之艱難困苦。小說說：「途中免不得登山涉水，過府沖州。但凡客商在路，早晚安歇有兩件事不好：吃癩碗，睡死人床！「夾批說：「七字說不盡苦。」古時衛生條件差，碗具和床具都無消毒措施，所以這樣說。

第二十二回　橫海郡柴進留賓　景陽岡武松打虎

總評

第一、二段，讚歎作者能夠寫活老虎，寫出活虎搏人和三搏不中的具體情景。

第三段，此回用盈尺之幅，費墨無多，不惟寫一虎，兼又寫一人，不惟雙寫一虎一人，且又夾寫許多風沙樹石，而人是神人，虎是怒虎，風沙樹石是真正虎林。

第四段，此回不僅寫出武松打虎的英雄氣概，還寫出他的困境、驚嚇，皆是寫極駭人之事，卻盡用極近人之筆。

聖歎認為《水滸》這種異樣過人的筆力，是空前絕後的。

回後

第一段，宋江和武松的相遇和相處，武松病癒回鄉，離開柴家莊，宋江兄弟送別。

第二段，武松在三碗不過岡酒家喝了十八碗酒，不聽酒家山中有虎的警告，踉蹌上山。

第三段，武松打虎。

第四段，武松被眾獵戶帶到陽穀縣裏受賞，縣令抬舉他當了都頭。

第五段，武松走出縣前來閒玩，路遇兄長武大郎。

自本回起，打虎英雄武松出場，至第三十一回，共 10 回，他成為以後 10 回的主角，這 10 回便是著名的「武十回」。

武松是《水滸傳》中名聲最大的人物。日本研究家說：「如果在現代日本的《水滸傳》讀者中做一個人氣指數的問卷調查，大概名列榜首的是魯智深，接下來是武松和林冲。」（佐竹靖彥《梁山泊──水滸傳一〇八豪傑》，中華書局，2005年，第 75 頁）在中國讀者的心目中，武松和魯達、林冲是《水滸》三大英雄人物之一。

武松原先為人如何？武松與兄長武大重逢後，武大曾埋怨他說：「我怨你時，當初你在清河縣裏，要便吃酒醉了，和人相打，時常吃官司，教我要便隨衙聽候，不曾有一個月淨辦，常教我受苦。」他於本回初識宋江時也自我介紹說：「小弟在清河縣，因酒後醉了，與本處機密相爭，一時間怨起，只一拳，打得那廝昏沉。小弟只道他死了，因此一逕地逃來，尋奔大官人處來躲災避難⋯⋯」到柴進莊上後，積習難改，「但吃醉了酒，性氣剛，莊客有些管顧不到處，他便要卜拳打他們，因此滿莊裏莊客沒一個道他好。眾人只是嫌他，都去柴進面前告訴他許多不是處。」宋江因在暗處而不小心踏翻了火鍁柄，火星濺到武松面上，武松不分青紅皂白，馬上跳起來打人，其平日性格之粗暴和急躁，由此可知。可見武松起初的行跡，雷同於古今中外所常見的為人們一致嫌惡的市井閒漢、鬧事醉鬼而已。

宋江結識武松後，宋江聽了大喜。當夜飲至三更。酒罷，宋江就留武松在西軒下做一處安歇。金聖歎夾批讚揚：「真好宋江，令人心死。」過了數日，宋江取出些銀兩來與武松做衣裳。夾批又讚揚：「宋江歡喜武松，亦累幅寫不得盡，只說替他做衣裳，便寫得一似歡喜美人相似，妙筆。」更重要的是，宋江「每日帶挈他一處飲酒相陪，武松的前病都不發了。」聖歎接批：「何物小吏，使人變化氣質』。」《水滸》描寫武松，在這裡的精彩之處是，人們極易一眼滑過而不予應有注意的「相陪」兩字背後，卻大有文章。宋江在「相陪」中加緊對武松開導、教育，讓武松受到從未有過的人生教誨。金聖歎靈眼覷見「相陪」一詞中的豐富含義，短短一語批出其中奧妙，同時高度評價宋江的赤誠、熱情、平等待人和體貼入微，溫暖了多年備受冷落、被社會歧視拋棄的武松的寂寞、孤獨、苦悶的心。武松激發了原有的善良本性，從此不再隨便急躁、發怒、打人，變得穩重、知禮、識理和處事冷靜。聖歎之意，武松並非天

生就是英雄，是宋江的友情、啟蒙和教育，改變了武松的氣質，這就揭示了英雄成長和性格發展的必然過程。聖歎「變化氣質」一語雖短短幾字，卻有力能扛鼎之功。

本回的武松打虎，是家喻戶曉的故事，但很少有人想到武松是很怕虎的。

武松在「三碗不過岡」的酒店喝了 18 碗酒，已經醉得踉踉蹌蹌，步履不穩，可是他不信酒家山上有虎的警告，堅持要連夜翻山越嶺趕回故鄉。武松冒失上山後，「讀了印信榜文，方知端的有虎」，心中已有怯意。所以他第一個心理反應不是「明知山有虎，偏向虎山行」，而是「欲待轉身再回酒店裏來」。但又怕店家恥笑，「存想了一回」，嘴裏給自己打氣說：「怕甚麼鳥！且只顧上去看怎地！」實是心存僥倖，認為不會這麼倒楣，真的就與虎冤家路狹、對面相遇了。正因如此，當虎真的出現時，武松還是缺乏心理準備，不禁失聲驚呼「啊呀！」嚇得從青石上翻將下來，氈笠兒滾落，酒都作冷汗出了。這是第二次強烈地露出怕虎的心理。金聖歎批道：「叫聲『阿呀』，翻下青石來，一時手腳都慌了，不及知氈笠落在何處矣，寫得入神。」正因怕虎，所以心慌意亂，這才會哨棒打不著大蟲，而是打著枯樹，折做兩截，他失去了手中唯一的武器。金聖歎忙批：「嚇殺人句。」這不僅是「看官」而且更是當事人武松的「嚇殺」心態。這是第三次露出怕虎的心理。武松好不容易打死此虎，下山時又遇「二虎」，他至此不禁失聲哀歎：「阿呀！我今番罷了！」這已是他第四次暴露怕虎的心理了。聖歎連批：「嚇殺」。還多次批道：「有此一折，反顯出武松神威」，「不然，便是三家村中說子路，不近人情極矣。」金聖歎仍覺言猶未盡，在回前總評一面讚頌景陽岡上「人是神人，虎是怒虎，風沙樹石是真正虎林」，一面進一步分析說：

> 讀打虎一篇，而歎人是神人，虎是怒虎，固已妙不容說矣。乃其尤妙者，則又如讀廟門榜文後，欲待轉身回來一段，風過虎來時，叫聲「阿呀」，翻下青石來一段；大蟲第一撲，從半空裏攛將下來時，被那一驚，酒都做冷汗出了一段；尋思要拖死虎下去，原來使盡氣力，手腳都蘇軟了，正提不動一段；青石上又坐半歇一段，天色看看黑了，惟恐再跳一隻出來，且掙扎下崗子去一段；下崗子走不到半路，枯草叢中鑽出兩隻大蟲，叫聲「阿呀，今番罷了」一段。皆是寫極駭人之事，卻盡用極近人之筆……

武松打虎，是被動的，他並沒有主動徒手打虎的實力和勇氣。但是武松卻

先在酒店裏，錯將酒家的好意當作惡意，責怪酒家騙他留宿，半夜可以謀財害命，誇下海口說自己不怕老虎。他將話講盡說絕，這種為硬撐面子而說大話，不留退路的言行，本是貌似強大實則虛弱的性格表現。他上山後真知有虎，心裏害怕，本想回店，又怕：「我回去時，須吃他恥笑，不是好漢，難以轉去。」金聖歎批道：「以性命與名譽對算，不亦異乎？」即對其死要「好漢」面子，不肯認錯，乃至用性命來賭名譽的冒險行為頗露譏諷。古人是反對徒手打虎的，孔子說：「暴虎馮河，死而無悔者，吾不與也。必也臨事而懼，好謀而成者也。」（赤手空拳和老虎搏鬥，不用船隻去渡河，這樣死而不悔的人，我是不和他共事的。我要共事的，必須是面臨任務便恐懼謹慎，善用謀略而求得成功的人。）（《論語・述而第七》）

武松打虎能夠獲勝，還有運氣的成分。當武松打斷哨棒，處境極為狼狽之時，「那大蟲咆哮，性發起來，翻身又只一撲，撲將來。武松只是一跳，卻退了十步遠。那大蟲恰好把兩隻前爪搭在武松面前。武松將半截棒丟在一邊，兩隻手就勢把大蟲頂花皮胳臌兒揪住，一按按將下來」，拳打腳踢，好不容易打死此虎。

武松初遇老虎時，他遠不是老虎的對手。所以老虎四次主動進攻，武松都只能躲避。第一次武松閃在大蟲的背後，第二、三次，閃在一邊。第四次，武松已來不及閃開，在慌忙中，只好儘量往後跳，結果跳了十步遠，而兇橫的大蟲撲下來時，「恰好」把兩爪搭在武松面前，老虎落地時虎頭的位置比較低，而且向下的衝力餘勢未盡，老虎的頭還在往下衝，又正好衝在武松的面前，武松才能「就勢」將虎頭按住予以痛打。這樣巧的、對武松有利的形勢，是武松運氣好，才能得到的。大蟲是動物，不會思維，所以有此失誤。所以英雄的成功，往往並不全靠自己的本領和智慧戰勝，有時也須敵手出現失誤，對方的失誤，就是己方的運氣。當然，善於發現和抓住對方失誤，還要靠智慧和本領，武松就是如此。他這時膽大力大，進攻的方向正確：對著老虎的門面和眼睛踢了許多腳，使它頭昏眼花，喪失反擊的能力，又打它的頭頂五七十拳，擊中要害，才能制其死命。老虎死時，武松也「使盡了氣力，手腳都軟了」。武松就正好只有這一點力氣，必須要老虎自己湊到他的面前挨揍，才能打死它。《水滸》就這樣真實、精細地寫出武松與大蟲的力量的對比，描繪武松打虎的艱難和僥倖，在這個基礎上表現武松大難不死、戰勝強敵的智慧、膽量和勇力。

武松此人對人，忠厚仁德，善良仁慈。武松因打虎而受賞時對知縣說：「小人聞知這眾獵戶，因這個大蟲受了相公責罰，何不就把這一千貫給散與眾人去用？」「知縣見他忠厚仁德」，就抬舉他一個都頭之職。聖歎批道：「一篇打虎天搖地震文字，卻以『忠厚仁德』四字結之，此恐非史遷所知也。」聖歎於人們不注意處發現原作精義，此語既高度評價武松雍容大度推己及人的美德，又讚歎《水滸》變幻莫測出神入化的筆力，有畫龍點睛之功。

在古代一千貫是很大的一筆錢，我們知道著名崑劇《十五貫》中，十五貫錢的得失就已經鬧出了人命。武松並非是富人，但他受賞時首先想到的是那些獵戶兄弟，他們因為抓不到老虎，受了許多苦，還被責打，所以知縣大受感動，還立即抬舉他為都頭。都頭即縣偵緝隊長。不少貪婪兇殘的公差，捉賊無方，害民有術，騷擾鄉民，甚於盜賊。這位知縣有識人的眼光，知道武松如此慷慨散財，對盜賊既有威懾，又必能清廉自守，讓他當都頭，自己可以非常放心。對比韓信，他曾受胯下之辱，漢朝平定天下後，他竟對將士們介紹「這是位壯士」，還任用他做了中尉。為顯示自己大度，讓這個流氓無功受祿，做官發財，這種慷國家之慨，沽名釣譽，敗壞吏治的做法，是極其愚蠢而有害的。

在挖掘原著的精彩寫作手段方面，金批著重分析小說寫武鬆手中拿著的唯一武器「哨棒」，共十九處寫到哨棒。前面十四次提到哨棒，到第十五次是寫雙手輪起哨棒，盡平生氣力，只一棒，從半空劈將下來。（夾批：此一劈誰不以為了卻大蟲矣，卻又變出怪事來。）定睛看時，一棒劈不著大蟲，（夾批：盡平生氣力矣，卻偏劈不著大蟲，嚇殺人句。）原來打急了，正打在枯樹上，把那條哨棒折做兩截，只拿得一半在手裏。夾批指出：「哨棒十六。○半日勤寫哨棒，只道仗他打虎，到此忽然開除，令人瞠目噤口，不復敢讀下去。○哨棒折了，方顯出徒手打虎異樣神威來，只是讀者心膽墮矣。」充分揭示了原作引人入勝的高妙寫作技巧。另又分析武松五遍自敘打虎的本事的心理、場景和敘寫其自敘的變化。對於原著偶有的疏忽，也提醒讀者注意，武松在陽穀縣當上都頭並定居於此的描寫，眉批說：「所寄行李包裹不見送來。」作者忘了寫了，這對後世的創作者很有幫助。這樣的例子，以後還有一些。

第二十三回　王婆貪賄說風情　鄆哥不忿鬧茶肆

總批

第一段論述兄弟情誼的珍貴，並指出兄弟情誼一壞於乾餱相爭，鬩牆莫

勸，指為了分家產等而反目；再壞於高談天顯，矜餘虛文，即表面上誇誇其談，實際上並無實際行動。

第二段論述本書「上篇寫武二遇虎，真乃山搖地撼，使人毛髮倒卓。忽然接入此篇，寫武二遇嫂，真又柳絲花朵，使人心魂蕩漾也」。作者既善於記敘、描繪各種場面，又能巧妙安排，使情節跌宕出奇，對比強烈。

第三段分析西門慶癡迷於潘金蓮的行動和言語之精彩描寫。

第四段分析王婆幫西門慶獵豔的思路和計謀之精彩和巧妙的描寫。

第五段分析「西門愛奸，卻又處處插入虔婆愛鈔，描畫小人共為一事，而各為其私」，作者對世故人情的深刻揣摩之工夫，令人讚歎。

回後

第一段，武松巧遇兄長武大郎，搬到哥哥家居住。潘金蓮勾引武松不成，大罵武松，武松搬回縣裏去住。

第二段，武松奉命去東京出差，潘金蓮經不起西門慶的勾引和王婆的挑唆，勾搭成奸。

第三段，鄆哥與王婆的爭執，使西門和金蓮的姦情即將暴露。

武松之兄長武大郎，身材極矮，面目醜陋，頭腦可笑（夾批：只須四字已活畫出。）；他靠賣炊餅（沒有餡子的淡饅頭）為生。

潘金蓮則本是清河縣裏一個大戶人家的使女，年方二十餘歲，頗有些顏色。因為那個大戶要纏他，這女使只是去告主人婆，意下不肯依從。那個大戶以此記恨於心，卻倒陪些房奩，不要武大一文錢，白白地嫁與他。（夾批：不因此句，武大又那討錢來。）這個大戶生性刁鑽還不乏黑色幽默：你不肯順從我，我就逼你嫁一個又矮又醜、身體衰弱而且也不年輕的窮漢，相當於是殘疾人，讓你終身窩囊煩惱，受苦受難，狠狠地折磨你一輩子！其用心何其惡毒也！其報復也夠徹底的了。儘管《水滸傳》使上浪漫主義的筆法：賣炊餅的窮漢竟然在陽穀縣城的「市中心」擁有體面的兩層樓房為家，如果窮如武大也租賃得起這樣的房子，宋朝的市鎮居民全已脫貧了。這當然是不可能的，所以，照理武大夫婦應該住在破屋陋棚裏，金蓮的日子就更其困苦了。《水滸傳》寥寥幾筆就寫出這個大戶的細密惡毒、富有「獨創」意味的用心，正是大手筆。

潘金蓮嫁給武大，真是一朵鮮花插在牛糞上，不僅千古善良讀者為之暗中扼腕，小說裏的旁觀者目睹金蓮的伶俐和秀色，更其歎息惋惜。但人以群分，清河縣裏的幾個奸詐的浮浪子弟們，卻來他家裏薅惱。那武大是個懦弱

本分人，被這一班人不時間在門前叫道：「好一塊羊肉，倒落在狗口裏！」清河縣的流氓地痞沒有鮮花插糞之類讀書人的文雅思維，他們講的是宋元時期的市井口吻，將「秀色可餐」用真正的白話文表達，而且符合他們的處世哲理，連為美女叫屈也講究經濟實惠：羊肉竟然落在狗口裏，讓狗東西大快朵頤，人倒無福消受，豈不心癢眼饞！（後來西門慶從王婆處問知潘金蓮是武大的老婆，西門慶聽了，叫起苦來，也說道：「好塊羊肉，怎地落在狗口裏！」王婆再添兩句名言道：「便是這般苦事！自古道：『駿馬卻馱癡漢走，巧婦常伴拙夫眠。』月下老偏生要是這般配合！」）因此，武大在清河縣住不牢，搬來這陽穀縣紫石街賃房居住，每日仍舊挑賣炊餅。

武大受騷擾，還是小事，而那金蓮「見武大身材短矮，人物猥瑣，不會風流」，心中惱恨，她猶如度日似年！而中外古今，何處沒有一批精於接近、討好、欺騙和玩弄女人的奸詐閒漢（舊上海所謂的小白臉、白相人）和成功人士？在他們的暗中策劃、輪番勾引和蓄意陷害下，閒在家中無所事事的金蓮，便「無般不好，為頭的愛偷漢子」了。

武大郎雖然免費抱得美人歸，似乎拾到了天上掉下的餡餅，可是天下並沒有免費的午餐，他的婚姻是一個飛來橫禍：抱回的是一顆「人體炸彈」，他的悲劇從天而降。一個無財無勢、長相一般（更何況醜陋）、不夠高大強壯（更何況矮小虛弱）的小市民要做美人的丈夫是極其不容易的，武大郎雖然免去婚姻的昂貴首付，但長年的日常生活的「高利息」卻無力支付：一是被不少虎視眈眈、挖空心思想討便宜或者明搶暗奪的覬覦者包圍著，綠帽飛來，紅顏遭污，是經常發生的事情。二是不少美人的生活成本高：她們自感美麗的女子身價高，心高氣傲，所以衣食住行要求高，還喜歡打扮和遊玩，這是一般人能夠養得起的？武大沒有文化，缺乏心機，在危機四伏的處境中，認不清形勢，不肯及時放棄，用一紙休書放金蓮自由，讓她自擇良配。武大死纏金蓮到底，即使有打虎英雄保護，畢竟不是貼身保鏢（即使有也保不住），只能聽天由命，只等這顆人體炸彈引爆、悲劇降臨了。

不少美人嫁錯郎，就難免後悔抱怨。武大不僅短小醜陋（武松身長八尺，高於一米八十，武大不滿五尺，只有一米十高，而山東美人潘金蓮有至少一米六十的個頭的健美身材），而且身體虛弱，還有不育症。金蓮如何能夠安心度日？

尤其是愛虛榮圖享受的女子，更容易經不起誘惑而墮落。莫泊桑《項鍊》裏的瑪蒂爾德·勒瓦栽勒夫人是真正難得的，她因追求打扮而不慎從小康跌入

貧困，卻能用十年的誠實操勞償還欠下的債務，容顏變老而不悔，值得歌頌；而曹禺《日出》中的陳白露情願淪落風塵，最後依舊拒絕清貧的情人而選擇自殺。平心論之，潘金蓮不是愛虛榮的女子，否則她當初不會堅拒大戶的佔有，情願發配給武大。她對配偶的要求是合情合理的。可惜武大沒有自知之明，又不知趣，在免費享受美人一段青春後及時放手，讓她另找活路。清河縣的潑皮上門騷擾，是給了他黃牌警告，他卻只曉得搬家；潘金蓮勾引武松不成，雙方鬧翻，給了他紅牌警告，武大還是自作多情地要「維和」。

愚蠢的武大，在享受過美人的一段青春後，不肯放金蓮生路，只想用搬家這種拙劣手段逃避壞人的緊逼，天下何處無壞人？結果正好搬到皮條高手王婆隔壁，撞在她的槍口上，走上不歸之路。總之，武大之死，也有其自身的原因，後來的人們要吸取他的沉痛教訓。

在潘金蓮制死武大時，金聖歎連批三個「特寫與天下有奢遮標緻妻子人看。」強調不要不自量力地貪圖美色，娶美人為妻要量力而行。

後來金蓮初見小叔武松這表人物，自心裏尋思道：「武松與他是嫡親一母兄弟，他又生得這般長大。我嫁得這等一個，也不枉了為人一世！你看我那三寸丁谷樹皮，三分像人，七分似鬼，我直恁地晦氣！據著武松，大蟲也吃他打倒了，他必然好氣力。（金批：便想到他「好氣力」，絕倒。）」她有這種想法，尤其是希望配偶身強力壯，可以滿足她的種種需要，是自然而正常的。但在紅顏薄命的舊時代，潘金蓮不管肯不肯認命，前景必然是悲劇。

金批具體分析潘金蓮愛上武松的心理、行動和言語，又具體分析武松對嫂嫂的應對，對金蓮精心勾引武松的場面和情景描寫的評批更是細膩而精彩。武松對親嫂潘金蓮謙恭有禮，不苟言笑。同桌喝酒時，金蓮的一雙眼直看著武松，武松吃她看不過，只低了頭，不予理會，用敬而遠之的手段抵制她勾引、調笑的輕狂舉動。金蓮勾引武松不成，還遭到武松的斥責，於是她在武大處反咬一口，說武松欺負她，「用言語來調戲我」。武松知道哥哥對自己的信任，故而對哥哥只不做聲，只是將行李從武大家搬走，回到縣裏去住。武大詢問原由，他道：「哥哥不要問。說起來，裝你的幌子。你只由我自去便了。」金蓮此時在旁喃喃吶吶地罵，武松一聲不唧，由她瘋罵。他為了哥哥的名聲，為了不擴大事態，不使哥哥家庭破裂，不做任何解釋，用嚴肅端莊和莊嚴沉默，遏制金蓮的風騷輕狂和老羞成怒的猖狂，還儘量給金蓮留下臉面，給她改過自新的機會，順利止住了紫石街小窩內的風浪。

　　在險惡的社會裏，潘金蓮人美心高，聰明伶俐，口舌靈便，在武松出差前警告她時，自稱：「我是一個不戴頭巾男子漢，叮叮噹噹響的婆娘！拳頭上立得人，胳膊上走得馬，人面上行得人！不是那等搠不出的鱉老婆！」又指斥武松：「你胡言亂語，一句句都要下落！丟下磚頭瓦兒，一個個要著地！」金聖歎的批語讚揚：「辭令妙品。」

　　武潘悲劇的製造者便是陽穀縣的一個精於欺騙和玩弄女人的成功人士西門慶。不少成功人士有錢有勢有閒，有玩弄女人的豐富經驗和智慧，很少有女子能夠最終抵擋住此類人由幕後策劃、當場奉承、花言巧語和威逼利誘等等配套組成的長期圍剿而不落圈套。

　　西門慶癡迷潘金蓮之初，像熱鍋上的螞蟻，王婆的計謀針對性強，巧妙而周密，金批對這場陰謀和情色事件的全過程，分析具體而細微。更妙的是，戲法人人會變，但是巧妙各有不同。在此回中，西門慶勾引金蓮殺害武大的兇惡狡猾即另有一功。他初識金蓮時即大露口才，引誘她入彀。針對潘金蓮被惡勢力所迫害錯嫁給武大的窘況，他不露聲色地讚美說：「前日小人不認得，原來卻是武大郎的娘子。小人只認的大郎，一個養家經紀人。且是在街上做買賣，大大小小不曾惡了一個人，又會賺錢，又且好性格，真個難得這個人」。用似是而非的反話促刻而有力地譏諷武大的地位卑賤、貧窮和怯弱無能，他又可藉此顯出自己的身價，並煽動金蓮對丈夫更深的厭惡，真有一箭三鳥之毒。聖歎批道：「賊人惡口，明明贊之，明明擠之。明明搊之，明明羞之」。金蓮窘困萬狀，只好應道：「他是無用之人，官人休要笑話」。聖歎急忙在這兩句答話中夾批：「『他』字妙，『無用』字妙。如出香口。○好婦嫁得呆郎，第一怕人提起，氣不得，不氣不得，真有此六字（按即『他是無用之人』）之苦。」藥店老闆兼採花大盜西門慶善於揣摩美人芳心而對症下藥的惡毒心腸和豐富經驗，潘金蓮心靈善辯和被打中要害後的滿懷苦衷，窘相畢露的曲折心理，皆被聖歎用精細之筆曲曲批出。同時，聖歎對金蓮一類飽嘗封建婚姻制度苦水的可憐婦女的同情之心，也跳躍於字裏行間。潘金蓮日後步步墮落直至陷入犯罪深淵，顯與西門慶用心險惡毒辣的引誘、脅迫有關。

　　鄆哥為向西門慶兜銷生梨而與王婆的發生衝突，原作寫得合情合理，情節生動有趣，金聖歎夾批總結《水滸傳》的超凡入神的傑出寫作成就說：「此書每於絕大文字，偏有本事一字不相犯。如武松遇虎，李逵又遇虎；金蓮偷漢，巧雲又偷漢是也。乃偏於極小文字，偏沒本事使他不相犯。如林冲送配時，極

以盧俊義迭配時；鄆哥尋西門，極似唐牛尋宋江是也。此非文叔真有小敵怯、大敵勇之異，蓋僧由畫龍，若更安鱗施爪，便將破壁飛去。天下十成之物，造化皆思忌之，彼固特特不欲十成，非世人之所知也。」

第二十四回　王婆計啜西門慶　淫婦藥鴆武大郎

總批

第一段，讚揚此回雖然是過接文字，只看他處處寫得精細，不肯草草處理。

第二段，讚揚此回五段情節，段段精神，事事出色，勿以小篇而忽之也。

第三段，評批淫婦心毒，令人心惡。

回後

第一段，鄆哥為武大設計，武大在鄆哥的幫助下，成功實現「捉姦要捉雙」的結果，卻被西門慶當胸一腳踢傷，姦夫逃走，只好靠姦婦和王婆攙扶回家。

第二段，武大重傷在家，無人照看，只好懇求姦婦救助，保證為姦婦保密，不告訴武松。

第三段，王婆為西門慶出主意，毒死鴨子武大，尋求長久的歡樂；又具體指點潘金蓮下毒的全套措施。

第四段，潘金蓮成功實施毒死武大的計劃，王婆半夜過來幫助金蓮安排屍體。

第五段，王婆提示團頭何九叔難弄，潘金蓮假哭假語應付前來弔唁的鄰居；西門慶請何九叔在酒店喝酒，贈送賄金，請求何九叔遮蓋。

像全書一樣，此回多個場面的描繪精彩絕倫。如鄆哥為了復仇，向武大揭秘時的語言、語氣，夾批說「趣絕」、「神理都具」，「寫來入情」，「『你便』、『我便』二字，皆略用一頓，活是孩子遲聲慢口。」眉批甚至進一步讚揚：「『你便』、『我便』，猶如大珠小珠落盤亂走相似。」他幫武大捉姦時，頂住王婆，雙方鄆哥道：「便罵你這『馬泊六』，做牽頭的老狗，直甚麼屁！」夾批說：「四字奇文，才子罵世，只是胸中有此四字耳。」那婆子大怒，揪住鄆哥便打。眉批說：「捉姦一段真是如錦。」鄆哥叫一聲「你打我！」把籃兒丟出當街上來。那婆子卻待揪他，被這小猴子叫聲「你打我」時，就把王婆腰裏帶個住，看著婆子小肚上只一頭撞將去，爭些兒跌倒，卻得壁子礙住不倒。那猴子死頂住在壁上。夾批：「以五十四字成句，反就句中自成無數曲折，真是以手忙腳亂之事，寫得妙手空空，奇才妙筆。」

　　以上描寫已在人物的語言中絕妙地映出人物的性格，而對主要人物的描繪，在百忙中照樣能如影隨形般精彩地表現人物的性格特徵，如描寫潘金蓮面對丈夫堵住門捉姦，倉促間，那婦人頂住著門，慌做一團，口裏便諷刺西門慶臨場膽怯：「閒常時只如鳥嘴賣弄殺好拳棒！急上場時便沒些用！見個紙虎也嚇一交！」那婦人這幾句話，分明教西門慶來打武大，奪路了走。西門慶在床底下聽了婦人這幾句言語，提醒他這個念頭，夾批說：「好。」好在哪裏？金蓮慌做一團時，依舊思維清晰，語言生動有力：一面諷刺，一面責備，一面暗示應對措施。

　　武大的懦弱無能的性格刻畫更是入木三分。小說寫武大受傷在家，金蓮死人不管，照舊與西門慶歡會，武大竟然軟語懇求她照顧，還說：「我的兄弟武二，你須得知他性格；（夾批：妙。）倘或早晚歸來，他肯干休？（夾批：妙。）你若肯可憐我，早早服侍我好了，他歸來時，我都不提。（夾批：妙。）你若不看覷我時，待他歸來，卻和你們說話！」（夾批：妙。○數語妙絕，然武大死於此數語矣。）武大為了活命，反過來求饒，反過來保證保密，後來潘金蓮假意為他買藥治病，武大道：「你救得我活，無事了，一筆都勾，並不記懷，武二家來亦不提起。快去贖藥來救我則個！」武大的愚蠢，罕與倫比，聖歎一面接連批為「妙」，似乎讚賞武大軟語懇求時還要用武松作為砝碼的軟中帶硬的威懾力，最後揭穿，真是這個威脅，打草驚蛇，逼得對方迅下毒手。

　　武大郎因老婆偷漢，被鄆哥戲稱為鴨子，是當時的市井語，即今人所說的「烏龜」、「帶綠帽子」，當然是被人非常瞧不起的稱呼。又被王婆蔑稱為「搗子」。武大如果此時放手，給潘金蓮休書，讓她自由，才是上策，還來得及保住性命，還可以等武松回來請他報仇。可是死到臨頭，武大還執迷不悟，還要垂死掙扎：還要保持已經死亡的婚姻，在保持已經死亡的婚姻的前提下想保住垂死的生命，其愚之不可救藥，小說舒展得酣暢淋漓。在潘金蓮制死武大時，金聖歎連批三個「特寫與天下有奢遮標緻妻子人看。」強調不要不自量力地貪圖美色，娶美人為妻要量力而行。

　　潘金蓮本來畢竟還不是壞到要殺人滅口的地步，她在這方面畢竟缺乏經驗，所以：這婦人聽了武大這話，也不回言，（夾批：四字如畫。）卻踅過來，一五一十，都對王婆和西門慶說了。那西門慶聽了這話，卻似提在冰窟子裏，大叫：「苦也！我須知景陽岡上打虎的武都頭，他是清河縣第一個好漢！如今這等說時，正是怎地好？卻是苦也！」

潘金蓮和西門慶已經沒有自己的主意，她和他面對的這種困境，已經超出了他們的智力範圍，這時第三者給以啟示和指導，善良的則可勸阻他們「適可而止」，或從長建議；惡毒的則唆使、鼓動他們快刀斬亂麻，一不做，二不休，殺人滅口。王婆一心只要錢，唯利是圖，為了錢，她不惜以身試法，唆使他們用犯罪手段「斬草除根」，還具體出謀劃策，指引他們走向無邊的深淵。最後再提醒：「事了時，卻要重重謝我。」（夾批：王婆本題。）

王婆鼓勵和挑唆潘金蓮用砒霜毒殺武大，先具體指點如何騙武大喝毒藥，接著具體敘述被毒死人毒性發作時的病象、動作和後果，然後一一指點潘金蓮應對的辦法和工具，真是作案老手，夾批不斷批道「奇」，即王婆的這些知識和經驗，對我們來說，是非常離奇的；又結批：「王婆何處得來，其實耐庵何處得來，可見才子之心，燭物如鏡。」讚揚作家深入瞭解生活的獨到和深入的工夫。王婆的思路似乎十分明確周全，小說寫王婆道：「可知好哩。這是斬草除根，萌芽不發；若是斬草不除根，春來萌芽再發！」（夾批：反覆言之，皆反踢下文只斬得草，未除得根也。）王婆利令智昏時，只知其一，殺了武大只是斬草，可是並未除根：武松即將回來，你們怎麼辦？西門慶和潘金蓮在萬分慌張的心理和情緒中，也認為殺人滅口後，武松就沒辦法奈何他們了。

潘金蓮雖想剛烈做人，卻在王婆和西門大官人的通謀下，半推半就地飲下老娘的洗腳水，甘心受大官人的玩弄；又在他們陰謀的決策和唆使下，實施他們商定的毒計，做了殺人罪的共犯和實施者。

潘金蓮的悲劇是不可避免的：以公正的立場回顧她的一生，她如做大戶的小妾是悲劇，嫁於武大是悲劇，武大堅不遵循當時人人熟知、王婆提醒潘金蓮的「初嫁從親，再嫁由身」的婚姻原則（整個古代社會，女人都是有再嫁自由的），放她自由，她被武大死纏一輩子，終身受煎熬，難道不是悲劇？她想另找自由，遇人不淑，落到西門慶的陷阱裏，即使做上他的小妾，也是悲劇，《金瓶梅》就描寫了她的這個前景。西門慶又用威逼利誘手段迫使她做了殺人犯，這不是潘金蓮的初衷，而這個人命案件不僅西門慶、王婆，而且根據上回解讀已經言及的原因，連武大本人都要在一定的程度上共擔這個責任。

此回即將結束時，此案中的一個重要證明人出場，還未出場，作者即先施伏筆。在商議處理武大喪事時，王婆道：「只有一件事最要緊。地方上團頭何九叔，他是個精細的人，只怕他看出破綻不肯殮。」（夾批：非寫虔婆識人，只是先著何九一筆。）西門慶道：「這個不妨。我自分付他便了。他不肯違我的言語。」西

門慶認為自己的威勢足以壓倒對方。小說用一正一反的方法，推動情節的發展。西門慶馬上邀請何九叔到酒店喝酒，送上賄金，試圖用軟硬兼施的手段逼使何九叔就範。當何九叔來到武大家處理屍體時，潘金蓮接待他，何九叔上上下下看了那婆娘的模樣，（夾批：好筆。）口裏自暗暗地道：「我從來只聽的說武大娘子，（夾批：妙。）不曾認得他，（夾批：妙。）原來武大卻討著這個老婆。（夾批：妙。）西門慶這十兩銀子有些來歷。」（夾批：妙。○只三四語，一語一轉。）

接著更奇妙的是，何九叔看著武大屍首，揭起千秋幡，扯開白絹，用五輪八寶犯著兩點神水眼，定睛看時，何九叔大叫一聲，望後便倒，口裏噴出血來，（夾批：怪事。）但見指甲青、唇口紫、面皮黃、眼無光。此回到此戛然而止，既施下懸念，又用驚儷的筆調展示這位市井中出類拔萃的智者的性格和智慧。

第二十五回　偷骨殖何九送喪　供人頭武二設祭

總批

第一段，以泰山之高，黃河之深，孔子為聖人之至，比喻《水滸》為天下之奇，《水滸》作者之才大，不可測量。

第二段，感慨《水滸》前已塑造了魯達、林冲、楊志三位各自有其胸襟、心地、形狀、裝束，已經各極其妙，現在又寫出武松，與他們的胸襟、心地、形狀、裝束相同，但又有不同，是真所謂雲質龍章，日恣月彩，分外之絕筆矣。

第三段，分析眾多英雄人物的性格與心地。並進而認為，「武松，天人也。武松天人者，固具有魯達之闊，林冲之毒，楊志之正，柴進之良，阮七之快，李逵之真，吳用之捷，花榮之雅，盧俊義之大，石秀之警者也。斷曰第一人，不亦宜乎？」武松具有眾人之長，為書中第一英雄人物。

第四段，殺虎至難，殺婦至易，殺虎後忽欲殺一婦人，曾不舉手之勞焉耳。今寫武松殺虎至盈一卷，寫武松殺婦人亦至盈一卷，正如大雄氏所說：「獅子搏象用全力，博兔亦用全力。」

第五段，殺虎不用棒，殺鼠子（指西門慶）不用刀者，也是所謂象亦全力，兔亦全力。

第六段，讀者已隨小說的敘述，瞭解西門慶如何入奸，王婆如何主謀，潘氏如何下毒，等曲折情事，此回處處寫武松是東京回來，茫無頭路，雖極英靈，了無入處，真有神化之能。

第七段，一路勤敘鄰舍，竟然巧妙地將四家鋪面合成「財色酒氣」四字，真是構思奇絕。

第八段，武二設祭一篇，能將武松茫無所知的案情與實際偵查，結合得天衣無縫，真是巧奪天工的至高寫作技巧。

回後

第一段，何九叔老婆為丈夫設計搜集避禍的證據的方法和步驟，何九叔以計而行。

第二段，武松自東京回來，驚聞武大在之死，弔孝並一再向金蓮詢問兄長去世的原因和過程。

第三段，武松請何九叔飲酒，詢問兄長死況，何九叔將證據交與武松。

第四段，武松請鄆哥吃飯，資助他養家的銀兩，詢問他與武大一起捉姦情況。

第五段，武松帶了何九叔和鄆哥兩個證人和證據，到縣裏告狀，西門慶暗中行賄，知縣不准武松所告。

第六段，武松在家設宴招待鄰居，將四鄰和王婆找齊，即審問王婆和潘金蓮，金蓮招供，武松殺嫂。

第七段，武松將四鄰和王婆扣押在家，他在獅子橋下酒樓，尋西門慶報仇，砍了他的頭，為兄長祭奠。

武松自東京回來時，於路上只覺神思不安，身心恍惚，趕回要見哥哥，夾批說：「寫武二路上，便寫得陰風襲人。」揭示這種神秘的心靈感應現象，在書中寫得使人毛骨悚然。

夾批分析一系列的寫作技巧：武松回來，先「完知縣公事。○偏不疾來，偏去先完縣事，心手都閒」。武松回到下處房裏，換了衣服鞋襪，戴上個新頭巾，鎖上了房門，「先寫此句，與後孝服相映。○完縣事後，偏又不疾來，偏又去下處脫換衣服，透透迤迤，如無事者，妙絕。○縣中下處二段，使讀者眼前心上，遂有微雲淡漢之意，不復謂下文有此奔雷駭電也。○此回讀之，只謂其用筆極忙，殊不知處處都著閒筆。」而且還分析《水滸》善於設計情節的張弛有致和調節氣氛的高明手段。

武松進入武大舊居時，夾批將他倉促間看到靈牌的視線、心理層次和動作分析得歷歷分明。批語緊跟武松逼問金蓮和金蓮搪塞其事的一系列問答和動作，當武松哭靈，哭得那兩邊鄰舍無不悽惶。夾批分析：「本是描寫武二大

哭，卻又緊緊不放『兩邊鄰舍』字，妙甚。」用鄰舍的感覺反襯和強調武松的淒慘哭聲，與四鄰對林沖在陸謙家大打出手的反映相比，手法、效果相似而情景有異。

何九叔和鄆哥向武松介紹案情時，都不避重複前面交待過的情節，尤其是後者，眉批強調：「上文捉姦被踢一篇，亦於鄆哥口中重述一遍，一個字亦不省。」但妙在由於各人的視角不同，而詳略與細節不同，逼真寫出當時情景的各個印象，並因此而湊成全景。

武松祭奠武大時，他「把祭物去靈前擺了，堆盤滿宴」，這麼一句平常的交待文字，夾批竟然說：「四字一哭。哭何人？哭天下之人也。天下之人，無不一生咬薑呷醋，食不敢飽，直到死後澆奠之日，方始堆盤滿宴一番，如武大者，蓋比比也。」感歎天下窮人的艱難生涯，立意深遠。

武松威逼四鄰前來「赴宴」，聖歎批出市井細民明哲保身的心態，和他們身臨此景的言行所反映的性格和職業特點，指導讀者、作家如何觀察與體會世態人情。

武松尋到酒樓找西門慶報仇時，西門慶恰好那一腳正踢中武松右手，那口刀踢將起來，直落下街心裏去了。夾批一連三個「駭妙」，又說：「此句與上打虎折棒一樣筆法，皆所以深明武二之神威也。〇踢落刀也，卻偏寫云『踢將起來，直落下去』，一起一落。雖一落刀，亦必寫成異樣色勢，真才子不虛也。」分析惡鬥細節所反映的氣勢，讚揚作者雄渾的筆力。

此回，除寫武松對武大在之死的心靈感應外，另又細寫武松靈前守夜的奇景。作者善於渲染夜半的陰森恐怖，夾批：「先寫此兩句，使讀者黑黑魊魊，先自怕人。」接著，只見靈床子下捲起一陣冷氣來，盤旋昏暗，燈都遮黑了，壁上紙錢亂飛。那陣冷氣逼得武松毛髮皆豎，定睛看時，只見個人從靈床底下鑽將出來，叫聲「兄弟！我死得好苦！」武松聽不仔細，（夾批：只如此妙，若出俗筆，便從頭告訴一遍，非惟無理，兼令文章掃地矣。）卻待向前來再看時，並沒有冷氣，亦不見人；自家便一交顛翻在席子上坐地，（夾批：好。）尋思是夢非夢，回頭看那士兵時，正睡著。（夾批：回暫一句，文勢環滾。）武松想道：「哥哥這一死必然不明！……卻才正要報我知道，又被我的神氣沖散了他的魂魄！……」（夾批：借武二口自注一句。）夾批顯示金聖歎改動了原文，並批評原文不符合生活真實。《水滸》善於發揮神秘主義的描寫手段，以渲染氣氛，增強情節的波瀾，這裡再一次讓讀者享受到神秘、恐怖氣氛的出色審美效果。

金批還十分注意原作用詞造句的精巧和創新，此回何九叔說：「惡了西門慶，卻不是去撩蜂剔蠍？」夾批說：「四字新豔，未經人道。」即是一例。

《水滸傳》的非凡本領就是金聖歎所說的敢於「犯」，即敢於寫類似重複的場面，並寫出各自的特色和精彩：西門慶請何九叔酒店喝酒，武松也請何九叔酒店喝酒，又請鄆哥飯店吃飯。

第二十六回　母夜叉孟州道賣人肉　武都頭十字坡遇張青

總批

第一段，前篇寫武松殺嫂，可謂天崩地塌，入此回，真是強弩之末，勢不可穿魯縞之時，於是先請出孫二娘來。寫孫二娘便加出無數「笑」字，寫武松便幻出無數風話，於是讀者但覺峰回谷轉，又來到一處勝地。作者正故意要將頂天立地、戴髮噙齒之武二，忽變作迎奸賣俏、不識人倫之豬狗。正是前後穿射，斜飛反撲之奇筆也。

第二段，前後二篇的眾多稱呼，也用斜飛反撲，穿射入妙之筆。

第三段，此回用文章家虛實相間之法，但是文到入妙處，純是虛中有實，實中有虛，正復不定。

第四段，此書每到人才極盛處，便忽然失落一人，以明網羅之處，另有異樣奇人，未可以耳目所及，遂盡天下之士也。而名垂簡冊，亦復有幸有不幸乎？彼成大名，顯當世者，胡可逆謂蚌外無珠也！

回後

第一段，武松自首，陽穀縣和東平府府尹的不同辦案水平和武松得救，被判刺配。

第二段，武松上路，路過十字坡，識破母藥叉孫二娘的詭計，假裝吃了迷魂藥昏倒，戲弄和擒拿孫二娘。

第三段，菜園子張青正好趕來，請武松饒恕。雙方各敘過去經歷。

武松卻押那婆子，提了兩顆人頭，逕投縣裏來（自首）。（夾批：真好看。）此時哄動了一個陽穀縣，街上看的人不計其數。夾批寫得身臨其境：「第一番看迎虎，第二番看人頭，陽穀縣人何其樂也。」

審案後，知縣叫取長枷，且把武松同這婆子枷了，夾批嘲笑縣令：「寫得絕倒，今古同歎。」東平府府尹陳文昭審案後，則將武松的長枷，換了一面輕罪枷枷了，下在牢裏；把這婆子換一面重囚枷釘了，禁在提事司監死囚牢裏收

了；夾批：「縣何憒憒，府何察察，只是筆墨抑揚以成文勢耳。」區別縣令的昏聵和府尹的明晰，問事官的水平高低相差很大，受審者的遭遇也就有很大的不同。但縣裏和府裏兩番審案的描寫，可見古代中國的法律和司法程序是嚴謹而成熟的。其中貪官舞弊，和辦案能力的高下懸殊，中外古今難免，這是另一回事。《水滸》全面寫出這樣複雜的狀況，非常真實和精彩。

此回寫出武松的性格既端莊嚴肅，又機靈幽默，兩者各有表現，又統一在他的性格整體中。這突出地反映在武松對婦女的態度中。

此前描寫武松對潘金蓮是敬而遠之，對女性非常穩重，可是他在十字坡酒店初會孫二娘時卻一再用言語調戲、挑逗說：「我見這饅頭餡內有幾根毛，一像人小便處的毛一般……」「娘子，你家丈夫卻怎地不見？」「憑地時，你獨自一個須冷落。」接著又用勾引的語氣說，希望酒色「越渾越好」，「只宜熱吃」，「我從來吃不得寡酒，……」這與武松平時莊重的風度截然相反，因為武松早就多聽得人說道：「大樹十字坡，客人誰敢那裏過？肥的切做饅頭餡，瘦的卻把去填河。」深知此婦居心不良，故意用風話麻痺對方，避過暗算，克敵制勝。他假裝蒙汗藥發作，直挺挺躺在地上，孫二娘自以為得計，不斷笑罵武松：「這個賊配軍正是該死！」「那廝當是我手裏的行貨。」「由你奸似鬼，吃了老娘的洗腳水！」雙方格鬥時，武松惡作劇地耍弄孫二娘。他暗中施力，兩個漢子扛他不動，引孫二娘來，讓她輕輕地將自己提起來。武松就勢抱住這個婦人，把兩隻手一拘拘將攏來，當胸前摟住，卻把兩隻腿望那婦人下半截隻一挾，壓在那婦人身上，只見她殺豬般也似叫將起來。他要用這種調笑的方法教訓這個張狂兇狠地殺人越貨、賣人肉饅頭的黑店老闆娘。總批第一段已有精闢分析，在具體描寫的批評中，又進一步細批，除了多次讚頌武松的挑逗語言為「絕妙風話」外，另如如武松卻把兩隻腿望那婦人下半截隻一挾，壓在婦人身上，夾批：「寫出妙人無可不可，思之絕倒。○胸前摟住，壓在身上，皆故作醜語以成奇文也。」只見她殺豬也似叫將起來。夾批：「上文許多事情，偏在耳中聽出，此處殺豬也似一聲，卻於眼中看見，奇文繡錯入妙。」妙在前文描寫武松假裝中了蒙汗藥昏倒，雙眼必須緊閉，所以孫二娘的一系列語言和動作都是武松多個「只聽得」，聽來的；此時角鬥，兩眼早已睜開，當然眼已可見，只是「殺豬也似叫將起來」的叫聲，不是聽得，而是「只見她」，聲音怎能看見？小說寫的是武松看到她「殺豬也似叫將起來」的可笑神態，強調她的神態可笑，故用這樣特殊的筆調，真是金批所謂「奇文繡錯入妙」。

聖歎精通畫理，而《水滸》的描寫真切自然，也常常用的如畫之筆，所以金批也常常這樣評批。如武松和公差初見十字坡酒店時，三個人奔過嶺來，只一望時，見遠遠地土坡下約有數間草房，傍著溪邊柳樹上挑出個酒簾兒。夾批：「如畫。」打鬥時，武松跳將起來，把左腳踏住婦人，提著雙拳，看那人時，夾批：「寫得如畫。」有時則直接借用畫理分析，此回如張青曾分付渾家道：「三等人不可壞他：第一是雲遊僧道」，夾批說：「奇文。○張青為頭是最惜和尚，便前牽魯達，後挽武松矣。布格展筆，如畫家所稱大落墨也。」

聖歎最欣賞小說構思的巧妙自然，尤讚賞「文生情，情生文」的高度手段，此回寫到孫二娘錯殺頭陀後，「如今只留得一個籛頭的鐵界尺，一領皂直裰，一張度牒在此」。夾批：「無端撰出一個頭陀，便生出數般器具，真不知文生於情，情生於文。蓋其筆墨亦為蚨血所塗，故有子母環貼之能也。○先出三件，入下更出二件，文筆旋舞而下。」

而《水滸傳》非常喜歡運用神秘現實主義和神秘浪漫主義的手法，此回說：「想這頭陀也自殺人不少，直到如今，那刀要便半夜裏嘯響。」既為戒刀生色，此刀即將由張青、孫二娘夫婦贈送武松，也為武松生色也。

第二十七回　武松威震平安寨　施恩義奪快活林

總批

第一段，上文寫武松殺人如菅，真是血濺墨缸，腥風透筆了。入此回，忽然就兩個公人上，三翻四落寫出一片菩薩心胸，好像天下之大仁大慈，又沒有再比武松更仁慈的了，於是上文屍腥血跡就洗刷淨盡了。

第二段，由於命運的簸弄，武松兄弟都走到了絕路，武松失去兄長從此只有孤身一人；武松因張青夫婦而絕世逢生，而又與他們結為兄嫂，所以此回作者忽於敘事縷縷中，奮筆大書云：「武松忽然感激張青夫妻兩個。」並在文中夾批再做申述。

第三段，連敘管營逐日管待，無不細細開列，色色描畫。嘗言太史公酒帳肉簿，為絕世奇文，斷惟此篇足以當之。

第四段，將寫武松威震安平，讀第一段並不謂其又有第二段，讀第二段更不謂其還有第三段，文勢離奇屈曲，非目之所嘗睹也。

回後

第一段，武松拒絕張青殺死公人逃走的建議，又與張青歡聚三天後繼續

趕路。

第二段，武松在牢營拒絕向差撥行賄，情願吃苦，差撥大怒而走。管營相公正要大棒伺候武松，其身邊有一青年卻與之耳語，管營即硬說武松有病，免於拷打。

第三段，眾囚犯警告武松，必受虐殺，並告訴他種種虐殺的方法。不想，武松反而天天受到酒肉款待，還侍候他洗浴，換到好房居住。第三日早飯後，武松行出寨裏來閒走，見到眾囚犯正在做苦工。武松去天王堂前後轉了一遭；見紙爐邊一個青石墩，好塊大石。武松就石上坐了一會，便回房裏來。

第四段，武松納悶數天，這天問清是管營相公家裏的小管營施恩在招待自己，即要他相見。施恩說「因為兄長是個大丈夫，真男子，有件事欲要相央，只是兄長遠路到此，氣力有虧，且請將息半年三五個月，那時卻待兄長說知備細。」武松和他到天王堂前，將那塊有三五百斤重的石墩拔起，還擲起去離地一丈來高；武松雙手只一接，接來輕輕地放在原舊安處，證明自己力氣甚足。並表示：「便是一刀一割的勾當，武松也替你去幹！若是有些諂佞的，非為人也！」

此回小說描寫武松不肯讓張青殺死公人，武松申明：「平生只要打天下硬漢。（眉批：一路都定武二神蹊徑。）要救起他兩個來，不可害他。」夾批：「特表武松仁慈之至。」

武松與張青又說些江湖上好漢的勾當，卻是殺人放火的事。但他有對旁坐旁聽公人申明：「我等江湖上好漢們說話，你休要吃驚。我們並不肯害為善的人。你只顧吃酒，明日到孟州時，自有相謝。」夾批：「頻頻表出武松仁慈者，所以盡情洗刷上文殺姦夫淫婦之污穢，以見武松真正天人，雷霆風雨，各極其用，不比梁山李逵、阮七之徒，草菅人命以為作戲也。描寫至此，真神筆哉。」

武松平生吃軟不吃硬，囚犯好心告訴他獄中差撥十分兇狠，只能送錢賄賂，武松道：「感謝你們眾位指教我。小人身邊略有些東西。若是他好問我討時，便送些與他；若是硬問我要時，一文也沒！」夾批說：「不是寫武松不知世塗，只是自矗奇峰，為下文生精作怪地耳。」眉批又說：「林冲差撥管營處都有書信、銀兩，武松兩處都無。宋江牢手有，節級無，寫出他一個自愛，一個神威，一個機械，各各不同。」是的，《水滸》先已寫了林冲、宋江在牢中面對殺威棒的情景，此回再寫武松的同樣場景，武松則大放光彩：差撥來時，

他反而大大咧咧地坐下，夾批：「反坐下奇絕。」差撥譏諷他「如何這等不達時務！你敢來我這裡，（不要說老虎），貓兒也不吃你打了！」（夾批：隨景成趣。）武松道：「你到來發話，指望老爺送人情與你？半文也沒！（夾批：妙語。然世人都恒道之，而不能知其妙，何者？蓋沒錢至於沒一文，止矣，若夫半文者，乞人亦不要也。偏說『半文也沒』，蓋云沒之至也。）我精拳頭有一雙相送！（夾批：貓兒不吃打，狗兒或者領卻拳頭去。）碎銀有些，留了自買酒吃！（夾批：自在之極。）看你怎地奈何我！沒地裏到把我發回陽穀縣去不成！」（夾批：絕倒語，非武松說不出。）那差撥大怒去了。又有眾囚徒警告「他們必然害你性命！」武松道：「不怕！隨他怎麼奈何我！文來文對！武來武對！」（夾批：此八字，寫武松不是蠻皮，蓋其胸中計劃已定。○然千載看書人到此，無不猜到下文定是武來武對也。）

管營要怒打時，武松道：「都不要你眾人鬧動，要打便打，也不要兜拖！我若是躲閃一棒的，不是打虎好漢！（夾批：寫出打虎是得意之事。）從先打過的都不算，從新再打起！（夾批：絕倒。○一段。）我若叫一聲，便不是陽穀縣為事的好男子！」（夾批：寫出殺嫂又是得意事。○其文本與下連。）兩邊看的人都笑道：「這癡漢弄死！且看他如何熬！」（夾批：上下文皆是武松一連說話，中間忽夾寫兩邊人笑，妙筆。）「要打便打毒些，不要人情棒兒，打我不快活！」（夾批：其文與上陽谷為事句，一氣連下。○二段。）兩下眾人都笑起來。

讀者讀著也忍俊不禁，武松雖然插翅難逃，只能吃打，但態度強硬，令人解恨。

當武松來到天王堂前，眾囚徒見武松和小管營同來，都躬身唱喏。武松把石墩略搖一搖，大笑道：「小人真個嬌惰了，那裏拔得動！」（夾批：奇妙無比，文勢亦先略搖一搖矣。）故意示弱，後來將巨石把右手去地裏一提，提將起來，望空只一擲，擲起去離地一丈來高；武松雙手只一接，接來輕輕地放在原舊安處，（夾批：此方是後一半，然尚有一半在後，奇絕之筆。眉批：看他「提」字與「提」字頂針，「擲」字與「擲」字頂針，「接」字與「接」字頂針。又看他兩段，一段用「輕輕地」三字起，一段用「輕輕地」三字止。）回過身來，看著施恩並眾囚徒，面上不紅，心頭不跳，口裏不喘。（夾批：此又是一半，合一提、一擲、一接，不紅、不跳、不喘，始表全副武松也。）就更顯神威。

以上兩段，都寫出武松的剛毅和神威，頗善幽默。尤其是吃打一段，其萬丈豪氣，無人可及，難怪金聖歎定要將武松列為一百八人第一。

第二十八回　施恩重霸孟州道　武松醉打蔣門神

總批

第一段，修史，是國家之事也；下筆，是文人之事也。國家之事，止於敘事而止，文非其所務也。若文人之事，固當不止敘事而已，必且心以為經，手以為緯，躊躇變化，務撰而成絕世奇文焉。以《史記》為例，以一代之大事，供其為絕世奇文之料，若當其操筆而將書之，是文人之權矣。因此司馬遷做文章，我看到他見其有事之巨者而櫽括焉，又見其有事之細者而張皇焉，或見其有事之闕者而附會焉，又見其有事之全者而軼去焉，無非為文計，不為事計也。

但使吾之文得成絕世奇文，斯吾之文傳而事傳矣。古之君子，受命載筆，為一代紀事，而猶能寫出其珠玉錦繡之心，自成一篇絕世奇文。寫野史的作家，無事可紀，不過欲成絕世奇文以自娛樂，與史家完全不同。

第二段，如此篇武松為施恩打蔣門神，其事也；武松飲酒，其文也。打蔣門神，其料也；飲酒，其珠玉錦繡之心也。如果只要寫這件事情，那麼則施恩領了武松去打蔣門神，一路吃了三十五六碗酒，只依宋子京（宋璟）撰寫《新唐書》的方法，只要大書一行就完了，何必像本書要寫整整一篇呢？

回後

第一段，施恩向武松傾訴快活林的快活和被張團練帶來的蔣門神蔣忠奪走，人也被打傷。武松立即要去廝打，老管營請他到裏面坐下交談，並邀請武松與施恩結為兄弟。施恩怕武松酒醉，不便就去，還拖了一兩日，還限制他的酒量。

第二段，那天武松出征，不要騎馬，只有一個條件：「無三不過望」，即走過一家酒店要喝三碗酒。一路約吃過十來個酒肆。

第三段，來到快活林酒店，尋釁鬧事。

第四段，蔣門神趕來，武松兩腳即大敗對方。

此回是奪回快活林，所以整回的筆調也十分快活，這個快話是此回主角武松幽默的言行作為支撐的，所以讀了十分令人快活：

施恩鄭重強調蔣門神的厲害，武松聽罷，呵呵大笑；便問道：「那蔣門神還是幾顆頭，幾條臂膊？」（夾批：為上文許多鄭重一笑。）施恩道：「也只是一顆頭，兩條臂膊，如何有多！」武松笑道：「我只道他三頭六臂，有哪吒的本事，我便怕他！原來只是一顆頭，兩條臂膊！既然沒哪吒的模樣，卻如何怕他？」施恩道：「只是小弟力薄藝疏，便敵他不過。」武松道：「我卻不是說嘴，憑著

我胸中本事，平生只是打天下硬漢、不明道德的人！」（夾批：快人快語。○然則公又是幾條臂膊，若只是兩條，又如何打得盡許多人也。）

武松酒卻湧上來，把布衫攤開；雖然帶著五七分酒，卻裝做十分醉的，前顛後偃，東倒西歪，（夾批：快人妙人。○奇絕之人，奇絕之事，奇絕之文。）這裡再次體現了武松的行事幽默。

武松尋釁的場面非常精彩：雙方都很有耐心。當壚女子和酒保極其耐心地招待這個尋釁的醉漢，武松耐心裝醉，耐心地不斷尋找藉口挑釁。這樣的耐心就更其增添了幽默色彩：

來到快活林酒店時，武松假醉佯顛，斜著眼看了一看，店里正中間裝列著櫃身子；裏面坐著一個年紀小的婦人，武松看了，瞅著醉眼，逕奔入酒店裏來，便去櫃身相對一付座頭上坐了；把雙手按著桌子上，不轉眼看那婦人。（夾批：殺嫂後，偏要寫出武二無數妙人妙事，一見之於十字坡，再見之於快活林矣。）那婦人瞧見，回轉頭看了別處。（夾批：寫婦人酒保，筆筆是尋鬧不成，妙妙。）

接著武松做了一連串令人惱火的挑釁動作和發出挑逗人上火的語言，酒保和婦人一味忍耐，夾批接連多次讚揚「好酒保，好婦人。」「真好婦人。」「真好酒保，妙妙。真好文情，妙妙。」眉批：「此段文情妙處，不在寫武松用許多撩撥，在寫酒保、婦人許多撩撥只是不動也，譬如張弓，正以急張不得為樂矣。」直到武松道：「過賣：叫你櫃上那婦人下來相伴我吃酒。」（夾批：又換一頭。○於殺嫂後偏極寫得武二風風失失。）酒保喝道：「休胡說！（夾批：不得不喝。）這是主人家娘子！」武松道：「便是主人家娘子，待怎地？相伴我吃酒也不打緊！」（夾批：到此處，不惟酒保、婦人不堪，雖讀者亦不堪矣。）那婦人大怒，便罵道：「殺才！該死的賊！」（夾批：不得不罵。）推開櫃身子，卻待奔出來。

武松搶入櫃身子裏，卻好接著那婦人；武鬆手硬，那裏掙扎得，被武松一手接住腰胯，一手把冠兒捏作粉碎，揪住雲髻，隔櫃身子提將出來望渾酒缸裏只一丟。聽得撲通的一聲響，可憐這婦人正被直丟在大酒缸裏。（夾批：奇絕妙絕之文，無一筆不在酒上出色。）武松托地從櫃身前踏將出來。有幾個當撐的酒保，手腳活些個的，都搶來奔武松。武鬆手到，輕輕地只一提，提一個過來，兩手揪住，也望大酒缸裏只一丟，椿在裏面。（夾批：奇絕妙絕。○句法又變換。）又一個酒保奔來，提著頭只一掠，也丟在酒缸裏；再有兩個來的酒保，一拳，（夾批：句。）一腳，（夾批：句。）都被武松打倒了。先頭三個人在三隻酒缸裏那裏掙扎得起；（夾批：真正快活林。）後面兩個人在酒地上爬不動。（夾批：真正快活林。

○讀此句，始知前文潑酒之妙，真是無處不是酒。○魯達打鄭屠，下了一陣肉雨，便無處不是肉；武松打蔣門神，潑了一個酒地，便無處不是酒。一樣奇絕妙絕之文。）

武松尋釁的動作也幽默，打人的動作也幽默：他並不打傷婦人和酒保，因為他們不是壞人，所以都只是丟在酒缸裏。後來酒缸丟入的人滿了，才對後來者用拳腳。

武松用此法激怒蔣門神，逼令他前來打鬥，達到復仇的目的。聖歎在此等處強調：「寫武松便幻出無數風話，於是讀者但覺峰回谷轉，又來到一處勝地。」提請讀者欣賞武松滑稽詼諧的幽默感，讚揚《水滸》作者刻畫人物個性的婀娜多姿、變化多端的藝術手段。

小說寫武松與真凶蔣門神對敵時：武松先把兩個拳頭去蔣門神臉上虛影一影，忽地轉身便走。（夾批：筆翻墨舞，其捷如風。）蔣門神大怒，搶將來，被武松一飛腳踢起，踢中蔣門神小腹上，（夾批：其捷如風。）雙手按了，便蹲下去。武松一踅，踅將過來，那只右腳早踢起，直飛在蔣門神額角上，踢著正中，（夾批：其捷如風。）望後便倒。

小說強調這是武松平生的真才實學，非同小可！夾批強調：「前文自謙有何才學，此處便寫出真才實學來，武二真是出色。」實際上這個方法，後世武術中已經吸收為常用的技巧，在當今的拳路中，這是常用的外擺蓮腿，左右腳都要天天練習的，只是踢出去的力量、時機和準頭，顯出了是否有真工夫。武松迎敵時，忽地轉身便走，還是王進、林冲這些對敵高手的同樣手段。接著他兩腳連用的外擺蓮腿，拿準時機，打準目標，立即將對方打倒，並一下子即打得對方不能還手，顯示力量的巨大，這的確是武功的真才實學。

武松像魯達一樣，性格爽利，行事直率，最恨人婆婆媽媽。例如：

當時施恩向前說道：「兄長請坐。待小弟備細告訴衷曲之事。」武松道：「小管營不要文文謅謅，只揀緊要的話直說來。」（夾批：快人快語。○每歎古今奏疏，悉是文文謅謅，不揀要緊說話直說出來，殊不足當武松一抹也。）順便譏諷官僚衙門的公文的煩瑣與累贅。

他批評施恩「原來不是男子漢做事！（夾批：男子漢做事者，閉門如守女，開門如脫兔是也。）去便去！等甚麼今日明日！（夾批：快人快語。）要去便走，怕他準備！」（夾批：再說一遍，畫出要走。）

武松看似輕敵，在此回中也的確沒有虛張聲勢，的確能夠輕易克敵制勝。但他也有誇海口之處，多次自誇打虎的英勇無畏，例如：武松對施恩大笑，

道：「你怕我醉了沒本事？我卻是沒酒沒本事！帶一分酒便有一分本事！五分酒五分本事！我若吃了十分酒，這氣力不知從何而來！」（夾批：此段文字全學淳于髡一斗亦醉，一石亦醉筆法，卻更覺精神過之。）若不是酒醉後了膽大，景陽岡上如何打得這隻大蟲？（夾批：忽然又舉此事，是絕妙下酒物。）那時節，（夾批：三字聲情俱有。）我須爛醉了好下手，又有力，又有勢！」（夾批：此又全學坡公酒氣沸沸，從十指出句法，卻更覺精神過之。）金批儘管也十分讚賞，實際上武松打虎時頗怕老虎，酒醉對打虎並不有利，前面我們已經作過詳細分析。

另外，武松儘管對施恩強調道：「我卻不是說嘴，憑著我胸中本事，平生只是打天下硬漢、不明道德的人！」而施恩正是一個不明道德的人，施恩明明向武松介紹：「但有過路妓女之人，到那裏來時，先要來參見小弟，然後許他去趁食。那許多去處每朝每日都有閒錢，月終也有三二百兩銀子尋覓。如此賺錢。」儘管夾批說：「一段寫得此林真是快活。」但實際上很不快活，連做人肉饅頭的張青都說要饒恕這樣的妓女（實際上是民間劇團的女演員），施恩殘忍地欺壓她們，武松忘了張青的這番話，聽了施恩的介紹無動於衷。那老管營親自與武松把盞，說道：「義士如此英雄，誰不欽敬。愚男原在快活林中做些買賣，非為貪財好利，實是壯觀孟州，增添豪俠氣象；（夾批：先把題目較正明白，然後令武松做出文字來。）不期今被蔣門神倚勢豪強，公然奪了這個去處！非義士英雄，不能報仇雪恨。」老管營的這段話，是自我吹噓，他們的行徑與蔣門神並沒有什麼兩樣。

武松這人獨吃恭維，尤其是在恭維加收買結合的攻勢面前，更是常常喪失原則和立場，馬上入了對方之彀。如在孫二娘黑店，他本要懲罰這個傷害了無數無辜者的蠻橫兇手，卻因及時趕到的張青一番吃軟好話而放手，又因張青、孫二娘的一番恭維讚美而與他們結義為兄弟。起先因為自己要受傷害，所以嫉惡如仇，後來因為對方的示軟、讚美和熱情提供幫助，就結下生死之交，讓他們繼續危害過路客商和旅人。現在在施恩父子的奉承和收買下，馬上參與到這個黑吃黑的江湖黑道爭鬥中，做了人家的高級打手。武松的這種思路和性格弱點，以後還要吃大虧。

第二十九回　施恩重霸孟州道　武松醉打蔣門神

總批

第一段，看他寫快活林，朝蔣暮施，朝施暮蔣，寫出世路的險惡。

第二段，張都監令武松在家出入，要弄死死武松，不知適所以自死。禍福倚伏，不測如此。

第三段，看他寫武松殺嫂後，偏寫出他無數風流輕薄，如十字坡、快活林。今忽然又寫出張都監家鴛鴦樓下中秋一宴，乃至寫到許以玉蘭妻之，遂令武大、武二，金蓮、玉蘭宛然成對，文心繡錯，真可稱絕世妙筆。

第四段，看他寫武松殺四人後，忽用「提刀」「躊躕」四字，真是善用《莊子》庖丁解牛的典故。此回中描寫到武松殺了壓送者後「提著樸刀躊躕了半晌」夾批說：「妙絕。○『提刀躊躕』四字，自莊子寫庖丁後，忽於此處再見。」

第五段，後文血濺鴛鴦樓，是天翻地覆之事，卻只先寫一句「忽然一個念頭起」，神妙之筆，非世所知。此回中寫武松殺了壓送者，「提著樸刀躊躕了半晌」之後，「一個念頭，竟奔回孟州城裏來。」夾批說：「妙絕。○轉筆如風。」

回後

第一段，武松逼迫蔣門神歸還快活林，施恩重整店面，開張酒肆。

第二段，孟州守禦兵馬都監張蒙方派人請武松孟州城裏，在張都監帳前做親隨梯己人，並為他做新衣，十分優待。

第三段，八月中秋，張都監向後堂深處鴛鴦樓下家宴，款待武松，並要將善唱曲的養娘（丫環）玉蘭許配給武松為妻。

第四段，半夜三更，府中大叫有賊，武松獻勤，出門捉賊，反而被當作賊捉。張都監大怒，又搜出武松「贓證」，將武松關入大牢。

第五段，施恩父子通過康節級指點，方知此一件事皆是張都監和張團練兩個同姓結義做兄弟，替蔣門神用賄賂，定要結果武松性命；只有當案一個葉孔目不肯，因此不敢害他。這人忠直仗義，不肯要害平人，以此，武松還不吃虧。那葉孔目已知武松是個好漢，亦自有心周全他，已把那文案做得活著；救了武松性命。施恩在牢裏安慰了武松，又上下打點。捱到六十日限滿，武松刺配恩州牢城。

第六段，施恩前來送行，並贈送武松銀兩、吃食。武松方知快活林已被蔣門神搶回，施恩被打致傷。施恩又提醒防備押送的公差：「這兩個賊男女不懷好意！」

第七段，途徑飛雲浦，武松殺死公差和蔣門神派來的兩個徒弟，問知蔣門神和張團練都在張都監家裏後堂鴛鴦樓上吃酒，專等回報。

武松在打敗蔣門神后，鎮上十數個為頭的豪傑，都請來店裏替蔣門神與施

恩陪話。武松對大家說：「我從來只要打天下這等不明道德的人！」蔣門神如不離此間「景陽岡上大蟲便是模樣！」（夾批：打虎得意之事，處處提唱出來。）不僅如此，武松沒有讀過史書，所以對前人的歷史經驗和教訓，知道得很少。譬如酒能誤事，他不懂，還反認為酒的好處極大，在施恩面前為了吹噓酒的威力，甚至將景陽岡打虎的功勞也一半算到酒的頭上：「若不是酒醉後了膽大，景陽岡上如何打得這只大蟲」，忘記或者歪曲了當初嚇得酒都做了全身的冷汗、滾下青石的狼狽經歷。

武松多次自誇打虎，更喜歡聽人家的好話，這是他心靈怯弱的一個重要表現。正因有此性格弱點，老奸巨滑的張都監對症下藥，對他大捧特捧，給了他許多好名字，夾批感歎：「甚矣，小人之巧也，凡君子意之所在，彼色色能知之，又色色能言之，而其心殊不然也。獨世之君子，既已心知其人，而又不免心感其語，於是忽然中其所圖，遂至猝不可救，則獨何耶？」還要重用武松並當場賜酒，夾批：「投之以所好，小人之巧真有如此，寫得活畫。」武松跪下，稱謝。還將武松當親人看待；又叫裁縫與武松徹里徹外做秋衣。（夾批：君子所以不敢輕受人之解衣推食者，其心誠疑之也。）武松見了，也自歡喜，心裏尋思道：「難得這個都監相公一力要抬舉我！」武松被阿諛奉承捧昏了頭腦，受迷魂藥麻醉，不辨真偽好壞，死心塌地甘願為「知己」者效犬馬之勞，結果落入對方陷井，遭了暗算。聖歎批道：武松平生一片心事，只是要人叫聲「好男子」，乃小人圖害之者，早已一片聲叫他做「好男子」矣，千古多有此事，君子可不慎哉！一針見血地指出陰謀家慣施的兩面派故伎，批評武松喜聽好話的性格缺陷，並引申出處世哲理，令一般被人一捧便頭腦昏昏然忘乎所以的讀者深長思之。

中秋良夜，張都監請武松與內眷一起喝酒，令玉蘭唱蘇東坡的名作：「明月幾時有？把酒問青天，……但願人長久，千里共嬋娟！」還說要將玉蘭許配武松為妻。當夜後堂大喊有賊，武松獻勤，提了一條哨棒，逕搶入後堂裏來。只見那個唱的玉蘭慌慌張張走出來指道：「一個賊奔入後花園裏去了！」結果武松自己反而被當賊捉拿，張都監看了大怒，（小人面皮風雲轉換，其疾如此。）變了面皮，喝罵道：「你這個賊配軍，本是賊眉賊眼賊心賊肝的人！」（前文一連叫出許多義士，此處一連說出許多賊來，小人口何足為據也。）押送到官府，武松剛要辯護，那牢子獄卒拿起批頭竹片，雨點的打下來。武松情知不是話頭，生性剛烈的他，只得屈招做賊。馬上押進死牢，手腳都被釘住。武松的勇武就無用武之

地,只能任人宰割了。

武松又被孟州守禦兵馬都監張蒙方的花言巧語和金錢收買所欺騙,甘願為他賣命效力。結果效勞的機會果真來了,武松半夜聽到有賊,他奮不顧身賣命捉賊,結果反給當賊而抓。這也證明了天下奇事無所不有,「賊(張都監)喊捉賊(武松)」,是真正的千古名言。武松像所有少讀史書的人一樣:只有在中了奸計、吃了大虧後才又恢復精明,智慧長進。

幸虧張都監小看了武松的江湖經驗,謀害他的計謀略有漏洞,給武松尋機逃脫。回前總批道:「張都監令武松在家出入,所以死武松也,而不知適所以自死。禍福倚伏,不測如此,令讀者不寒而慄!」揭示了生活的辯證法和害人必害己的真理。又說:「看他寫武松殺嫂後,偏寫出他無數風流輕薄,如十字坡、快活林,皆是也。今忽然又寫出張都監家鴛鴦樓下中秋一宴,嬌嬈旖旎,玉繞香園,乃至寫到許以玉蘭妻之,遂令武大、武二,金蓮、玉蘭宛然成對,文心繡錯,真稱絕世也。」分析《水滸》高明巧妙的寫作手段,非常精彩。

武松每逢受到武力威脅的時候,顯得萬分精明。武松在孫二娘黑店不吃蒙汗藥,很精明;他在十字坡對付殺手謀害時,也很精明。可是武松在對付成套的陰謀詭計時,十分愚鈍。在上流社會的場面中,如在張都監中秋家宴上,則手足無措,不敢言語。他在張都監之流的恭維面前不識歹人的面目。

武松畢竟只是一個草莽英雄,所以他雖然在江湖上富於歷練,精明過人,但他沒有讀過孔孟老莊的經典著作,所以缺乏認識社會、人生和各種人士的基本原則,顯得頗為愚鈍。儒、道經典教誨人們以仁義為本,尊重人的生命和自由,「己所不欲,勿施於人」,大力維護社會正義等等,武松和李逵都是不懂的,也沒有人對他們進行這樣的教育。所以他們只是以自己眼前的安全和利益為準則,以此觀察和認識社會和人事,這就難免失誤,難免交錯朋友,難免走上人生的歧途。但是武松畢竟天性善良,又有靈心和悟性,所以在經過多次大小教訓之後,《水滸傳》一百回本和一百二十回本都描寫他不做朝廷招安後的芝麻綠豆小官,摘下假頭陀的帽子,毅然在杭州真的出家,過起清苦寧靜的修行生活,為普天下受苦人思索解脫的可能和途徑,以此安度餘生。

第三十回　張都監血濺鴛鴦樓　武行者夜走蜈蚣嶺

總批

第一段,我讀至血濺鴛鴦樓一篇,而歎天下之人磨刀殺人,豈不怪哉!乃

天下禍機之發，曾無一格，風霆駭變，不須旋踵，如張都監、張團練、蔣門神三人之遇害，可不為之痛悔哉！他們自以為得計，派人用刀去殺，反被武松用刀殺死。禍害之伏，秘不得知，及其猝發，疾不得掩，蓋自古至今，往往皆有，乃世人之猶甘蹈之不悟，則何不讀《水滸》二刀之文哉！文中寫到武松殺死四個壓送者後，他自己當然沒有武器，就在四人攜帶的武器中，揀條好朴刀提著，夾批說：「一寫朴刀。○妙在即以彼家之刀，殺彼家之人。」

第二段，此文妙處，不在寫武松心粗手辣，逢人便斫，須要細細看他筆致閒處，筆尖細處，筆法嚴處，筆力大處，筆路別處。一連共有十數個轉身，此其筆力之大也。一路凡有十一個「燈」字，四個「月」字，此其筆路之別也。正文中眉批也說：「一路看他寫刀，寫角門，寫燈，寫月。」

第三段，鴛鴦樓之立名極其巧妙，正如得意之事與失意之事相倚相伏，像鴛鴦一般永不分離、未曾暫離。

第四段，武松蜈蚣嶺一段文字，意思暗與魯達瓦官寺一段相對，亦是初得戒刀，另與喝采一番耳。

回後

第一段，武松尋思後，決定殺回馬槍，逕回孟州城裏來。

第二段，武松乘黑摸進張都監府中殺了十九個人，報了血海深仇。

第三段，武松跳出城牆，到樹林裏的一個小小古廟，剛撲翻身便睡，被四個男女在廟外邊探入兩把撓鉤搭住，用一條繩綁了。

第四段，被抓到張青店中，張青認出是武松，武松告訴他們別後的經歷。

第五段，次日早晨武松殺人案發，官府嚴加搜捕。武松在張青家裏將息了三五日，青州二龍山寶珠寺，魯智深和漢楊志在那裏打家劫舍，張青建議武松去彼處落草，武松當日就行。孫二娘建議武松打扮成行者，方可逃過路上的搜捕。

第六段，第二夜，武松路途中經過松樹林中，傍山一座墳庵，見一個先生摟著一個婦人，在那窗前看月戲笑。武松來到庵前敲門，殺死道童，與先生惡鬥。

此回敘述武松半夜殺人時，小說細膩寫出他的準備動作：就燈影下（夾批：妙。○四寫燈。）去腰裏解下施恩送來的綿衣，（夾批：前文施恩送棉衣、碎銀、麻鞋三件，今忽將兩件插在前邊，一件插在後邊，為百忙中極閒之筆，真乃非常之才。）將出來，脫了身上舊衣裳，把那兩件新衣穿了，拴縛得緊緻，把腰刀和鞘跨在腰裏，（夾

批：六寫腰刀。）卻把後槽一床單被包了散碎銀兩（夾批：百忙中插出施恩銀兩，非常之才。）

描寫武松殺人的間隙，也出人意料：武松在鴛鴦樓殺了張都監、蔣門神等三人後，見桌子上有酒有肉，武松拿起酒鍾子一飲而盡；連吃了三四鍾，（夾批：妙。）便去死屍身上割下一片衣襟來，（夾批：奇筆。）蘸著血，（夾批：奇墨。）去白粉壁上（夾批：奇紙。）大寫下八字道：「殺人者，打虎武松也！」（夾批：奇文。○奇筆奇墨奇紙，定然做出奇文來。○卿試擲地，當作金石聲。○看他「者」字「也」字，何等用得好，只八個字，亦有打虎之力。○文只八字，卻有兩番異樣奇彩在內，真是天地間有數大文也。○依謝疊山例，是一篇放膽文字。）接著再殺，夾批說：「行到水窮，又看雲起，妙筆。○寫武松殺張都監，定必寫到殺得滅門絕戶，方快人意，然使夫人深坐房中，武松亦不必搜捉出來也。只借分付家人，湊在手邊來，一齊授首，工良心苦，人誰知之？」從細微處看出原作構思的巧妙。

最後，武松道：「我方才心滿意足！（夾批：六字絕妙好辭。）走了罷休！」他倒提樸刀便走。（夾批：九寫樸刀。○「倒提」妙絕，是心滿意足後氣色，只兩字便描寫出來。）到城邊，尋思後跳出城牆時，先把樸刀虛按一按，（夾批：寫跳城，便真寫出跳城來，真是才子。）刀尖在上，棒梢向下，托地只一跳，（夾批：妙寫。○十一寫樸刀。）把棒一拄，立在濠塹邊。（夾批：妙筆。○十二寫樸刀。）一系列的動作、心理和當時的月色，聖歎都有妙批。

武松殺了這麼多人，聖歎一方面讚賞，因為小說寫得實在精彩，另一方面，對武松還是有批評：金聖歎在書前《讀法》中評價武松有「林沖之毒」。何謂「林沖之毒」？聖歎在《讀法》中總評林沖時說過：「只是太狠，……這般人在世上，定做得事業來，然琢削元氣也不少。」武松在鴛鴦樓上、張氏府內所殺十九人中，有多人是善良的馬夫、丫環，與武松無怨無仇。武松誅及無辜，的確狠毒。聖歎在具體情節的評批中，為避免沖淡正義復仇的氣氛，抓住主線而不涉此義，是高明的，他在回前總評中則批評其「心粗手辣，逢人便斫」之過，堅持了正義和人道的應有立場，其認識又是全面的。報仇雪恨，卻傷及無辜良民，這種殺害罪不當誅者的過火行動，也敗壞了社會正義、道德和法治，這就傷害了國家和社會的「元氣」，也即動搖了國家法治和社會正義的根本。

此回中，描寫僕人的語言，也非常精彩。例如養馬的後槽喝道：「老爺方才睡，你要偷我衣裳也早些哩！」對半夜小偷自稱老爺，又諷刺小偷心太急，

夾批贊道：「妙語。」進入府中看時，正是廚房裏。只見兩個丫環正在那湯罐邊埋怨，說道：「服侍了一日，兀自不肯去睡，只是要茶吃！那兩個客人也不識羞恥！（夾批：絕倒。）喫得這等醉了，也兀自不肯下樓去歇息，只說個不了！」（夾批：表出等回話。）丫環等的這種牢騷，合情合理，但如果沒有《水滸傳》的精彩轉達，不要說她們的主人，我們讀者也是聽不到的。

孫二娘建議武松扮作行者時，道：「二年前，有個頭陀打從這裡過，吃我放翻了，把來做了幾日饅頭餡。卻留得他一個鐵界箍，一身衣服，一領皂布直裰，一條雜色短穗條，一本度牒，一串一百單八顆人頂骨數珠，一個沙魚皮鞘子插著兩把雪花鑌鐵打成的戒刀。這刀時常半夜裏嘯得響，叔叔前番也曾看見。」（夾批：妙筆。）妙在照應前回情節和文字，又為武松當前所持的武器出色。

武松與張青又說些江湖上好漢的勾當，卻是殺人放火的事。但他有對旁坐旁聽公人申明：我等江湖上好漢們說話，你休要吃驚。我們並不肯害為善的人。你只顧吃酒，明日到孟州時，自有相謝。」夾批：「頻頻表出武松仁慈者，所以盡情洗刷上文殺姦大淫婦之污穢，以見武松真正天人，雷霆風雨，各極其用，不比梁山李逵、阮七之徒，草菅人命以為作戲也。描寫至此，真神筆哉。」

武松平生吃軟不吃硬，囚犯好心告訴他獄中差撥十分兇狠，只能送錢賄賂，武松道：「感謝你們眾位指教我。小人身邊略有些東西。若是他好問我討時，便送些與他；若是硬問我要時，一文也沒！」夾批說：「不是寫武松不知世塗，只是自矗奇峰，為下文生精作怪地耳。」眉批又說：「林冲差撥管營處都有書信、銀兩，武松兩處都無。宋江牢手有，節級無，寫出他一個自愛，一個神威，一個機械，各各不同。」是的，《水滸》先已寫了林冲、宋江在牢中面對殺威棒的情景，此回再寫武松的同樣場景，武松則大放光彩：差撥來時，他反而大大咧咧地坐下，夾批：「反坐下奇絕。」差撥譏諷他「如何這等不達時務！你敢來我這裡，（不要說老虎），貓兒也不吃你打了！」（夾批：隨景成趣。）武松道：「你到來發話，指望老爺送人情與你？半文也沒！（夾批：妙語。然世人都恒道之，而不能知其妙，何者？蓋沒錢至於沒一文，止矣，若夫半文者，乞人亦不要也。偏說『半文也沒』，蓋云沒之至也。）我精拳頭有一雙相送！（夾批：貓兒不吃打，狗兒或者領卻拳頭去。）碎銀有些，留了自賞酒吃！（夾批：自在之極。）看你怎地奈何我！沒地裏到把我發回陽穀縣去不成！」（夾批：絕倒語，非武松說不出。）那差撥大怒去了。又有眾囚徒警告「他們必然害你性命！」武松道：「不怕！隨他怎麼奈

何我！文來文對！武來武對！」（夾批：此八字，寫武松不是蠻皮，蓋其胸中計劃已定。〇然千載看書人到此，無不猜到下文定是武來武對也。）

管營要怒打時，武松道：「都不要你眾人鬧動，要打便打，也不要兜拖！我若是躲閃一棒的，不是打虎好漢！」（夾批：寫出打虎是得意之事。）從先打過的都不算，從新再打起！」（夾批：絕倒。〇一段。）我若叫一聲，便不是陽穀縣為事的好男子！」（夾批：寫出殺嫂又是得意事。〇其文本與下連。）兩邊看的人都笑道：「這癡漢弄死！且看他如何熬！」（夾批：上下文皆是武松一連說話，中間忽夾寫兩邊人笑，妙筆。）「要打便打毒些，不要人情棒兒，打我不快活！」（夾批：其文與上陽谷為事句，一氣連下。〇二段。）兩下眾人都笑起來。

讀者讀著也忍俊不禁，武松雖然插翅難逃，只能吃打，但態度強硬，令人解恨。

當武松來到天王堂前，眾囚徒見武松和小管營同來，都躬身唱喏。武松把石墩略搖一搖，大笑道：「小人真個嬌惰了，那裏拔得動！」（夾批：奇妙無比，文勢亦先略搖一搖矣。）故意示弱，後來將巨石把右手去地裏一提，提將起來，望空只一擲，擲起去離地一丈來高；武松雙手只一接，接來輕輕地放在原舊安處，（夾批：此方是後一半，然尚有一半在後，奇絕之筆。眉批：看他『提』字與『提』字頂針，『擲』字與『擲』字頂針，『接』字與『接』字頂針。又看他兩段，一段用『輕輕地』三字起，一段用『輕輕地』三字止。）回過身來，看著施恩並眾囚徒，面上不紅，心頭不跳，口裏不喘。（夾批：此又是一半，合一提、一擲、一接，不紅、不跳、不喘，始表全副武松也。）就更顯神威。

以上兩段，都寫出武松的剛毅和神威，頗善幽默。尤其是吃打一段，其萬丈豪氣，無人可及，難怪金聖歎定要將武松列為一百八人第一。

第三十一回　武行者醉打孔亮　錦毛虎義釋宋江

總批

第一段，這段是金聖歎非常精彩的論述：此回完武松，入宋江，只是交代文字，但其寫武松酒醉一段，寓意極其深遠。武松一傳，共有十來卷文字，始於打虎，終於打蔣門神。都是大醉之後獲得大勝。但是天下之大，曾無一事可以終恃，這是絕對的。武松的怪力可以徒搏大蟲，而有時亦失手於黃狗；神威可以單奪雄鎮，而有時亦受縛於寒溪。小說通過這樣的描寫，深戒後世之人，即如武松這樣的蓋世英雄，還尚無十分滿足之事，何況一般的人呢。

第二段，下文將入宋江傳，作者特通過武松落草處順手表露：宋江等一百八人是迫不得已才竄聚水泊梁山的。

回後

第一段，武行者殺死飛天蜈蚣王道人，救出被擄的婦女，吃了庵中的酒肉後，燒庵而走。

第二段，武行者路過酒店，因買不到好酒和雞、肉，性情焦躁，自稱「老爺」，打店鬧事。

第三段，他打走酒家後，又痛打自帶好酒、雞、肉的顧客，將他丟入溪中。

第四段，武松搶過他們的酒肉，飽餐一頓。出門時已經人醉，遇到一個黃狗對他狂吠，與狗慪氣結果跌入溪中。

第五段，剛才被毆打的酒客帶著多人，趕來報仇，抓住武松，拖到一所大莊院拷打。

第六段，武松差一點死於非命，正巧宋江看到，將武松救下。

第七段，宋江介紹此地的主人是白虎山孔太公莊上，恰才和武松相打的便是孔太公小兒子獨火星孔亮和大兒子毛頭星孔明。武松和宋江久別重逢，兩人互敘別後衷腸和各自經歷。宋江邀武松同去清風寨，武松正被搜捕，自感不妥。

第八段，宋江、武松兩人在孔家莊住了十日以上，一起告別孔太公父子同行。在瑞龍鎮三岔路口，兩人分手。

第九段，宋江自別了武松，轉身投東，望清風山路上來，半路被強人捉上清風山去。

第十段，約有二三更天氣，錦毛虎燕順、矮腳虎王英、白面郎君鄭天壽三個大王正要殺他做醒酒湯吃，發現是宋江，那三人納頭便拜，敬為上賓，每日好酒好食管。

第十一段，王英下山劫得上山祭墳的清風寨知寨劉高的渾家，要逼她做壓寨夫人。宋江因花榮是劉高同僚，特地勸說王英放她回去。

第十二段，劉高逼軍漢來救，止遇那婦人放下山來。婦人回去後謊稱：「便是那廝們擄我去，不從奸騙，正要殺我；見我說是知寨的恭人，不敢下手，慌忙拜我。卻得這許多人來搶得我回來。」

第十三段，宋江自救了那婦人下山，又在寨中住了五七日，作別三位頭領下山，前來投奔花知寨。

　　此回精彩描寫武行者醉飽了，便出店門，沿溪而走。（夾批：絕妙文情。）傍邊土牆裏走出一隻黃狗，看著武松叫。（夾批：無端忽想出一隻黃狗，文心千奇百怪，真乃意想不到。）武行者看時，一隻大黃狗趕著吠。（夾批：疊寫一句者，上句從作者筆端寫出，此句從武松眼中寫出。從筆端寫出者，寫狗也。從眼中寫出者，寫醉也。）武行者大醉，正要尋事，（夾批：四字罵世，言世間無事可尋，一尋便尋了狗的事也。）恨那狗趕著他只管吠，便將左手鞘裏掣一口戒刀來，大踏步趕。（夾批：狗上加一「恨」字，趕狗上著一「戒刀」字，皆喻古今君子，有時忽與小人相持，為可深痛惜也。夫狗豈足恨之人，戒刀豈趕狗之具哉。）那黃狗繞著溪岸叫。（夾批：寫出寒溪，寫出村犬，寫出醉頭陀，真是筆頭有畫。）

　　這一段夾批，結合總批，分析和評論武松醉酒時的大勝和大敗。

　　武松此人喜歡喝酒，有時還沉溺於其中而不能自拔。酒要誤事，因為酒力壯膽，人在酒後思維遲鈍，膽子卻特別大，容易做出格的事。武松因酒醉後冒險上山，終於與虎狹路相逢。這次是僥倖的險勝。後來大醉後痛打蔣門神，則因雙方實力懸殊。而此回描寫武松因在路過的鄉村小酒店中買不到肉吃，打店鬧事，狠打鄰桌自帶雞、肉享用的客人，打走鄰桌客人後，他搶來鄰桌的酒肉大快朵頤。酩酊大醉後出店，步履踉蹌，還和路上相遇的狗嘔氣，結果立腳不穩，跌入淺溪，被狗夾屁股盯住，狂吠「嘲笑」；又被剛才被打走的孔氏兄弟捉去，捆綁拷打，處境極其狼狽。最後如未巧遇宋江而得救，武松難逃死於非命的可悲下場。小說如是描寫，表面看起來僅想在轉折過渡處造成情節跌宕起伏，聖歎則已巨眼洞見內中的深意，並推論出又一個重要的人生哲理：人生絕不會是圓滿無缺的，天下之人事也絕不會完美到頂的，即如蓋世英雄和奇才，也有其局限性，不可終恃無恐，必須戒驕戒躁，處事處世小心謹慎，勿過大江大海無虞而因掉以輕心或固執己見而跌入溝壑。而且指出：才華、力氣、權勢、恩寵，任何東西都不可有恃無恐。

　　聖歎又在此回中描寫武松「恨那隻狗只管吠」，就手持戒刀追趕時批道：「皆喻古今君子，有時忽與小人相持，為可深痛惜也。夫狗豈足恨之人，戒刀豈趕狗之具哉。」

　　武松砍狗砍個空，自己反而倒撞下溪去，聖歎說：「其力可以打倒大蟲，而不能不失手於黃狗，為用世者讀之寒心。」

　　武松「再起不來，只在那溪水裏滾」。聖歎又批：「此段不止活畫醉人而已。喻君子用世，每每一蹶之後，不能再振，所以深望其慎之也。」

此皆以小見大，以武松為教訓，告誡「用世」諸君即正派的當權者勿有恃無恐，固步自封，驕躁冒失，或經不起財、色的誘惑而貪贓枉法，並於一篇之中三致意焉。這些發揮和引申，是緊密結合分析武松的性格缺陷和具體表現而得出的警世通言，因此毫不離題且又寄意深遠，至今仍有很大的啟示意義。

這個典型事例充分說明了武松性格中的勇武和虛弱的兩面性，真實描繪了這個複雜動人的人物形象。

金聖歎分析宋江聽說武松要去二龍山落草，道：「也好。（夾批：「也好」者，僅好而有所未盡之辭，只二字截住，下卻疾轉出清風寨同去一段來，深表自家愛惜武松之至，不願其遂去落草，而自家之一片冰心，遂可藉此得以白白。此皆宋江生平權詐過人處，而後人反因此等續出後數十回，真可笑也。）不僅道出宋江的滿腔心事，而且順便表達全盤否定《水滸傳》七十一回之後的後半部的意見。

此回中，宋江說「只是由兄弟投二龍山去了罷」，夾批一方面指出：「『只是由』三字，『去了罷』三字，便活襯出宋江恩愛來。」一面又借武松說「天可憐見，異日不死，受了招安，那時卻來尋訪哥哥未遲。」指出：「武松不必有此心，只因上文宋江數語感激至深，便慨然將宋江口中不便說明之事，一直都說出來。讀其言，真令我欲痛哭也。○殊不知宋江卻不然。」宋江道：「兄弟既有此心歸順朝廷，皇天必佑。」（夾批揭示：看他便著實讚歎，全是一片權詐。）並認為「只因宋江要表不反，便有此一段文；只因有此一段文，便為七十回後續貂者作地也。」此後一再在夾批中批評宋江的權詐。最後宋江勸武松「少戒酒性」，夾批總結：「再申四字者，所以消繳武松十來卷文字，直挽至最初柴進莊上使酒打人一句也。」分析得清晰明亮，並呼應總批第一則所表述的酒能害人、殺人的觀點。

第三十二回　宋江夜看小鰲山　花榮大鬧清風寨

總批

第一段，文章家有過枝接葉處，常常不能與前後大篇一樣出色。但此回敘事潔淨，用筆明雅，也是不可忽略的。

第二段，看他寫花榮，文秀之極，武松傳之後定少不得此人。武松和花榮比較，可謂矯矯虎臣，翩翩儒將，分之兩雋，合之雙壁。

回後

第一段，宋江來見花榮，兩人歡聚，宋江自敘殺閻婆惜和此後的經歷。花

榮便請宋江去後堂裏坐，喚出渾家崔氏和妹子出來拜見。

第二段，迎客筵席上，宋江把救了劉知寨恭人的事，備細對花榮說了一遍。花榮聽罷，說出自己惱恨劉高這個窮酸餓醋來做個正知寨：是文官，又不識字；自從到任，只把鄉間些少上戶詐騙；朝庭法度，無所不壞。自己是個武官副知寨，每每被這廝嘔氣，恨不得殺了這濫污賊禽獸。這婆娘極不賢，只是調撥他丈夫行不仁的事，殘害良民，貪圖賄賂。

第三段，花榮手下有幾個梯己人，一日換一個，撥些碎銀子在他身邊，每日教相陪宋江去清風鎮街上觀看市井喧嘩；村落宮觀寺院，閑走樂情。

第四段，清風寨鎮上居民商量放燈一事，準備慶賞元宵，科斂錢物，去土地大王廟前扎縛起一座小鰲山，上面結綵懸花，張掛五七百碗花燈。土地大王廟內，逞賽諸般社火。家家門前扎起燈棚，賽懸燈火。宋江今晚和花榮家親隨梯己人兩三個上街去看燈。那劉知寨的老婆於燈下卻認得宋江，劉知寨便喚親隨六七人捉拿宋江，押至廳前。劉高審問宋江，宋江要抵賴身份，劉知寨老婆指認宋江是強盜，劉知寨下令毒打宋江，叫把鐵鎖鎖了，明日合個囚車，把做「鄆城虎張三」解上州里去。

第五段，花榮來信請劉高放人，劉高不許。花榮帶兵到劉高處救出宋江。

第六段，劉高也派兩個教頭帶兵來搶宋江，花榮射箭嚇退來人。

第七段，花榮派軍漢護送宋江下山，劉高差二三十軍漢，去五里路頭等候，果然捉住宋江而歸，並飛報青州府知府慕容彥達。

第八段，慕容派兵馬都監、鎮三山黃信去劉高處核實情況。黃興設計生擒花榮。

第九段，次日黃信以調解花榮、劉高講和為名，騙花榮來劉高齋中，酒席上埋伏三五十個壯健軍漢，將花榮拿下。黃信與劉高都上了馬，監押著兩輛囚車，並帶三五十軍士，一百寨兵，簇擁著車子，取路奔青州府來。

夾批批判劉高夫婦：「貪圖賄賂，未有不殘害良民者；殘害良民以圖賄賂，未有不奉其婆娘者；婆娘既應付賄賂滋味，未有不調撥丈夫多行不仁者。借花榮口中，寫得如秦鏡相似。」這段話對當今的貪官也很適合，只是其所奉伺的婆娘還包括包養的情婦等。劉高處心積慮要翦滅花榮，「那時我獨自霸著這清風寨，（夾批：文武不和只為此句，寫出千古炯鑒，非直稗官而已。）省得受那廝們的氣！」

夾批讚譽黃信的智謀，他再問劉高道：「你得張三時，花榮知也不知？」

他設計抓獲花榮，與花榮應酬時不動聲色，玩弄他於股掌直上，夾批多次讚譽：「黃信能。」

宋江被劉高抓獲、審訊、拷打，宋江不敢報出自己的真實姓名，緊急關頭自稱「鄆城虎張三」。他竟然將與閻婆惜偷情的「情敵」的姓名拋出，豈不好笑。是否他一直將張三記恨在心，不能忘懷？還是潛意識中隨便找一個姓名應付？

第三十三回　鎮三山大鬧青州道　霹靂火夜走瓦礫場

總批

第一段，讚揚元人雜劇，僅四折，每折止用一人獨唱，批評傳奇一篇之事乃有四十餘折，一折之辭乃用數人同唱，煩瑣難聽。小說雖一部前後必有數篇，一篇之中凡有數事，一人必為一人立傳，若有十人必為十人立傳。某甲傳中忽然寫及某乙的，如宋江傳中再述武松，就一例。寫甲傳，乙則無與的，如花榮傳中不重宋江，就是一例。

第二段，古本《水滸》寫花榮，便寫到宋江悉為花榮所用。俗本只落一二字，其醜遂不可當。

回後

第一段，黃信和劉高押著宋江、花榮，去青州府。半途被燕順、王英和鄭天壽率領小嘍囉攔住。黃信戰不過三個好漢合力惡戰，只得逃走。三個好漢救出宋江、花榮，並把劉高赤條條的綁了押回山寨來。

第二段，當晚上得山時，已是二更時分，都到聚義廳上相會喝酒。宋江當場殺了劉高。

第三段，都監黃信一騎馬奔回清風鎮上大寨內，便點寨兵人馬緊守四邊柵門，叫兩個教軍頭目飛馬報與慕容知府。知府聽得飛報軍情緊急公務，連夜升廳；看了黃信申狀便差人去請青州指揮司總管本州兵馬秦統制，急來商議軍情重事。

第四段，慕容知府先在城外寺院裏蒸下饅頭，擺下大碗，燙下酒，在城外賞軍。秦明和知府相見後，立即辭了知府，飛身上馬，擺開隊伍，催趲軍兵，大刀闊斧，逕奔清風寨來。

第五段，清風山寨裏這小嘍囉們探知備細，報上山來。山寨裏眾好漢正待要打清風寨去，當日宋江、花榮先定了計策，便叫小嘍囉各自去準備。花榮自

選了好馬、衣甲、弓箭鐵槍等候。

第六段，秦明領兵來到清風山下，離山十里下了寨柵，次日五更造飯，軍士吃罷，放起一個信炮，直奔清風山來。花榮挑戰秦明，用誘兵之計，引秦明反覆空奔，秦明怒氣衝天，天色晚了，又走得人困馬乏；巴得到那山下時，正欲下寨造飯，只見山上火把亂起，鑼聲亂鳴又騙他趕來，將他的部眾殺得大敗，最後活捉秦明。

第七段，花榮在聚義廳上親自解了秦明繩索，扶上廳來，納頭拜在地下，並與他酒食管待。相聚間，秦明連忙下拜宋江，宋江告訴他殺劉高緣由。

第八段，秦明不聽勸降，因醉酒，一覺直睡到次日辰牌方醒；跳將起來，趁天色大明，離了清風山，取路飛奔青州來。只見慕容知府立在城上大喝道：「反賊！你如何不識羞恥！昨夜引人馬來打城子，把許多好百姓殺了，又把許多房屋燒了，今日兀自又來賺哄城門。」軍士把秦明妻子首級挑起在槍上，教秦明看。秦明是個性急的人，看了渾家首級，氣破胸脯，只叫得苦屈。城上弩箭如雨點般射將下來。秦明只得迴避。

第九段，秦明回馬在瓦礫場上，恨不得尋個死處。宋江、花榮、燕順、王英、鄭天壽，隨從一二百小嘍囉，將秦明帶回清風山。五個好漢邀請秦明上廳，都讓他中間坐定。五個好漢齊齊跪下。秦明連忙答禮，也跪在地。宋江告訴他昨夜用計，請求鑒諒。花榮又將自己的妹子，賠他為妻。秦明見眾人如此相敬相愛，方才放心歸順。次日早起，秦明上馬，先下山來，拿了狼牙棒，飛奔清風鎮來。

第十段，秦明進入清風鎮說服黃信也歸順宋江，兩個正在公廨內商量起身，只見寨兵報導：「有兩路軍馬，鳴鑼擂鼓，殺奔鎮上來！」秦明、黃信聽得，都上了馬，前來迎敵。

宋江、花榮為了收降秦明，派人冒充秦明帶兵去攻青州府。於是城外原來舊有數百人家，卻都被火燒做白地；一片瓦礫場上，橫七豎八，燒死的男子、婦人，不記其數。待秦明被逐出青州時，看見遍野火焰，尚兀自未滅。宋江號稱「仁義」，要替天行道，為了實施反間計，故意殺害平民無數，毀了平民的家園。小說真實寫出宋江這個人物的複雜性，古代正義事業（現代也是如此）的複雜性：本書前言也已論述過，代表正義的力量也往往殺害無辜，殘害良民。戰爭中最受苦的是普通百姓。

花榮之妹，甚是賢慧，花榮情願賠出，立辦裝奩，與總管為室。夾批：「妙

絕花榮，不惟善用兵，又善用將，乃至又善用其妹也。○俗本訛。」聖歎改動花榮嫁妹的情節並讚揚花榮。

第三十四回　石將軍村店寄書　小李廣梁山射雁

總批

第一段，此回篇節至多，其主要內容共有 8 節，也即有 8 段重要情節組成。

第二、三、四段，評論清風寨起行、對影山斗戟、宋江得家書、宋江奔喪、水泊描寫和宋江歸家六節的內容或藝術特點、寫作手法。

回後

第一段，眾英雄率領軍馬都到清風鎮，打入南寨，殺了劉高一家老小。王矮虎奪了劉高之妻，大家同上清風山。燕順殺了劉高妻子，花榮妹子與秦明聯姻。

第二段，清風寨起行。將車數、馬數、人數通計一遍，分調一遍。

第三段，對影山遇呂方、郭盛正在比武。

第四段，宋江酒店遇石勇

第五段，宋江得家書。

第六段，宋江奔喪。

第七段，眾英雄來到梁山，山泊關防嚴密。上梁山後花榮表演箭術。

第八段，宋江歸家。

金聖歎對宋江極有惡感，認為他是鼓動英雄們造反的罪魁禍首。當宋江介紹梁山泊情況，建議大家投奔梁山時，夾批說：「一段大書宋江倡眾落草，以正其罪也。」當大家顧慮梁山是否肯接納，宋江大笑著向大家介紹自己有恩於梁山時，夾批說：「今日眾人既屬宋江倡率，前日晁蓋又屬宋江私放，以深表宋江為賊之首，罪之魁也。」後來宋江就勸誘對影山的兩個英雄撞籌入夥上梁山泊，夾批又說：「大書宋江倡眾。」的確，書中眾多好漢，大多是宋江將他們鼓動、推薦上梁山造反的。

此回夾批分析高明的寫作手法。關於上梁山的諸隊人馬的敘述和描寫，照理是平淡枯燥的，難以出彩，難以吸引讀者的，真是「文章苦海」，但夾批指出作者的匠心：「第一隊有人有馬有車，第二隊有馬有車無人，第三隊有馬有人無車。○通共只十輛車，三二百匹馬，三五百人，看他寫得錯縱變化。」

關於對影山比武一段，夾批指出這段描寫是「奇文奇格。○處處皆用散

敘，此處忽然用兩扇一聯法，奇絕。」更妙在眾多人在狹隘的山路上前迭後湧，難以看到比武的精彩場面，作者描寫花榮在馬上看了，便把馬帶住，左手去飛魚袋內取弓，右手向走獸壺中拔箭；（夾批：亦是一聯。○此一段文，都作分外耀豔語。）搭上箭，拽滿弓，覷著豹尾絨條較親處，颼的一箭，恰好正把絨條射斷。只見兩枝畫戟分開做兩下。（夾批：奇文。）那二百餘人一齊喝聲采。夾批細膩分析：「前言兩番喝采，寓意深隱者，何也？蓋兩戟相交，不相上下，則兩戟之妙，可得而知也。兩戟之妙可得而知，然而宋江知，花榮知者，二百餘人不得知。二百餘人不得知，則止有宋江、花榮馬上喝采，而二百餘人瞠目不出一聲矣。蓋天下曲高寡和，才高無賞，往往如是，不足怪也。迨夫花榮一箭分開兩戟，而二百餘人齊聲喝采。夫二百人，即又豈知花榮之內正外直，左托右抱乎哉！眼見兩戟得箭而開，則喝采耳。嗚呼！天下以成功論英雄，又往往如是，亦不足怪也。」指出這樣的描寫，構築了熱烈的群情沸騰的精彩場面，令人讚歎；又分析天下以成敗論英雄的普遍性心理。

眾人來到酒店，因人多，希望與占著大座的石勇換一下桌頭，夾批說：「借宋江愛念眾人，為酒保央求換座地；借酒保換座，為那人廝鬧地；借尋人廝鬧，為得書地。看他敘事，何等曲折盡變，定不肯直寫一筆也。」酒保又見伴當們都立滿在爐邊，夾批讚揚描寫具體逼真「如畫。○又貼一句，為酒保必要換座地也。」酒保對客人道：「有勞上下」，夾批分析：「央求換座，何至便到尋鬧，卻先寫個酒保誤認他是『上下』（衙役的尊稱），如此生情出筆，真稱妙絕。」石勇被酒保錯認為官府的衙役、差人即官府中的奴僕、奴才，所以石勇感到這是極大的侮辱，所以轉頭看了宋江、燕順冷笑。夾批：「寫大漢寫得異樣，方是時，彼固以宋江、燕順為即所去腳底下泥者也，其安得以僕從如雲，遂傲豪傑之士耶？是『冷笑』二字之意。」這一段分析各方人物的心理活動和對語言、行動的反射，精細而準確。

宋江接家書一段，夾批分析宋江情緒的變化和他與石勇的對話「問得對針，對得偏不對針，頓挫入妙。」「只是捺住並不對針，妙妙。」「反寫宋江只管說閒話，妙妙。」「反寫宋江做閒事，妙妙。」「反寫宋江把酒相勸，只管縱將開去，務令文情盡奇盡變，然後寫出石勇書來，妙妙。」當宋江拿家書接來看時，金批不僅分析他的心理和情緒變化的軌跡，還注意他的動作：「連忙扯開封皮，從頭讀至一半」，夾批說：「省一半，念一半，只一家書，寫得有許多方法。」

　　宋江要急著回家奔喪時，燕順勸道：「哥哥，太公既已歿了，便到家時，也不得見了。天下無不死的父母」，夾批：「只改一字，遂成奇語，令人絕倒。」這句話原應是：「天下無不是的父母。」聖歎精細的眼光照見小說中人物的辭令之妙。

　　宋江恨不得一步跨到家中，飛也似獨自一個去了。夾批說：「一路寫宋江都署眾人投入山泊，讀者莫不試目洗耳，觀忠義堂上，晁、宋二人如何相見也。忽然此處如龍化去，令人眼光忽遭一閃，奇文奇格，妙絕妙絕。」稱頌這種善於構思出人意料之外的情節的高明手段，使小說波瀾奔騰，令人無法測其邊岸，真正才力如海。

　　當眾好漢來到梁山邊上時，小說細膩描寫梁山的應對，眉批讚揚：「此一節是山泊關防嚴密。」夾批接連不斷讚揚梁山「精嚴之極」、「何等精嚴」。「看他極寫精嚴，深表泊中有人。○雖有宋江手書，然或恐官府嚴刑逼寫，假作投夥而圖我者有之，把軍馬屯在四散，真經濟之才也。」群雄入夥後，山寨中添造大船屋宇，車輛什物；打造槍刀軍器，鎧甲頭盔；整頓旌旗袍襖，弓弩箭矢，準備抵敵官軍。夾批說：「於總結後，更添兩行，極寫水泊精嚴富貴。○以上一篇單表水泊雄麗精嚴，是全部書作身份處。」金批一面批判宋江引人入夥是倡導造反的罪魁禍首，一面極力歌頌梁山造反事業。

　　宋江回到故鄉時，先奔到本鄉村口張社長酒店裏暫歇一歇。夾批說：「本至家矣，卻不便歸，再生出一張社長家作波磔，真是觸手生情，落筆成景。」這個過渡性的段落是精彩的「奇文」，尤其是得到父親未死的消息後，夾批說宋江：「前文疑惑，是從大喜漸變到哭；此文疑影，是從大哭漸變到喜。」

　　宋江回到家中，宋江正怒罵宋清寫信欺騙，只見屏風背後，轉出宋太公來，夾批說：「明明假計，乃我讀至此句，始覺如夢忽醒，蓋於前文一路，所感者深矣。」宋太公解釋為何騙宋江回來的原因說：「又怕你一時被人攛掇落草去了，做個不忠不孝的人；為此，急急寄書去喚你歸家。」夾批強調：「作者特特書太公家教，正所以深明宋江不孝。而自來讀者至此，俱謬許其為忠義之子，斯真過矣。」宋江聽罷，納頭便拜太公，（夾批：句。）憂喜相伴。夾批說：「不便變出喜來，且寫個『憂喜相半』，善體人情，方有此筆。」

　　本回的主人公宋江的情緒色彩是：喜，悲，喜，悲。眾英雄一起上山，宋江路遇石勇，喜；石勇拿出家書，結果是報喪之信，由喜入悲；宋江回家，見到太公未死，憂喜相半、由悲入喜；最後還出乎人們的意料之外，宋家莊夜半

被包圍，要抓宋江，悲。情緒大起大落，但寫得層次井然，轉折自然。

當張社長大笑著告訴「令尊太公卻才在我這裡吃酒了回去」，宋江道：「老叔休要取笑小侄。」便取出家書教張社長看了。夾批指出：「此句是夾敘法，下語與上語連讀下。」《水滸傳》這種人物的語言與所做的動作同時發生的微妙之處，被金批仔細析出，後世作家據此可以學到這樣的高明表現手段。

第三十五回　梁山泊吳用舉戴宗　揭陽嶺宋江逢李俊

總批

《水滸傳》寫一百七人最易，寫宋江最難；讀《水滸傳》，亦讀一百七人傳最易，讀宋江傳最難。因為此書寫一百七人處，都用直筆，好即真好，劣即真劣。而寫宋江並非這樣，驟讀之而全好，再讀之而好劣相半，又再讀之而好不勝劣，又卒讀之而全劣無好矣。猶如《史記》記漢武帝，褒貶固在筆墨之外。

回後

第一段，鄆城縣新參都頭趙能、趙得率一百餘人，包圍宋家莊，宋江被捉拿歸案。縣令時文彬從輕發落，將宋江刺配江州牢城。

第二段，宋江路過梁山泊，被梁山英雄截住，迎上山去，盛情款待。宋江不肯入夥，辭別眾英雄，繼續前往江州。

第三段，宋江走到揭陽嶺，在酒店被李立麻翻，差一點做了人肉饅頭，幸得李俊、童威、童猛趕來救出。宋江在李立家裏過了一夜，次日，又安排酒食管待，宋江並兩個公人又到李俊家裏過了數日，才辭別眾人。

第四段，宋江路過揭陽鎮，見一個大漢賣藝，沒人給他賞錢，便叫公人取出五兩銀子來給他，又有一條大漢喝罵道：「那裏來的囚徒，敢來滅俺揭陽鎮上威風！」搭著雙拳來打宋江。

本回突出分析宋江倡眾造反，卻又處處講假話，自表忠孝，善弄權詐。當宋江勸說父親莫因自己被捕而悲傷時說：「父親休煩惱。官司見了，倒是有幸。明日孩兒躲在江湖上，撞了一班兒殺人放火的弟兄們，打在網裏，如何能夠見父親面？夾批說：「於清風山收羅花榮、秦明、黃信、呂方、郭盛及燕順等三人紛紛入水泊者，復是何人？方得死父賺轉，便將生死熱瞞，作者正深寫宋江權詐，乃至忍於欺其至親。而自來讀者皆歎宋江忠孝，真不善讀書人也。」宋父勸他莫要去梁山泊入夥，教人罵做不忠不孝時，夾批說：「屢申此言，深表宋江不孝之子，不肯終受厥考之孝也。○觀其前聚清風山，後吟潯陽樓，當信

此言不謬。」

　　劉唐截住宋江，要他上梁山，宋江道：「這個不是你們兄弟抬舉宋江，倒要陷我於不忠不孝之地。」夾批揭示：「其言甚正，然作者特書之於清風起行之後，吟反詩之前，殆所以深明宋江之權詐耶？」宋江又說：「若是如此來挾我，只是逼宋江性命，我自不如死了！」把刀望喉下自刎。（夾批：看他假，此其所以為宋江也。○直意原本忠孝，是宋江好處；處處以權詐行其忠孝，是宋江不好處。）上梁山後，花榮便道：「如何不與兄長開了枷？」宋江說此是國家法度，如何敢擅動！夾批說：「宋江假。○於知己兄弟面前，偏說此話，於李家店、穆家莊，偏又不然，寫盡宋江醜態。」又強調不可殺害公人，「寧可我死，不可害他。」夾批說：「看他寫宋江一片假。○既許不留，則定不害二人矣，偏是宋江便要再說一句，寫得權詐人如鏡。」又叫兩個公人只在交椅後坐，與他寸步不離。夾批說：「看他寫宋江假。○便不要害公人，亦何至於如此，偏是假人，偏在人面前做張致，寫得真是如鏡。」晁蓋盛情款待宋江，宋江說「不敢久住，只此告辭」。夾批一再強調：「前聚清風，後吟反詩，抑又何也？」晁蓋道：「直如此忙！」夾批一再說：「罵得假人妙。」宋江還堅稱「做了不忠不孝的人在世，雖生何益？如不肯放宋江下山，情願只就眾位手裏乞死！」說罷，淚如雨下，便拜倒在地。夾批：「極寫宋江權術，何也？忠孝之性，生於心，發於色，誠不可奪，雖用三軍奪一匹夫而不可得也，如之何其至於哭乎？哭者，人生暢遂之情，非此時之所得來也。」分析宋江矯情和假哭的手段拙劣，入木三分。

　　金批又深刻揭示吳用的富於心機和精於權術。他見宋江堅拒留在山寨，笑道：「我知兄長的意了。這個容易，只不留兄長在山寨便了。（夾批：寫宋江假殺，出不得吳用圈繢。看他只一「笑」字，便已算定不是今日之事。）晁頭領多時不曾得與仁兄相會，今次也正要和兄長說幾句心腹的話。略請到山寨少敘片時，便送登程。」（夾批：看他便籠罩宋江。）宋江聽了道：「只有先生便知道宋江的意。」夾批說：「看他也籠罩吳用。○寫兩人互用權術相加，真是出色妙筆。」後來宋江堅心要行，離開梁山時，夾批說：「看吳用更不留，可謂惟賊知賊。○寫吳、宋兩人權詐相當處，幾有曹、楊之忌。」以曹操與楊脩的關係為比喻，說明宋、吳二人權詐的水平相當。但他們相處默契，則超過曹、楊的關係多多。最後，吳用和花榮送宋江到大路二十里外才告別。夾批說：「二人送。○迎宋江用吳用、花榮者，花榮與宋江最昵，蓋是以情招之，冀其必來也。然又算到

宋江假人，未必為情所動，則必須又用吳用以智深之。此二人迎宋江之意也。送時又用二人者，迎既有之，送亦必然，此作者所以自成其章法也。乃俗子無賴，忽因此文，便向後日捏撮成吳用、花榮與宋江同死之文，為之欲嘔而死也。」分析梁山出動他們二人迎送的原因。

李立勸他留下，不要去江州牢城中受苦，宋江答道：「梁山泊苦死相留，我尚兀自不肯住，恐怕連累家中老父，（夾批：看他處處自說孝義，真是醜極。○純孝不在口說，以口說求得孝子之名，甚矣，宋江衣缽之滿天下也！）此間如何住得！」李俊道：「哥哥義士，必不肯胡行。」（夾批：特書此一句，與前吳用擊映。蓋李俊不留，乃真信宋江，吳用不留，只是猜破宋江也。）前則夾批說宋江口頭講孝，實際則恰恰相反，而滿天下的都是這樣的人。後則指出李俊是真心，而吳用是看穿宋江。宋江告別時，再帶了行枷，夾批揭穿宋江在梁山做假不肯卸行枷時所說的假話：「朝廷法度擅動，宋江不問，何也？」

夾批還分析《水滸傳》描寫宋江權詐的極高手段：宋江見劉唐要殺公人，假說要自己動手，將劉唐的刀騙了過來。他道：「不要你污了手，把刀來我殺便了。」（夾批：筆墨狡獪，令人莫測其故。）宋江接過，（夾批：妙。○此等處寫出宋江權術。）卻假裝要舉刀自殺，以此要挾他們不殺公人。宋江欺騙劉唐的手段極為高明，小說的描寫也極為高明。更為高明的是，夾批分析「劉唐慌忙攀住胳膊，就手裏奪了刀」一語的深厚含義，說：「自刎之假，不如奪刀之真，然真者終為小卒，假者終為大王。世事如此，何可勝歎。」這個批語非常精彩，道出社會、人生的一條重要規律，假者欺騙性強，容易成功，所以說假話者不絕。

金批又指出和諷刺宋江全靠錢財收買人心。宋江在潯陽鎮贈錢給賣藝人時，夾批說：「一路寫宋江都從銀錢上出色，深表宋江無他好處，蓋作泥中有刺之筆也。」而世上也頗多「一切向錢看」的人，所以當宋太公款待前來圍捕的都頭和那一百士兵人等，並送些錢物之類；取二十兩花銀，把來送與兩位都頭做「好看錢。」夾批說：「只三個字，便勝過一篇錢神論。○人之所以必要錢者，以錢能使人『好看』也。人以錢為命，而亦有時以錢與人者，既要『好看』，便不復顧錢也。乃世又有守錢成窖，而不要『好看』者，斯又一類也矣。」《水滸傳》善於運用令人耳目一新的精闢詞語，「好看錢」就是一例。金批對「好看錢」的批判，十分深刻，揭示了社會和人生的又一條重要規律。

金批再揭示一條社會、人生規律是「暴發戶」的分外貪婪。宋江對父親

說，來捉拿的「趙家那是個刁徒；如今暴得做個都頭，知道甚麼義理」？夾批：「暴」字妙，罵世不盡。

押送宋江的「兩個防送公人，無非是張千、李萬」。夾批：「三字妙。可見一部書皆從才子文心捏造而出，愚夫則必謂真有其事。」指出「無非是」三字，說明這兩個名字的運用，即可知是杜撰的，說明小說是虛構的作品。

金批讚揚《水滸傳》的景物描寫能夠結合情節的詭異，營造某種特定的氣氛。當宋江一行來到揭陽嶺時，早看見嶺腳邊一個酒店，背靠頹崖，門臨怪樹，前後都是草房，去那樹陰之下挑出一個酒旆兒來。夾批說：「畫出陰磣。」三個人入酒店來，半個時辰，不見一個人出來。夾批說：「置之死地而又生，是必天然有以生之，故妙也。宋江入酒店坐下半個時辰，不見人出來，早已先明火家不在矣。使無此句，而但於後云等男女不見歸，豈不同《西遊》捏撮耶？」後來側首屋下走出一個大漢來，赤色虬鬚，紅絲虎眼；頭上一頂破巾，身穿一領布背心，露著兩臂，下面圍一條布手巾；看著宋江三個人，唱個喏，夾批又說：「畫出陰磣。」這樣的提示，幫助讀者體會小說的非凡寫作手段，將恐怖的場景批活了，令人有身臨其境之感。

第三十六回　沒遮攔追趕及時雨　船火兒夜鬧潯陽江

總批

第一段，宋江權詐不定，結識天下好漢，只是靠銀子。以銀子為之張本，欺騙所有的人。天下之人，而至於惟銀子是愛，而不覺露出其根底，盡為宋江所窺見，因而並其性格，也就盡為宋江之所提起放倒，是固天下之人之醜事，然後宋江以區區猾吏，而僅靠銀子買遍天下，以陰圖晁蓋的首領位置。

第二段，天下之人，莫不自親於宋江，其中以花榮為最。但是花榮的一切美意，他都拒絕，尤其花榮要開枷，宋江竟然上援朝廷，下申父訓，一時就好像花榮勸不動宋江的樣子。作者痛恨他的虛假，故特於揭陽嶺上，特地描寫他不斷開枷，共有九處之多。像花榮這樣親近的人，還得不到宋江的真心，因此宋江這樣的人，又怎能與他相處哪怕短到一天！

第三段，讚譽此篇節節生奇，層層追險，並作具體分析。

第四段，此篇於宋江聲稱恪遵父訓，不住山泊後，忽然閒中寫出一句不滿其父語，一句悔不住在山泊語，都是作者用筆極冷，寓意極嚴的地方，處處揭露宋江的虛偽。

回後

第一段，大漢責罵宋江，賣藝的那個使槍棒的教頭，打得那大漢無法招架，倉皇逃走。

第二段，宋江與賣藝教頭薛永互相自我介紹，並交好。兩人同往鄰近酒肆內去吃酒，遭到酒家拒絕，因為被打這人是此間揭陽鎮上一霸，誰敢不聽他，要把這店子都打得粉碎。宋江取銀與薛永，兩人辭別。

第三段，宋江和兩個公人去別家酒店喝酒和客店投宿，也都遭拒絕。

第四段，宋江等三人只好趕路，夜裏在一座大莊院投宿，結果正好投到冤家對頭的家中。半夜被打的大漢回來尋哥哥一起報仇，宋江等連忙落荒而逃。慌亂中逃到大江邊，後面有人來追，宋江後悔不在梁山權住，誰想直斷送在這裡！

第五段，危急中，江中出現一個小船，宋江央求艄公後上船，差一點被艄公害死，幸得李俊及時前來相救。李俊介紹宋江認識穆氏兄弟和張橫等。宋江又回到穆家莊，受到穆家殷勤款待。三天後繼續向江州進發。

第六段，宋江來到江州牢房，用銀錢上下打點，得到善待。

此回夾批繼續揭露宋江在行枷一事上的權詐，在夾批中反覆指出，以強調說明宋江為人的虛偽。當他們前去借宿時，兩個公人道：「押司，這裡又無外人，一發除了行枷」，（夾批：「這裡又無外人」六字，追入宋江心裏，真是如鏡之筆。）快樂睡一夜。」宋江道：「說得是。」當時去了行枷，夾批說：「閒中無端出此一筆，與前山泊對看，所以深明宋江之權詐也。○寫宋江答公人，偏不答別句，偏答出此三個字，便顯出前文國家法度之語之詐。」行路時，兩個公人挑了包裹，宋江自提了行枷，（夾批：國家法度，奈何如此。○自花榮開枷，宋江不肯後，接手便將枷來寫出數番通融，深表宋江之詐也。）夾批又提醒讀者：「此書寫宋江權詐，俱於前後對照處露出，若散讀之，皆恒事耳。」

的確，金批一一揭出宋江的話語，前後對照，就顯示出宋江的虛偽和權詐，如果沒有這樣的提醒，一般的讀者隨便讀下去，就很平常，一點看不出原作的好處和妙處，金批對欣賞原作的指導作用由此可見。

當宋江在穆家莊陷入絕境時，他仰天歎道：「早知如此的苦，權且住在梁山泊也罷！（夾批：在宋江是急時真話，在作者是閒中冷筆。）誰想直斷送在這裡！」

如果一個人真正忠君愛國，就要堅守原則，即使被強人殺死，也殺身成仁，而不是為了活命就可以「暫時」做國家的叛賊，在梁山泊中當強盜的。譬

如文天祥被元朝俘去，元朝當局給以很大的禮遇，耐心勸降數年，最後他因為堅不投降，被殺。當元朝當局宣布殺他的時候，文天祥是否可以「暫時」投降，以後再找機會逃出，再報國呢？

夾批還多次諷刺宋江只是靠銀子行走天下。當宋江給薛永銀子時，夾批說：「一路寫宋江好處只是使銀撒漫，更無他長，是作者筆法嚴冷處。」宋江逃到江邊，見了江上小船，便叫：「梢公！且把船來救我們三個！俺與你幾兩銀子！」（夾批：雖是急時相求，亦寫賣弄銀子。）那梢公在船上問他們來歷，宋江道：「背後有強人打劫我們，一味地撞在這裡。你快把船來渡我們！我多與你些銀兩！」（夾批：一路寫宋江只是以銀子出色，是此回一篇之眼，不得不與標出。）當岸上強人要船回岸時，宋江道：「梢公！卻是不要攏船！我們自多謝你些銀子！」（夾批：只是賣弄銀子。）

夾批又揭露宋江背後對父親的不滿。宋江在門縫裏張時，見是太公引著三個莊客，把火把到處照看。宋江對公人道：「這太公和我父親一般：件件定要自來照管，這早晚也不肯去睡，瑣瑣地親自點看。」夾批說：「閒中無端忽然插出宋江不滿父親語，暗與人前好話相射，熱攢冷刺，妙不可言。」這句話到底是宋江誇獎父親治家嚴謹勤苦還是譏笑父親不相信別人，事事親自插手，猶如諸葛亮治國治軍「食少事繁」呢？根據古人的思維方式，聖歎是對的。

此回夾批仔細分析並讚譽《水滸傳》善於設計緊張的情節，「令人嚇殺」，極大地增強了閱讀的趣味性，吸引讀者。

又讚譽《水滸傳》善於設計令人意外的情節，如宋江等三個倉皇逃出潯陽鎮，夜里正無處投宿，只見遠遠地小路，望見隔林深處射出燈光來。夾批說：「此一折，謂是一救，反是一跌，真乃匪夷所思。○先說是小路上，便與江岸相引。」當宋江被穆家兄弟追逼，正在危急之際，只見蘆葦中悄悄地忽然搖出一隻船來。夾批又說：「謂是一救，又是一跌，匪夷所思，奇至於此。」後來宋江逃上江中的小船，卻說那梢公搖開船去，離得江岸遠了。三個人在艙裏望岸上時，火把也自去蘆葦中明亮。（夾批：如畫之筆。○不便說去了，為下文留步也。○將謂又離一虎機，不知正踏一虎機，奇文怪筆，層疊而起。）宋江道：「慚愧！正是好人相逢，惡人遠離，（夾批：梢公聞之，能無失笑。）且得脫了這場災難！」梢公聽了這話忍不住要笑出來，而讀者倒真的以為宋江已經逃離險境，不想又闖入另一個死地。最後，那梢公又喝道：「你三個好好快脫了衣裳，（夾批：此又一喝，似催速跳，然其實反借脫衣裳三字，騰那出下文救兵來，須知良工心苦處。）跳下江去！跳

便跳！不跳時，老爺便剁下水裏去！」如此相逼，正因為逼他們脫衣，拖延了時間，李俊就正好及時趕到，所以看似催其速跳，事實也真是如此，但這個催逼，反而拖延了時間。這樣的自然而又精巧妙絕的情節構思，確是精彩絕倫的。小說的情節每次都令人出乎意料之外，但都入於情理之中。

《水滸傳》善於將人物對情景的感受隨著人物心理的變化而變化。此回著重寫的是星光。開首說，宋江和兩個公人去房外淨手，看見「星光滿天」，（夾批：妙筆。○此四字先從閒中一點。○既不甚亮，又不甚暗，在此夜事情恰好。）接著寫宋江便從房裏挖開屋後一堵壁子。三個人便趁「星光之下」，（夾批：妙筆。）倉皇出逃。這些既是當時實景，更是為了後面的描寫做鋪墊。後來，宋江在江上差一點被張橫逼著跳下江去送命，在千鈞一髮之時，小說描寫李俊趕來相救，他們船上有三個人，梢頭兩個後生搖著兩把快櫓。「星光之下」，（夾批：妙筆。四字之妙，正是苦不甚明，又不極暗。）早到面前。獲救後，宋江「鑽出船上來看時，星光明亮」，夾批說：「此十一字，妙不可說。非云星光明亮，照見來船那漢，乃是極寫宋江半日心驚膽碎，不復知天地何色，直至此，忽然得救，夫而後依然又見星光也。蓋吃嚇一回，始知之矣。」這樣的心理分析，照亮了小說暗蘊的高明描寫技巧和心細如髮的細節描寫的高度成就。《水滸傳》在不起眼的地方所具的匠心，造成全書引人入勝的效果，這便是讀者無形中即被吸引的秘密。

如果說宋江在江上獲救，猶如從鬼門關回到了月明星亮的人間，而小說描寫三個人跟了李俊、張橫，「提了燈」，投村裏來。夾批說：「千妖百怪之後，見此三字，如異國忽歸。」形容宋江重新回到穆家莊院的村裏，猶如如異國歸來，批語比喻新奇而恰切，極見金聖歎評論的功力。

張橫和岸上追來的薛氏兄弟的對話，充滿了機趣。儘管是月夜，星月明亮，但江心距離遠，看不清楚對方的臉，岸上的追兵因而不知江上的艄公是誰。張橫與對方熟識，他看到岸上火把照耀下的追兵，已經認出了對方。他聽到對方兇橫地斥責：「直恁大膽不搖攏來？」口氣大而蠻橫，就冷笑應道：「老爺叫做張梢公！你不要咬我鳥！」自稱老爺，自報姓名，卻只報職業，而這個職業稱呼，他不講是船夫，而強調的是張「艄公」，最後一個字恰巧是一個「公」字，便與「老爺」的身份相稱了。在硬碰硬的應對中，這樣的自我介紹和後句的反駁、訓斥，以毒攻毒，蠻橫中夾帶風趣，氣勢更是壓倒對方了。那長漢已知對方認識自己，他自感是莊院公子，還是看不起對方的船夫身份，所

以道：「你既見我時，且搖攏來和你說話。」（夾批：嚇殺嚇殺。）那梢公道：「有話明朝來說，趁船的要去得緊。」夾批：「極慌忙中忽作趣語，令人又嚇又笑。○此是第二段。入下又換出梢公本意，使讀者一發嚇殺。」意思是，船上的三個人要趕緊過江（逃命），所以，有話明天早晨再說。明知對方要抓他們，他們要逃的就是對方的抓捕，他故意這麼講，所以是「極慌忙中忽作趣語」。「入下又喚出梢公本意」是因為那岸上的薛氏兄弟思維遲鈍，還是沒有聽懂張橫的話，那長漢道：「我弟兄兩個正要捉這趁船的三個人！」（夾批：駭筆。）張橫不得不正面宣布：「趁船的三個都是我家親眷，衣食父母。（夾批：奇談駭筆。）請他歸去吃碗『板刀麵』了來！」（夾批：奇談駭筆。）「衣食父母」，一般指顧客對商家的關係，張橫一語雙關的內含，薛氏兄弟還是聽不出，以為他只是維護顧客的利益，取得過江船資而已，所以那長漢道：「你且搖攏來，和你商量。」（夾批：駭筆。）那梢公道：「我的衣飯，倒攏來把與你，倒樂意！」（夾批：第三段。寫梢公決不肯攏來，其文愈駭也。）對薛氏兄弟來說，這已經是明顯的要和對方「搶生意」。那長漢只能放下架子，軟語懇求道：「張大哥！（夾批：再叫一句，寫出相求之極。）不是這般說！我弟兄只要捉這囚徒！（夾批：此句分明說不要你衣飯，單要你囚徒。）你且攏來！」那梢公一頭搖櫓，（夾批：再畫一筆。）一面說道：「我自好幾日接得這個主顧，卻是不搖攏來，倒吃你接了去！（夾批：決不搖攏來矣，雖然讀者真駭絕也。）你兩個只休怪，改日相見！」宋江呆了，不聽得話裏藏機，（夾批：妙。）在船艙裏悄悄的和兩個公人說：「也難得這個梢公！救了我們三個性命，（夾批：妙。）又與他分說！（夾批：妙。）不要忘了他恩德！卻不是幸得這只船來渡了我們！」妙在宋江三人沒有聽清和聽懂梢公與對方的對話的內含。

由於還未到江心，張橫還沒有到動手的時機，他就搖著櫓，口裏唱起湖州歌來；唱道：「老爺生長在江邊，不愛交遊只愛錢。」夾批說：「七字妙絕。○太上，不愛錢，只愛交遊。其次，愛錢以為交遊之地。又次，愛交遊以為錢之地也。夫不愛錢只愛交遊，是非宋江之所及也。若云愛交遊以為錢地，則亦非宋江之所出也。今日宋江，則正所謂以錢為交遊地者耳。乃梢公忽云：『只愛錢，不愛交遊。』然則宋江一路撒漫使銀，悉作唐捐矣乎？只此一句，便令宋江神絕心死，正不須又用『板刀麵』也。○俗本訛。」「俗本訛」，說明金聖歎這裡已經改動了原作。金批這裡將錢與交遊的關係分成四等：一等，不愛錢，只愛交遊。二等，愛錢是為了交遊，即不愛錢只愛交遊。三等，愛交遊是為了

錢。四等，不愛交遊只愛錢。宋江屬於二等，專門拿錢作為交遊的資本的，結果遇到張橫只愛錢，不愛交遊，宋江就徹底完蛋了。

那梢公睜著眼，（夾批：駭絕。）道：「老爺和你耍甚鳥！若還要『板刀麵』時，（夾批：奇語。○「若要吃」三字，奇絕可笑。）……」趕快吃餛飩。吃餛飩，就可以不吃刀，得一個完整的全屍，但必須將衣服脫光，赤條條地跳下江裏自死。古時的底層人特別窮困，所以脫下的衣服，強盜就可另可賣錢或自用，多了一筆收入。吃板刀麵，衣服就被刀劃破，血跡污染，衣服就無用了。所以吃餛飩對雙方都「有利」。宋江討饒，那梢公喝道：「你說甚麼閒話！（夾批：臨死討饒，謂之「閒話」，可發一笑。）饒你三個？我半個也不饒你！（夾批：饒「半個」，又作何用？）老爺喚作有名的『狗臉張爺爺』！來也不認得爺，也去不認得娘！（夾批：出色駭語，出色奇語。）你便都閉了鳥嘴，快下水裏去！」意為自己爺娘也不認，更何況你們送貨上門的陌路之人。

張橫在風波江上請過往客人吃「餛飩」、「扳刀麵」，殺人越貨，李俊向宋江介紹張橫時，卻說他「專在此潯陽江做這件『穩善』的道路」。此言說得連剛才險些在他手中死於非命的「宋江和兩個公人都笑起來」。夾批馬上說：「言之可傷。○以極險惡事，而謂之『穩善』，豈非以世間道路，更險惡於板刀麵耶？」聖歎感慨世路的險惡，同時，李俊說話之幽默，也確是尖刻，而且還非常顧及立在當面的張橫的臉面。

《水滸傳》中的人物對話，都非常切合彼時彼地的人物身份、性格和語言特點。通過人物的對話，穆氏兄弟、李俊等人和「狗臉」張橫的性格和切合身份、職業，切合當時情景和氣氛語言特點，栩栩如生、淋漓盡致地表現了出來。而且恰如其分，一字不可增、刪。即如張橫將雇主比喻為「衣食父母」一語，已成後世中國的名言，也要比當代日本「顧客是皇帝」要生動和恰切，「皇帝」的稱呼未免誇張過渡、張大其辭了。

但是魯迅說：

　　高爾基很驚服巴爾札克小說裏寫對話的巧妙，以為並不描寫人物的模樣，卻能使讀者看了對話，便好像目睹了說話的那些人。

　　中國還沒有那樣好手段的小說家，但《水滸》和《紅樓夢》的有些地方，是能使讀者由說話看出人來的。其實，這也並非什麼奇特的事情，在上海的弄堂裏，租一間小房子住著的人，就時時可以體驗到。他和周圍的住戶，是不一定見過面的，但只隔一層薄板壁，

> 所以有些人家的眷屬和客人的談話，尤其是高聲的談話，都大略可
> 以聽到，久而久之，就知道那裏有那些人，而且彷彿覺得那些人是
> 怎樣的人了。

魯迅將《水滸傳》和《紅樓夢》的對話水平比作上海弄堂裏的小市民日常生活語言的水平，這個評價是過於底得離奇了。魯迅的這個觀點當然是錯誤的，是他的一個重大理論失誤，也是五四激進主義者全盤否定中國傳統文化的典型表現。我們每看《水滸》中的人物語言，其所達到的藝術水平，平心論之，實際上要高於巴爾扎克和其他西方最傑出的小說作家。

第三十七回　及時雨會神行太保　黑旋風展浪裏白條

總批

第一段，分析李逵對於銀子和世道，全以一片天真對待，善於用銀子收買人心的宋江對他無計可施，通篇寫李逵浩浩落落處，全是激射和諷刺宋江，絕世妙筆。

第二段，強調處處將戴宗反襯宋江，遂令宋江愈慷慨愈出醜。皆屬作者匠心之筆。

第三段，讚譽小說描寫李逵粗直人處處使乖說謊，而像宋江這樣使乖說謊之徒，卻處處假作粗直，對此應該羞死！

回後

第一段，宋江與戴宗相見，兩人奔入江州城裏來，去一個臨街酒肆中樓上坐下。宋江懷中取出吳用的書信給他。兩人正飲酒，下面李逵賭錢輸了，正在吵鬧。戴宗將他叫上來，與宋江介紹、相見。宋江給他十兩銀子，李逵又去賭錢。

第二段，宋江和戴宗再到城外去看江景。李逵拿了這十兩銀子快跑出城外小張乙賭房裏來，再賭，結果又輸得血本無歸。李逵情急之下，搶了銀子打出門來，被戴宗、宋江撞見。宋江將李逵搶來的錢還給張小乙，張小乙不敢要這十兩銀了，宋江說將這錢賠償剛才被李逵打傷的人。

第三段，宋江、戴宗、李逵三人望潯陽江來，在江邊琵琶亭上喝酒聚談。因宋江想吃魚辣湯，當日鮮魚還在船上，李逵自告奮勇去討鮮魚。

第四段，李逵來到江邊，尚未開始買魚，他不耐煩等，不賣就自己動手，卻捉不來魚，將魚反而都放走了。眾船家大怒，合打李逵，被李逵打得連岸上

的行販也全部逃光。

第五段，船主人張順趕來，李逵打得他無法還手，被戴宗、宋江趕來喝開。張順撐著一條小船，前來搦戰，引誘李逵上船，立即將船放到江心，將李逵弄下水。李逵被水裏揪住，浸得眼白，老大吃虧。

第六段，宋江、戴宗趕來相救。戴宗認識張順，介紹雙方相識，同回酒店喝酒。李逵又出手打店中的賣唱女，宋江再出錢賠償。

從此回起，李逵出場。他出現時，用宋江的眼光來看：不多時，戴宗引著一個黑凜凜大漢（夾批：畫李逵只五字，已畫得出相。）上樓來。宋江看見，吃了一驚。夾批說：「『黑凜凜』三字，不惟畫出李逵形狀，兼畫出李逵顧盼，李逵性格，李逵心地來。下便緊接宋江『吃驚』句，蓋深表李逵旁若無人，不曉阿諛，不可以威劫，不可以名服，不可以利動，不可以智取，宋江吃一驚，真吃一驚也。」用宋江視角描寫李逵的外貌，只用一個形容詞，就先聲奪人地寫出了此人的神采。

李逵的性格粗魯，全從語言上表現。李逵看著宋江問戴宗道：「哥哥，這黑漢子是誰？」（夾批：漢子黑，則呼之為『黑漢子』耳，豈以其衣冠濟楚也而阿諛之。寫李逵如畫。）戴宗對宋江笑道：「押司，你看這廝恁麼粗鹵！全不識些體面！」李逵道：「我問大哥，怎地是粗鹵？」（夾批：連『粗鹵』不知是何語，妙絕。讀至此，始知魯達自說粗鹵，尚是後天之發，未及李大哥也。）這是粗魯到極點的描寫。

小說描寫李逵喝酒吃魚的吃相，粗魯到極點，也準確之極，令人解頤。

李逵粗直，小說反一再寫他要耍滑，自認為精明。李逵先表示不可隨便上當，道：「若真個是宋公明，我便下拜；（夾批：妙語。）若是閒人，我卻拜甚鳥！（夾批：妙語。○看他下語真有鐵牛之意。○「拜鳥」二字，未經人說，為之絕倒。）節級哥哥，不要賺我拜了，你卻笑我！」（夾批：偏寫李逵作乖覺語，而其呆愈顯，真正妙筆。）接著又向宋江掉慌，不說自己輸錢，而說「我有一錠大銀，解了十兩小銀使用了」，等等，夾批說：「第一句討大碗，第二句便說謊。寫得奇絕妙絕。」「寫他說謊，偏極嫵媚。」後來被張順騙到水裏，大吃其虧，張順被戴宗叫上岸去，李逵正在江裏探頭探腦，假掙扎赴水。他是會水的，但是不精，淹死是不會的，他因為被打得狼狽，所以做些假動作掩飾自己，夾批說：「偏寫他假處，偏是天真爛熳，令人絕倒。」

此回的多個場面，都寫得引人入勝，例如李逵拿了宋江的錢又賭得血本無歸，他只能耍賴。這個賭場耍賴、爭吵、相打的場面也寫得逼真而精彩。李

逵可憐討饒、硬要耍賴的話，歷歷有聲，賭場主人小張乙指斥道：「說甚麼閒話！自古『賭錢場上無父子！』你明明地輸了，如何倒來革爭？」後來宋江將李逵搶來的銀子要歸還他，小張乙接過來，說道：「二位官人在上，小人只拿了自己的。這十兩原銀雖是李大哥兩博輸與小人，如今小人情願不要他的，省得記了冤仇。」夾批：「畫。」讚賞小說描繪的精細入微，只是一個平常的動作和一句懇切的回答，即將賭場主人的職業經驗和江湖道德，寫得歷歷如繪。

又如潯陽江邊的景色和江上惡鬥的場面、江岸看熱鬧的場面。開首，李逵走到江邊看時，見那漁船一字排著，約有八九十隻，都纜繫在綠楊樹下；（夾批：看他一路寫綠楊樹。）船上漁人，有斜枕著船梢睡的，（夾批：畫。○不止一人。）有在船頭上結網的，（夾批：畫。又不止一人。）也有在水裏洗浴的。（夾批：畫。○又不止一人。）此時正是五月半天氣，（夾批：好筆。）一輪紅日將及沉西，真是一片景色如畫。

惡鬥時，江岸邊早擁上三五百人在柳陰底下看；（夾批：畫三五百人。）都道：「這黑大漢今番卻者道兒！使掙扎得性命！也吃了一肚皮水！」兩個正在江心裏面，清波碧浪中間；一個顯渾身黑肉，一個露遍體霜膚；（夾批：絕妙好辭。○青波碧浪。黑肉白膚，斐然成章，照筆耀紙。）兩個打做一團，絞做一塊。江岸上那三五百人沒一個不喝采。夾批說：「每見人看火發喝采，看杖責喝采，看廝打喝采，嗟乎！人之無良，一至於此！願後之讀至此者，其一念之也。」金批順便對看客發表極為不滿的批評。

李逵作為書中有名的好漢，他的豪俠本質，由戴宗向宋江介紹道：「這廝本事自有，只是心粗膽大不好。在江州牢裏，但醉了時，卻不奈何罪人，只要打一般強的牢子。（夾批：駁李逵，殆所以自駁也。）我也被他連累得苦。專一路見不平，好打強漢，以此江州滿城人都怕他。」（夾批：又在戴宗口中補寫生平。）

但李逵並不一味「好打強漢」，對弱者和其他批評他的人也要怒罵或動手惡打。李逵從賭場搶錢出來，正走之時，聽得背後一人趕上來，扳住肩臂，（夾批：奇文。）喝道：「你這廝如何如何卻搶擄別人財物？」李逵口裏應道：「干你鳥事！」（夾批：罵盡天下。○常想世人評論古今，真是「干你鳥事」。）回過臉來看時，卻是戴宗，背後立著宋江。（夾批：先罵後回，筆筆入妙。）聖歎故作調侃，對李逵也頗有偏愛之處。

宋江見李逵吃魚不過膩，要酒保拿牛肉來，酒保道：「小人這只賣羊肉，

卻沒牛肉。」李逵聽了,便把魚汁劈臉潑將去,淋那酒保一身。戴宗訓斥他,李逵應道:「囘耐這廝無禮,欺負我只吃牛肉不賣羊肉與我!」無理得有趣,也無理得天真,更無理得蠻橫。最後,李逵正待要「賣弄胸中許多豪傑事務」,卻被賣唱女唱起來一攪,三個且都聽唱,打斷了他的話頭。李逵怒從心起,跳起身來,把兩個指頭去那女娘額上一點。(夾批:饒他三個指頭,已算惜玉憐香矣。)那女娘大叫一聲,驀然倒地。如此欺負弱者,勝之不武。可見草莽英雄的粗野和蠻橫,寫出了此類人物的複雜性格,也寫出了此類人物的真實面目。

在這第三十七回,戴宗剛出現時,小說即介紹原來這戴院長有一等驚人的道術:但出路時,齎書飛報緊急軍情事,把兩個甲馬拴在兩隻腿上,作起「神行法」來,一日能行五百里;把四個甲馬拴在腿上,便一日能行八百里:因此,人都稱做神行太保戴宗。這樣神奇的本領,一般人都以為是誇張的神話,是浪漫主義筆法的體現。實際上小說並非向壁虛構,而是寫出了生活真實的另一面,以後我們再做分析。

第三十八回　潯陽樓宋江吟反詩　梁山泊戴宗傳假信

總批

第一段,分析此回的寫法:黃通判讀反詩一段,錯落扶疏之極,其餘則敘事明淨徑捷。

第二段,分析潯陽樓飲酒後,忽寫宋江腹瀉,是作者構思情節的慘淡經營之筆。

第三段,只是寫宋江問三個人住處,竟有三樣答法,可謂極盡筆墨之巧。至於飲酒吟詩,純用曹操這個大奸雄「月明星稀,烏鵲南飛」筆氣,讀之令人慷慨。

第四段,分析篇首女娘暈倒一段的作用。

回後

第一段,宋江為李逵賠錢,贈其爹娘 20 兩銀子,將息女兒。日後嫁個良人,免在這裡賣唱。

第二段,宋江貪吃魚鮮而肚疼、拉稀。將息了五七日,去城裏尋戴宗和張順未遇,信步出城,在「潯陽樓」獨自喝酒消遣。倚欄暢飲,不覺沉醉,醉後題了反詩。踉踉蹌蹌,取路回營裏來。沉睡一夜,忘了這一切。

第三段,江州對岸無為軍有個閒住通判黃文炳去府裏探問蔡九知府,撞

著府裏公宴，不敢進去。回到江邊，在潯陽樓看到宋江反詩，次日報告蔡九知府，立即捉拿宋江。

第四段，戴宗奉命捉拿宋江，他卻先來通知宋江。宋江裝瘋，戴宗回去報告。

第五段，黃文炳不信，蔡九知府下令將宋江拿來，嚴刑拷打，宋江只得招供，被關入死牢。

第六段，黃文炳建議蔡九知府寫信報告蔡太師，由蔡太師定奪處理。蔡九知府即令戴宗送信。

第七段，戴宗路過朱貴酒店，被蒙汗藥麻翻。朱貴搜出給蔡太師的信，救起戴宗，知他是吳用的好友，款待後送上梁山。

第八段，吳用定計，冒寫蔡太師假信，救助宋江。

第九段，戴宗趕到濟州城裏，將聖手書生蕭讓和玉臂匠金大堅騙上梁山，謄寫了假信，蓋上假圖書，戴宗即回江州交差。

第十段，戴宗走後，吳用發現自己計謀的破綻，再設計相救。

此回，描寫賣唱女子的爹娘聽得說是黑旋風。（夾批：一句便省無數。）先自驚得呆了半晌，那裏敢說一言。宋江問他們情況，那老婦人道：「不瞞官人說，老身夫妻兩口兒姓宋，原是京師人。只有這個女兒，小字玉蓮。她爹自教得他幾個曲兒，胡亂叫她來這琵琶亭上賣唱養口。為他性急，（夾批：反映李逵性急。）不看頭勢，不管官人說話；只顧便唱，今日這個哥哥失手傷了女兒些個，終不成經官動詞，連累官人？」宋江見他說得本分，就贈銀消災。這是第三個賣唱女子了，前面兩個是金翠蓮和閻婆惜。小說寫出她們和父母性格的不同。

宋江對賣唱人家是仁慈的。但他口口聲聲說不肯造反，卻在酒後吐真言，寫出反詩，金批一面批評他的野心，當宋江尋思道：「何不就書於此？倘若他日身榮，（夾批：公欲以何科目出身？寫宋江內蓄異心，筆墨如鏡。）再來經過，重睹一番，以記歲月，想今日之苦。」一面同情他，夾批說：「寒士真有此興，寫來欲哭。」但對他要想出人頭地，又無路上進，野心勃勃的心理，金批怒斥：「奇文突兀。○寫宋江平生狡獪，卻於醉後露真心，極嚴極冷之筆。」「宋江的反詩說：「自幼曾攻經史，長成亦有權謀。（夾批：表出權術，為宋江全傳提綱。）恰如猛虎臥荒邱，潛伏爪牙忍受。不幸刺文雙頰，那堪配在江州！他年若得報冤仇，血染潯陽江口！」夾批說：「寫宋江心事，令人不可解。既不知其冤他為

誰，又不知其何故乃在潯陽江上也。」這就批出了醉人心理紊亂的口吻。最後兩句說：「他時若遂凌雲志，敢笑黃巢不丈夫！」夾批說：「其言咄咄，使人欲驚。」他要造反，還要超過黃巢，野心真正不小。

當黃文炳報告宋江反詩，還不斷提出建議，而蔡九知府在處置的整個過程中，猶如黃文炳的傀儡，夾批一再說：「黃文炳能。」多次嘲笑：「公子官活畫。」黃文炳還巧妙地將成功拿獲反賊的功勞全歸蔡九知府，當他退廳，邀請黃文炳到後堂，再謝道：「若非通判高明遠見，下官險些兒被這廝瞞過了。」黃文炳又道：「相公在上，此事也不宜遲；只好急急修一封書，便差人星夜上京師，報與尊府恩相知道，顯得相公幹了這件國家大事。（夾批：只說『顯得相公』，便已顯得自家，小人機智，明捷如此。）就一發稟道：若要活的，便著一輛陷車解上京；如不要活的，恐防路途走失，就於本處斬首號令，以除大害。（夾批：為下作引。）便是今上得知，必喜。」（夾批：只說相公，便顯自己。）蔡九知府一切都只能言聽計從，他道：「通判所言有理；（夾批：公子官活畫。）下官即日也要使人回家，書上就薦通判之功，使家尊面奏天子，早早升授富貴城池，去享榮華。」（夾批：通篇歸結。）黃文炳稱謝道：「小生終身皆依託門下」，夾批說：「是文中旁語，卻是文炳正題。」揭示黃文炳為了做官發財，依附高官後裔，主動效勞的最後目的。這兩個人物的心理和性格、言語和行動，在舊體制的官場中，很有典型意義，讓我們看到了歷史真實的畫面。

此回具體描寫戴宗奉命去東京，他出到城外，身邊取出四個甲馬，去兩隻腿上，每隻各拴兩個，口裏念起「神行法」咒語來，頃刻離了江州。次日早起來，又拴上四個甲馬，挑起信籠，放開腳步便行。端的是耳邊風雨之聲，腳不點地。次日，約行過了三二百里，已是巳牌時分（上午 9～11 時），路過朱貴酒店。從江州到梁山，即從今日江西九江到山東，只有走了兩天半還不到。以後戴宗還要多次表演這樣的神技，這樣的人物是真實的嗎？這樣的神技在實際生活中有可能發生嗎？

拙著《神秘與浪漫——文學名著中的氣功與特異功能》上編「古典名著新解」第四章《〈水滸傳〉：特異功能的創新之作》第一節《戴宗神行的真實性》引用了一些歷史資料：

現當代的學者和讀者一般都認為《水滸傳》中對戴宗「神行」的描寫不是生活真實，而僅是用浪漫主義筆法所表現的藝術真實，在生活實際中是不可能有的。實際上，像戴宗這樣的神行本事，是一種特異功能，歷史上確有這類真

人真事,而非全出於藝術虛構。明代即有兩本名著記述此類神行的人物。

其一為褚人獲《堅瓠集》所載:

> 成化中,臨清張成,以善走得名,日行五百里。上官命入京師,
> 往返僅七日,善馬弗能逮。足有七毫,每走勢發,足不能住,抱樹
> 乃止。

成化年間為公元 1465 至 1487 年。臨清即今山東臨清縣,距北京近一千二百里,來回共二千四百里。張成日行五百里,恰與戴宗神行的日速相同,故需五日時間走完來回之路程,另用兩天辦公事,則往返僅需七日,良馬也趕不上他。

明末清初的文壇領袖錢謙益是一位大詩人,他在明亡以前的詩文,編為《初學集》。其中有一首七言歌行長詩描寫明末的一位神行奇人「玉川子」顧大愚與馬競賽的事蹟。顧大愚,號玉川子,他從蘇北的淮陰出發,可一日內到達蘇南的蘇州。這首詩的題目奇長,詳細介紹了玉川子其人其事:

> 《玉川子歌·題玉川子畫像》。玉川子,江陰顧大愚,道民也。
> 深目戟髯,其狀如羽人劍客。遇道人授神行法,一日夜行八百里。
> 居楊舍市,去江陰六十里。人試之,與奔馬並馳,玉川先至約十里
> 許。任俠,喜施捨,好奇服。所至,兒童聚觀。亦異人也。

玉川子顧大愚是江陰人,錢謙益的故鄉在常熟縣,現稱常熟市。兩地互相毗鄰,錢謙益親見此人,親聞其事,故而其詩的描寫十分生動具體:

> 玉川子,何弔詭!朝遊淮陰城,暮宿吳門市。萬回不足號千回,
> 趙北燕南在腳底。剛風怒生兩腋邊,騫驢折著巾箱裏。閣衣袖,高
> 展齒。長鬚奴,赤腳婢。……市兒拍手群追隨,君亦蚩蚩頗自哆。
> 今年六十五,素絲披兩耳。髮短心尚長,足縮踵猶跛。……

淮陰至蘇州約有千里,一日來回,故稱「千回」。這是詩中的誇張語,實際如題目內所介紹,是一天內由淮陰到蘇州,與奔馬同行比賽,他比馬先到約十里的時間。由於他「好奇服」,即穿闊衣袖的衣服,木底有長齒的鞋子,形貌奇特怪誕,眼眶深凹,鬍鬚堅硬地挺豎著,白髮披在兩耳之上,因此每當他出現時,「兒童聚觀」,「市兒拍手群追隨」,是很自然的事。

至於史書包括正史中的有關此類的記述也很多。《二十四史》中,如《後漢書·方術傳》載費長房「一日之間,人見其在千里之外」。《三國志》說虞翻能一日步行三百里。《晉書》稱單道開一日可行七百里。《隋書》介紹麥鐵杖日

行五百里。《明史‧程濟傳》說程濟「有道術」，未講明他有何種道術，但明代張芹《備遺錄》記載程濟任四川教諭時，常能一日之間從四川到當時的京城南京一個來回。

可見《水滸傳》中關於戴宗的神行描寫有事實為根據，而並非全是浪漫主義的藝術虛構。戴宗帶李逵一起神行，史書中也有類似的記載。《晉書》記敘單道開在「石季龍時，從西平來，一日行七百里，其一沙彌年十四，行亦及之」。《蓮社高僧傳》描寫這個弟子隨單道開腳後閉眼登程，只覺耳邊風聲沙沙，待睜眼一看，已從西平來到秦州。

而帶人神行疾馳，當代也有特異功能者能做到。史良昭《神功奇形》（上海古籍出版社，1994年，第103頁）介紹，有人曾同當代四川一位著名的氣功大師行夜路，數十里途程僅走了十五分鐘，但覺腳履平坦的柏油大道，屢見車燈迎面閃過而不見汽車本身。史良昭認為：「這個例子，很可以幫助我們體味行人進入『超三維空間』境界的感覺。」（百花洲文藝出版社1999年第一版，第68～70頁）

第三十九回　梁山泊好漢劫法場　白龍廟英雄小聚義

總批

第一段，一般來說，寫急事不得多用筆，因為多用筆，則急事就要慢下來了。只有此書打破常規，寫急事不肯少用筆，因為少用筆，則其急就要被消解掉了。接著分析此回的三段關鍵情節的描寫，寫得讀一句嚇一句，讀一字嚇一字，直至兩三頁後，只是一個驚嚇。

第二段，此篇妙處，在來日便要處決，迅雷不及掩耳，竟能寫吳用預先算出漏誤，連忙授計眾人下山，正好趕上相救。

第三段，寫戴宗事發後，李逵、張順二人毫無音訊，真令讀者一路不勝悶悶。後來及時出現，令人不覺毛骨都抖，真是做夢也夢不到的奇文。

回後

第一段，吳用忽然發現漏洞，立即另用一計補救。

第二段，戴宗扣著日期回去覆命，又被黃文炳看出破綻，立即審問戴宗，並決定五日後，將宋江、戴宗問斬。

第三段，至第六日，宋江和戴宗被押赴刑場，只等午時三刻開刀。刑場周圍觀者如雲。

第四段，午時三刻到，正好開斬，卻見十字路口茶坊樓上一個虎形黑大

漢，脫得赤條條的，兩隻手握兩把板斧，大吼一聲，卻似半天起個霹靂，從半空中跳將下來，是李逵前來相救。埋伏在場的梁山眾人，救出宋江、戴宗，眾人跟著李逵一起奔到城外，被大江攔住。

第五段，李逵引大家來到江邊的白龍神廟歇息。宋江、李逵與晁蓋等梁山眾人相見。

第六段，阮氏三兄弟去江中奪船，張順引十數個壯漢乘船前來相救。於是他們與梁山十七個好漢，和宋江、戴宗、李逵，三方共二十九人，在白龍廟英雄小聚義。

本回描寫法場侯斬的場面，是千古奇觀。作者仔細描寫法場的布置，犯人的裝束和行刑前的程序，宋江和戴宗的神態和動作。更寫江州府看的人真乃壓肩疊背，何止一二千人。夾批說：「五百餘士兵，六七十獄卒，又加二千看的人，寫得鬧動之極，為後作地」。還有梁山冒充看客的部眾與壓場士兵的故意爭執，和四下裏吵鬧不住的氛圍。

正要動刀：卻見十字路口茶坊樓上一個虎形黑大漢，脫得赤條條的，兩隻手握兩把板斧，大吼一聲，卻似半天起個霹靂，從半空中跳將下來，（夾批：五十一字成一句，不得讀斷。○自拿翻戴宗後，便不復更見大哥，何意此時從天而降，讀之令人身毛都豎。○要想他更無商量處，直是一副血性自做出來，可笑可愛。）手起斧落，早砍翻了兩個行刑的劊子，（夾批：要著。○每言大哥粗鹵，大哥輒不肯服，只如此處兩斧，大哥真是不粗鹵也。）便望監斬官馬前砍將來。（夾批：更要著，妙絕。）眾士兵急待把槍去搠時，那裏攔得住。眾人且簇擁蔡九知府逃命去了。

這個劫法場的場面更是千古奇觀，千古壯觀！

李逵露了這一手後，大家只見那人叢裏那個黑大漢，輪兩把板斧，一味地砍將來。晁蓋等卻不認得，（夾批：寫黑大漢忽然欲明，忽然欲滅，筆勢奇絕。○此處忽滅。）只見他第一個出力，殺人最多。（夾批：敘功疏中奇話。）晁蓋便叫道：「前面那好漢莫不是黑旋風？」那漢那裏肯應，火雜雜地掄著大斧只顧砍人。（夾批：此處又忽滅，妙絕。）晁蓋便叫背宋江、戴宗的兩個小嘍囉，只顧跟著那黑大漢走。（夾批：晁蓋極是。○只因極是，變出極不是來，奇想奇筆，出人意料。）當下去十字街口，不問軍官百姓，殺得橫遍地，血流成渠。推倒顛翻的，不計其數。

到了白龍廟，大家正相聚間，只見李逵提著雙斧，從廊下走出來。（夾批：奇。）宋江便叫位道：「兄弟，那裏去？」李逵應道：「尋那廟祝，一發殺了！叵耐那廝見神見鬼，白日把鳥廟門關上！我指望拿來祭門，卻尋那廝不見！」（夾

批：餘波，一笑。）

李逵作戰勇敢，但又濫殺無辜，草莽英雄的優點和缺點集於一身。至於他大殺看客的是非功過，本書前言已作分析，這裡不再重複。需要補充的是，上回李逵在水中大敗，看客雲集，大聲喝彩，李逵對看客的不滿已經填滿胸膛。今日看客礙事，李逵怒殺、暢殺一番，才略出了一口惡氣。當代的看客們一定要記住歷史上的血的教訓，千萬不要做無聊的看客。

第四十回　宋江智取無為軍　張順活捉黃文炳

總批

第一段，前回和此回寫吳用兩次用計的不同，這是文章家的「省則加倍省，增即加倍增之法」。

第二段，此回正文猶如下圍棋，前已大勢打就，入後只用一子兩子處處劫殺，便令全局隨手變動，真正是文章妙手。

第三段，寫宋江口口恪遵父訓，寧死不肯落草，卻前後將十六個人，拉而歸之山泊，便顯出中間奸詐。

第四段，一路寫宋江權詐處，必緊接李逵粗言直叫，此又是畫家所謂「反襯法」。

第五段，寫宋江上梁山後，毅然更張舊法，別出自己新裁，暗壓眾人，明欺晁蓋，甚是咄咄逼人。

回後

第一段，江州城裏軍兵追趕到來，眾好漢吶聲喊，齊出廟來迎敵。眾多好漢們一齊衝突將去，殺得那官軍屍橫野爛，血染江紅，直殺到江州城下。城上策應官軍早把擂木炮石打將下來。官軍慌忙入城，關上城門，好幾日不敢出來。

第二段，三隻大船載了許多人馬頭領，卻投穆太公莊上來。宋江要眾好漢，去打了無為軍，殺得黃文炳那廝，報了血海深仇。薛永去城裏偵察了兩日，帶侯健回來。他正在這無為軍城裏黃文炳家做生活。

第三段，宋江設計，讓侯健潛入黃文炳兄長之家，用計攻入黃文炳之家，殺了他全家，燒了他的宅邸，劫走他的全部家私金銀。

第四段，黃文炳正在江州知府府中議事，聞報家中出事，趕回途中，在江上被活捉，押倒穆家莊被割肉而死。

第五段，宋江帶著新入夥的好漢，隨晁蓋等一起上梁山造反。大隊人馬以此出發，分五起而行。

第六段，途徑黃門山與占山為王的摩雲金翅歐鵬、神算子蔣敬、鐵笛仙馬麟、九尾龜陶宗旺四位好漢相遇，四位好漢棄了此處同往梁山泊大寨相聚。

第七段，在梁山，眾好漢一共是四十位頭領聚義。

此回開首，先將上回的情節告一段落：「話說江州城外白龍廟中梁山泊好漢劫了法場，救得宋江、戴宗」，夾批總結其寫作的高明手法說：「常論一篇大文，全要尾上結束得好，固也。獨今此文，忽然反在頭上結束一遍，看他將『白龍廟中』四字，兜頭提出，下卻分出梁山泊好漢某人某人等，潯陽江好漢某人某人等，城裏好漢某人一人，通共計有若干好漢，讀之正不知其為是結前文，為是起後文，但見其有切玉如泥之力，可見文無定格，隨時手可造也。」

小說接著歸納出手相救的共有三路人馬：第一路，梁山泊來的共計一十七人，（夾批：看他許多大將。）領帶著八九十個悍勇壯健小嘍囉。（夾批：看人許多手下人。○一結。）第二路，潯陽江上來接應的九籌好漢，（夾批：看他又是許多大將。）也帶四十餘人，（夾批：看他亦有許多手下人。）都是江面上做私商的火家，撐駕三隻大船，前來接應。第三路是黑旋風李逵。夾批特地指出：「看他單是一個人。○上文結敘山泊、江上兩枝人馬，可稱雄師。此單是李逵一個，亦不可不稱雄師。筆墨之妙，史遷未及。」引眾人（夾批：山泊、江上、如許人馬；城裏李逵，只是一個。可云多寡不敵之至矣。卻忽然寫出「引眾人」三字，便令山泊一十七人，及江上九人，無不悉為李逵所統。是至少者反至多，為奇變之極也。）殺至潯陽江邊。兩路救應，通共有一百四五十人，都在白龍廟裏聚義。（夾批：如此結束，豈是恒人之筆。）金批突出了孤膽英雄李逵，只有一個人，也可稱「雄師」，而且統領梁山眾人撤退。揭示原作精心描繪李逵的出色效果。

金批強調黃文炳為腐敗官府效勞，就決沒有好下場，所以梁山群雄把黃文炳一門內外大小四五十口盡皆殺了，不留一人。夾批說：「獻勤人看樣。」又對酷害良民而瘋狂斂財的噁心極為痛恨，所以眾好漢把他從前酷害良民積攢下許多家私金銀劫走時，夾批說：「家私金銀上，加出『酷害良民積攢下』七字，與天下看樣。」贊成梁山好漢劫富濟貧的義舉。

此回寫李逵等人用尖刀細細地割黃文炳的肉，割一塊，炙一塊。無片時，割了黃文炳，李逵方才把刀割開胸膛，取出心肝，把來與眾好漢做醒酒湯。這樣殘酷的折磨人和吃人肉、內臟的故事，是實足的強盜行徑，似乎不像「農民

起義」軍應該的樣子。近年有的學者因此而否定《水滸傳》是描寫農民起義的小說。這些學者看來不熟悉有關史實。以著名的黃巢農民起義來說，小說中的宋江也拿他做榜樣，表示要超過他：「敢笑黃巢不丈夫。」他的部隊正是以吃人肉而著名的。我早就在拙著《流民皇帝——從劉邦到朱元璋》五《流民皇帝和歷史文化》第 2 節《或即或離——流民皇帝和知識分子》中介紹黃巢軍敗退、撤離長安，其軍入河南後——

> 圍陳郡（即陳州，今河南淮陽）三百日，關東仍歲無耕稼，人餓倚
> 牆壁間，賊俘人而食，日殺數千。賊有春磨砦，為巨碓數百，生納
> 人於臼碎之，合骨而食，其流毒若是。（《舊唐書·黃巢傳》）

《資治通鑒》也說：「賊掠人為糧，生投於碓磑，並骨食之，號給糧之處曰『春磨寨』。縱兵四掠，自河南、許、汝、唐、鄧、孟、鄭、汴、曹、濮、徐、兗等數十州，咸被其毒。」（卷二百五十五）

> 黃巢軍在長安和圍攻陳州時已墮落到與官軍一樣，軍糧沒有著
> 落時，以捕殺百姓為糧，這支吃人的軍隊，如再被稱為「義軍」，天
> 下已無公理了。（《流民皇帝》，上海畫報出版社，2004 年，第 132 頁）

稱黃巢造反為農民起義，是政治和歷史教材中的定義，有時會有偏頗；說他們不能算「義軍」，是史實的判定。同理，我們對《水滸傳》中的梁山起義軍，也可這樣看。如果黃巢造反是農民起義，那麼同樣吃人肉的梁山英雄也屬於農民起義。

金批在宋江上梁山後，非常注意他的一舉一動。當大家在梁山初次聚會，晁蓋正要排定座次時，宋江及時提出了自己的主張。宋江道：（夾批：看他毅然開口，目無晁蓋，咄咄逼人。）「休分功勞高下；（夾批：只一句，便將晁蓋從前號令一齊推倒，別出自己新裁，使山泊無舊無新，無不仰其鼻息，梟雄之才如此。○耐庵不過舐筆蘸墨耳，何其梟雄遂至如此，才子胸中，淘不可測也。）梁山泊一行舊頭領去左邊主住上坐，（夾批：欲形其少也，賊賊。）新到頭頭去右邊客位上坐。（夾批：欲形其少也，賊賊。）待日後出力多寡，那時另行定奪。」（夾批：盡入宋江手矣。○大才調人，做大事業，只是一著兩著，譬如高手奕棋，只在一著兩著也。但得之筆墨之間，更為奇事耳。）眾人齊道：「此言極當。」左邊一帶：林沖、劉唐、阮小二、阮小五、阮小七、杜遷、宋萬、朱貴、白勝；（夾批：只九人。）右邊一帶：論年甲次序，互相推讓。（夾批：增此八字，便顯得右邊濟濟。）花榮、秦明、黃信、戴宗、李逵、李俊、穆弘、張橫、張順、燕順、呂方、郭盛、蕭讓、王矮虎、薛永、金大堅、穆春、李立、

歐鵬、蔣敬、童威、童猛、馬麟、石勇、侯健、鄭天壽、陶宗旺，（夾批：共二十七人。○中間止蕭讓、金大堅非宋江相識，然要拖過花榮、秦明、黃信、燕順、呂方、郭盛、王矮虎、鄭天壽八人，列在右邊，定不得不並及之矣。宋江此時，真顧盼自豪矣哉。）一共是四十位頭領坐下。

宋江故意將眾頭領以新舊分開，拉黨結派。他自己是新上山的，他帶來的新上山的頭領在數量上占壓倒優勢，一下子就大佔了上風。

接著宋江故意說起江州蔡九知府捏造謠言一事，與眾頭領一起議論：合主宋江造反在山東。（夾批：妙絕之筆。○要知此一番，不是酒席上閒述樂情而已，須知宋江只把現成公案，向眾重宣一遍，便抵無數籌火狐鳴、魚矕書帛之事，無處不寫宋江權術過人。）李逵心最直，他跳將起來道：「好！哥哥正應著天上的言語！（夾批：每每寫宋江用詐處，便被李逵跳破。如上文自述童謠一遍，本是以符讖牢籠眾人，然卻口中不要說出，自得眾人心中暗動。偏忽然用李逵一句，直叫出來，兩兩相形，文情奇絕。○「天上言語」四字，從何而來，奇絕妙絕。）……放著我們許多軍馬，便造反，怕怎地！晁蓋哥哥便做大宋皇帝；宋江哥哥便做小宋皇帝；（夾批：見當時國號大宋，便誤認『宋皇帝』三字，再拆不開，　妙也。宋江姓宋，忽說是『宋皇帝』，晁蓋不姓宋，亦說是『宋皇帝』，二妙也。皇帝又有大小兩個，三妙也。○要知晁蓋大皇帝，全是宋江面上增出來者，妙絕。）……殺去東京，奪了鳥位，在那裏快活，卻不好！不強似這個鳥水泊裏！」（夾批：位是「鳥位」，水泊是「鳥水泊」，說得興盡。）作為宋江嫡系的李逵，講出了宋江的心裏話，為宋江奪得梁山的大權造足了氣勢。

金聖歎認為宋江在梁山上，處處用心，架空晁蓋，陰謀奪權，是一個權謀老到的陰謀家。即使晁蓋造反，也是宋江造成的：一則沒有宋江通風報信，晁蓋早已被捕殺頭，根本無法造反；二則，他放晁蓋逃走時，建議他「三十六計，走為上計」，就是啟發他們上山造反。這樣的觀點，是金聖歎首創的。

第四十一回　還道村受三卷天書　宋公明遇九天玄女

總批

第一段，以古學劍之家教弟子劍術，和遊山做比喻，讚揚此回行文險絕而能妙絕，令人耳目變換，胸襟蕩滌，愈極高深之變，更可見《水滸》為文章之冠。

第二段分析和讚揚前半篇兩趟來捉宋江的情節繁複而緊張。

第三段分析和讚揚神廚來捉一段，轉折精巧，有妙必臻，無奇不出。

第四段分析和讚揚神廚搜捉的三段文字，凡作三樣筆法，變化多端，人所不及。

第五段此書每寫宋江一片奸詐後，便緊接李逵一片真誠給以對比和反襯，最奇妙的，更在於寫宋江取爺後，便寫李逵取娘。以見粗鹵兇惡如李鐵牛其人，也不忘源本。可見孝德，連禽蟲也都能做到，宋江可以不必屢自矜許。而且顯示粗鹵兇惡如李鐵牛其人，乃其取娘陡然一念，實反過於宋江取爺百千萬倍。

第六段，李逵取娘文前，又先借公孫勝取娘作一引，是寫李逵天真爛漫，宋江權詐無用。

第七段，從宋江對自家取爺和他人取娘的不同態度，顯示他缺乏忠恕之道。

回後

第一段，宋江在筵上對眾好漢救護上山感激之餘，堅決要下山將老父接來同享清福。

第二段，宋江到宋家村晚了，且投客店歇了。次日天大亮後投莊上來敲後門。宋清告訴他，晝夜在周圍巡綽。是夜，宋江逃回梁山。月色朦朧，他只顧揀僻靜小路去處走。背後追兵發喊起來。

第三段宋江逃向還道村，被追兵把住了路口，只得奔入村裏來，進入一所古廟。急沒躲處；見這殿上一所神廚，望裏面探身便鑽入神廚裏。兩次搜捕都因火煙和怪風而嚇走，最後只敢守住了村口等他。

第四段，宋江在神廚裏，兩個青衣女童侍立在床邊，請宋江後面宮中。宋江來到一所大殿，四個青衣扶上錦墩坐。七寶九龍床上坐著那個娘娘，請宋江喝仙酒，吃仙棗。

第五段，宋江於三更時分，望著村口悄悄出來；只見數個士兵和趙能口裏高呼救命，原來是黑旋風李逵和眾好漢前來相救，砍殺趙能，殺散士兵。

第六段，追述晁頭領與吳軍師放心不下，安排他們前來救助。

第七段，一行人馬逕回梁山泊來。宋太公和宋清已被救上山來。

第八段，第三日，晁蓋又梯已備個筵席，慶賀宋江父子完聚。忽然感動公孫勝一個念頭，他思憶老母在薊州，要回鄉省視，次日早，公孫勝別了眾人，望薊州去了。

第九段，公孫勝走後，只見黑旋風李逵就關下放聲大哭起來。他也要回去接娘，宋江要他答應三件事，便放你去。

此回善於構寫緊張奇險的情節，總批和夾批呼應著，做了具體的分析和評論。

此回描寫宋江在神櫥內受到仙女接見、幫助的奇妙情節。關於仙女的描寫，小說僅說：正中七寶九龍床上坐著那個娘娘，身穿金縷絳綃之衣，手秉白玉圭璋之器，天然妙目，正大仙容，夾批感歎：「常歎神女、感甄等賦，筆墨淫穢，殊愧大雅。似此絕妙好辭，令人敬愛交至。○『天然』句，妙在『妙目』字。『仙容』句，妙在『正大』字。豈惟稗史未有，亦是諸書所無。」娘娘法旨道：「宋星主，傳汝三卷天書，汝可替天行道：星主全忠仗義，為臣輔國安民；去邪歸正；勿忘勿泄。」夾批：「只因此等語，遂為後人續貂之地。殊不知此等，悉是宋江權術，不是一部提綱也。」宋江再拜謹受。娘娘法旨道：「玉帝因為星主魔心未斷，道行未完，暫罰下方，不久重登紫府，切不可分毫懈怠。若是他日罪下酆都，吾亦不能救汝。此三卷之書可以善觀熟視。只可與天機星同觀，其他皆不可見。（夾批：寫宋江用權詐，獨不敢瞞吳用，其筆如鏡。）功成之後，便可焚之，勿留於世。（夾批：從來相傳異書，悉以此語為出身之路，思之每欲失笑。）所囑之言，汝當記取。目今天凡相隔，難以久留，汝當速回。」便令童子急送星主回去，宋江大叫一聲，卻撞在神廚內，覺來乃是「南柯一夢。」夾批：「入夢時不說是夢，至出後始說，此法諸書遍用，而不知出於此。」讚揚此回描寫娘娘仙容的高明手段，揭示歷來梟雄總是利用神道欺騙惑眾，還編造所謂神仙贈予異書，以及異書的去路，為自己竊取權柄造輿論。又指出，只有吳用最為狡詐，宋江無法騙他，只好與他共同維護這個騙局。更指出寫夢的這種「入夢時不說是夢，至出後始說」的方法，是《水滸傳》首創。可見《紅樓夢》寫夢也用這種方法，是學習和繼承《水滸傳》的結果。

夾批又讚揚此回寫宋江夢幻的高明手段：宋江離開神櫥時，揭起帳幔看時，九龍椅上坐著一位妙面娘娘，正和方才一般。夾批說：「妙筆入化，令人不能尋其筆跡。○入夢時，青衣女童是真是假，出夢時，妙面娘娘是假是真。只古廟中三個泥神，分作頭尾兩波，寫得活靈生現，令俗子何處著筆也。」宋江出村時，夾批說：「士兵叫神聖救命，趙能又叫神聖救命，令讀者疑是玄女顯化，定有鬼兵在後也。此皆作者特特為此鬼怪之筆，俗本乃作我們都是死也， 何可笑。」「看他句句作鬼神恍惚之筆。○是泥塑侍女，又是夢中娘娘，又是泥塑娘娘，上文無數鬼神恍惚之事，忽然就黑旋風上，反襯一筆，真乃出神入化之文也。」小說善於利用幻境連綴實景，一時之間真幻難分，的確達到

出神入化的藝術高度。

底層的造反領袖，為了借助神道的力量，建立自己的威信，以此號令廣大部眾，而造假，最早是陳勝、吳廣兩人合謀作弊而「首創」的。《史記·陳涉世家》記載：

> （他倆暗中）乃丹書帛曰：「陳勝王」，置人所罾魚腹中。卒買魚烹食，得魚腹中書，固以怪之矣。又間令吳廣之次所旁叢祠中，夜篝火，狐鳴呼曰：「大楚興，陳勝王。」卒皆夜驚恐。旦日，卒中往往語，皆指目陳勝。

司馬遷記載他們用朱砂在一塊白綢子上寫了「陳勝王」三個字，塞進別人用網捕來的魚肚子裏。戍卒買魚回來煮著吃，發現了魚肚中的帛書，對這事自然覺得很奇怪了。陳勝又暗中派吳廣到駐地附近一草木叢生的古廟裏，在夜裏點燃起篝火，模仿狐狸的聲音叫喊道：「大楚興，陳勝王。」戍卒們在深更半夜聽到這種鳴叫聲，都驚恐起來。第二天早晨，戍卒中到處議論紛紛，都指指點點地看著陳勝。有了這個基礎，陳勝就發動反秦起義，而戍卒們認為這是「天意」，就大膽跟隨陳勝造反了。聖歎夾批中也提到這個「魚腹篝火」的典故。後世不少梟雄都用這個模式，騙得大家的信任而造反舉事，儘管在具體做法上，「戲法人人會變，巧妙各有不同」。宋江的騙局就比陳勝高明得多，也有趣得多，這是《水滸傳》的一個重大藝術創造，深得金聖歎的肯定和讚賞。

第四十二回　假李逵剪徑劫單身　黑旋風沂嶺殺四虎

總批

第一段，論述忠恕的理論和孝道、智愚、善惡和喜怒哀樂等問題。並從心正、身修則家齊、國治、天下平等高度，論述優秀通俗小說也能表現這些崇高的理念。

第二段，分析宋江不許李逵取娘，便斷其必不孝順太公，看李逵一心念母，便斷其不殺養娘之人，這是忠恕原則的體現。

第三段，此書處處以宋江、李逵相形對寫，意在顯暴宋江之惡，接著用十二幅聯語，來形容和描繪。這些妙語，都是金聖歎的出色藝術創造，他自感語語令人絕倒。這些對聯，妙語解頤，對比精新，聖歎的批語可與原著媲美，達到極高的藝術成就。

第四段，對比武松打虎和李逵殺虎，兩篇句句出奇，各自興奇作怪，出妙入神；筆墨之能，在這裡到了極點。

回後

第一段，宋江要李逵做到：第一件，不可吃酒；第二件，你只自悄悄地取了娘便來；第三件，那兩把板斧，休要帶去。當下李逵拽扎得爽利，只跨一口腰刀，提條樸刀，帶了一錠大銀，三五個小銀子，便下山來，過金沙灘去了。

第二段，宋江放心不下，派李逵的同鄉朱貴暗中跟隨照應。

第三段，李逵來到沂水縣界，正在看捉拿他的公告，朱貴將他拖到兄弟朱富的酒店。李逵當夜吃酒到四更時分，趁五更曉星殘月，便投村裏去。

第四段，李逵抄小路、近路趕路，路遇李鬼冒黑旋風大名剪徑。李逵大怒，正要殺他，他說有九十老娘要養，李逵當即放走他。

第五段，李逵來到兩間草屋，正要婦人燒飯給他吃，她的丈夫李鬼回來。兩人商議要害李逵，李逵聽到後殺了李鬼，李鬼的婆娘逃走。李逵吃了飯繼續行路。

第六段，李逵回家，哥哥李達也回家，忙去叫人抓捕李逵。李逵背著娘急走。李達帶來十餘莊客，見李逵和老娘都已不見，大家就散了。

第七段，李逵背著老娘趕路，老娘口渴難忍，李逵去找水，回來發現老娘被虎吃掉，大怒，連殺四虎，為娘報仇。獵戶發現他後，將他帶到曹太公莊上。

第八段，周圍山民聞訊都來看虎，李鬼老婆認出李逵，報告里正。李逵被抓。

第九段，知縣喚都頭李雲去押送李逵，回程中，朱貴與朱富定計，將李雲和部眾用酒肉灌醉、麻翻。李逵掙開縛綁的繩索，殺死里正和曹太公等，看的人和眾莊客紛紛逃命去了。

此回開首，說宋江與晁蓋在寨中每日筵席，飲酒快樂，與吳學究看習天書，夾批說：「宋江與吳用看天書，誰則知這？然則宋江自言與吳用看天書耳，可發一笑也。」又說「世間此類至多，胡可勝笑。」意思是歷史上此類騙人的事情還不少。

此回最精彩的是李鬼剪徑和李逵殺虎。前者，夾批用幽默筆調評批這個幽默有趣的故事。後者則將李逵殺虎與武松打虎做比較，特出兩人性格的不同。

金聖歎評論武松打虎之後，《水滸》又描寫了李逵殺虎，說：「景陽岡打虎一篇，奇絕了，後面卻又有沂水縣殺虎一篇，一發奇絕：真正其才如海。」「劫

法場、偷漢、打虎，都是極難題目，直是沒有下筆處。他偏不怕，定要寫出兩篇。」從《水滸》將極難的題目不但寫得精彩絕倫，而且還能連寫兩篇，各呈千秋的角度，揭示了《水滸》極高的藝術成就。

《水滸》中李逵殺虎和武松打虎一樣，都是激動人心的壯烈文字。李逵在老娘被虎吃掉後，怒不可遏，深入虎穴，奮勇殺虎，除惡務盡。（當今虎種面臨滅亡，要盡力保護。古今的自然環境完全不同，理當別論。）金聖歎又將李逵和武松鬥虎的不同行為風格做有趣比較：

> 前有武松打虎，此又有李逵殺虎，看他一樣題目，寫出兩樣文字，曾無一筆相近，豈非異才！○寫武松打虎，純是精細；寫李逵殺虎，純是大膽。如虎未歸洞，鑽入洞內；虎在洞外，趕出洞來，都是武松不肯做之事。

> 鑽入洞，是何等大膽；趕出洞，又是何等大膽。直是更無一毫算計，純乎不是武松也。

> 武松有許多方法，李逵只是蠻戳，絕倒。

> 武松文中，一撲、一掀、一剪都躲過，是寫大智量人，讓一步法。今寫李逵不然，虎更耐不得，李逵也更耐不得，劈面相遭，大家使出全力死搏，更無一毫算計，純乎不是武松，妙絕。

李逵殺死子母四虎之後，又到虎窩邊，復看一遍，只恐還有大蟲，他非要斬草除根，殺盡斬絕不可，聖歎感歎說：「是何等大膽，武松不肯。」聖歎就這樣通過兩位打虎英雄的奇妙而精確的比較，分析李逵與武松不同的性格特徵和行為風格，並巧妙地突現了這位連假名也叫「張大膽」的孤膽英雄的神威。

眾生平等，虎的生命也值得尊重。武松和李逵殘忍地打虎殺虎，是人類史上特定歷史條件限定的階段性的行為。當時難以抓住活虎，無法建立動物園，讓人們隔著籠子欣賞虎的英姿、嫵媚和活虎虎皮的光亮美麗。當然武松、李逵遇到的這些虎吃了人，他們殺虎帶有復仇和除害的性質。但是，武松和李逵的打虎、殺虎行為都是高於真實生活的浪漫主義的描寫，因為武松和李逵都是貧困家庭子弟，在幼少年時代一定缺少肉類食物，連糧食也難以吃飽，所以他們不可能練出一身威風雄壯的肌肉，和百萬里挑一的無窮氣力；也不可能出得起學費，而且在他們的身處底層的社會生活環境中也不可能遇到武林高手做自己的教練，從而經過規範、嚴格和持久的訓練，調教出超人的武藝。所以武松

和李逵這兩個藝術形象和打虎殺虎的描寫都是《水滸傳》將現實主義和浪漫主義手法高明地糅合的產物。

金聖歎在描寫李逵發現娘被虎吃時，改動了原作，他極度肯定李逵當時驚怒、痛苦的心理，到了他難得的極度慌張的程度：他見娘杳無蹤跡。叫了一聲不應，李逵心慌，夾批說：「四字奇文，李逵一生，只此一次。○於此不用其慌，惡乎用其慌？○宋江之慌為己，李逵之慌為娘，慌亦有不同也。」後來只見草地上團團血跡。李逵見了，一身肉發抖；夾批：「看宋江許多「抖」字，看李逵許多「抖」字，妙絕。○俗本失。」他在這裡改動了原作，改得好。

第四十三回　錦豹子小徑逢戴宗　病關索長街遇石秀

總批

第一段，分析本書在情節的一切線頭都結束的時候，能夠別開機扣，便轉出楊雄、石秀一篇錦繡文章，乃至直帶出三行打祝家無數奇觀。此一回，正是情節的過接長養之際，要耐心閱讀，領略其好處。

第二段，此回一路無數小文字，都有曲折之妙，遠勝他書。

第三段，收尾的藝術，此篇獨居第一。

回後

第一段，李雲怒極，李逵與他相鬥，朱富道師父回去不得，勸李雲一起上梁山聚義。

第二段，朱富、李雲一起上山後，吳用安排再設三處酒館，專一探聽吉凶事情，往來義士上山。又一一安排山寨諸事。

第三段，宋江與晁蓋，吳學究等商議，派戴宗去尋找公孫勝。戴宗路遇錦豹子楊林，兩人結拜弟兄後，戴宗帶他同行。

第四段，兩人在飲馬川路遇攔路剪徑的火眼狻猊鄧飛和玉幡竿孟康，楊林認識鄧飛，四人上山，又與鐵面孔目裴宣相見。三位好漢願上梁山，他們收拾行裝，整理動身，戴宗與楊林繼續趕路。

第五段，戴宗和楊來到薊州城外，打聽三日，無人知曉公孫勝。

第六段，戴宗和楊林正行到一個大街，見到兩院押獄兼充市曹行刑劊子的病關索楊雄，被薊州守禦池的軍漢踢殺羊張保帶著幾個破落戶漢子挑釁、揪住，一個挑柴的大漢打散這夥歹徒。楊雄追趕搶他包袱的張保，戴宗、楊林邀請挑柴的壯士石秀同去喝酒。

第七段，三人飲酒交談，戴宗詢問石秀來歷，正在動員他入夥梁山，楊雄帶了二十餘人來尋找石秀。戴宗、楊林趕忙離開。楊雄詢問石秀來歷後，兩人結義為兄弟。

第八段，楊雄和石秀喝酒，楊雄丈人潘公聽說女婿和人廝打，帶人尋來。三人一起喝酒，潘公原是屠夫，年邁歇業，問知石秀也是屠夫之子，將他帶回家中。

第九段，潘公與石秀合開屠宰作坊。一天，石秀發現鋪店不開，就交還帳目準備離開。

此回開首，李逵回到梁山，向大家彙報回家情況，又訴說殺虎一事，為取娘至沂嶺，被虎吃了，說罷，流下淚來。（夾批：寫出至人至性。）宋江大笑道：（夾批：大書宋江「大笑」者，可知眾人不笑也。夫娘何人也？虎吃何事也？娘被虎吃，其子流淚，何情也？聞斯言也，不必賢者而後哀之，行道之人莫不哀之矣。江獨何心，不惟不能哀之，且復笑之；不惟笑之而已，且大笑之耶？天下之人莫非子也，天下莫非人子，則莫不各有其娘也。江而獨非人子則已，江而猶為人子，則豈有聞人之娘已被虎吃，而為人之子乃復大笑？江誰欺，欺太公乎？作者特於前幅大書宋江不許取娘，於後幅大書宋江聞虎吃娘大笑，所以深明談忠談孝之人，其胸中全無心肝，為稗史之儔杌也。）「被你殺了四個猛虎，今日山寨裏添得兩個活虎，（夾批：不悲別人無娘，但誇自家添虎。）正直作慶。」（夾批：不弔孝子，但慶強盜，皆深惡宋江筆法。）金批的確抓住了宋江不同情李逵痛失親娘，而一心只為自己增添了部下而高興，這樣的心態，狠毒無良。

當戴宗動員石秀造反時，他說：「流落在此賣柴，怎能夠發跡？不若挺身江湖上去做個下半世快樂也好。」夾批說：「『挺身』二字妙絕。做事業要挺身出去，了生死亦要挺身，挺身真是出世間之要訣也。」認為要敢於「挺身而出」是上進的要訣。後來《水滸傳》電視連續劇說成是：「該出手時就出手」，水平就差多了，但為了通俗化，也只能如此。

戴宗勸說石秀的理由是：「這般時節不得真！一者朝廷不明，二乃姦臣閉塞。」夾批說：「朝廷用『閉塞』字，妙，言非朝廷不愛人材，只是姦臣閉塞之也。姦臣用『不明』字，更妙，言姦臣閉塞朝廷，亦非有大過惡，只由不明故也。『不明』二字，何等輕細，卻斷得姦臣盡情，斷得姦臣心服，真是絕妙之筆。俗本乃誤作『朝廷不明，姦臣閉塞』，復成何語耶？只二字轉換，其優劣相去如此。古本俗本之相去，胡可盡說，亦在天下善讀書人，取兩本細細對讀，便知其異耳。」金批贊成原作只反貪官，不反皇帝的觀念，並改動原作，

將意思表達得恰切而適當。戴宗又說：「如今論秤分金錢，換套穿衣服，等朝廷招安了，早晚都做個官人。」夾批：「只是好看語，蓋有權術的，開口便防人一著，如宋江之於武松，皆此類也。學究不知世事，便因此語續出半部，真要笑殺。」認為他們不會真想招安，只是騙人的幌子，故而後五十回寫招安的《水滸》後半部，要令人笑殺。

此回的情節轉折，自然而巧妙，當石秀正欲訴說些心腹之話，投託入夥，（夾批：移雲接月之筆。○人但知接下之疾，豈復料此文乃直兜至翠屏山後耶？）只聽得外面有人尋問入來。三個看時，卻是楊雄帶領著二十餘人，都是做公的，趕入酒店裏來。戴宗、楊林見人多，吃了一驚，乘鬧哄裏，兩個慌忙走了。夾批說：「卸去戴、楊，交入楊、石，移雲接月，出筆最巧。○子弟少時讀書，最要知古人出筆，有無數方法：有正筆，有反筆，有過筆，有杳筆，有轉筆，有偷筆。上五法易解。所謂偷筆，則如此文是也。蓋一路都是戴宗作正文，至此忽趁勢偷去戴宗，竟入楊雄、石秀正傳，所謂移雲接月，用力不多而得便至大。知此，則作《史記》非難事也。」分析此回用「移雲接月」手法，巧妙轉換情節的高明手段。

接著，在石秀開店後，正做得順利，石秀裏裏外外身上都換了新衣穿著。夾批指出：「先下一句『新衣穿著』，然後下文翻出波瀾來，疑其腕中有鬼也。」石秀一日早起五更，出外縣買豬，三日了，方回家來，只見店不開；到家裏看時，肉店砧頭也都收過了。刀仗傢伙亦藏過了。（夾批：絕世奇文，令人再猜不著。）石秀是個精細的人，看在肚裏，便省得了，（夾批：石秀錯用心也，卻偏說他精細，便令讀者走入八陣圖中，更尋不出。）自心忖道：「常言『人無千日好，花無百日紅。』」（夾批：好。）哥哥自出外去當官，不管家事，必是嫂嫂見我做了這衣裳，一定背我有話說。又見我兩日不回，必然有人搬口弄舌。想是疑心，不做買賣。我休等他言語出來，我自先辭了回鄉去休。自古道：『那得長遠心的人？』」夾批再說：「此回本石秀錯用心也，乃轉入後文，卻又真應此言，則又文章家之隨手風雲，腕中神鬼也。」「收過店面，石秀吃一驚；交清帳目，潘公吃一驚。收過店面，石秀再猜不出；交清帳目，潘公再猜不出。全是鬼神搬運之文。」具體分析此回石秀面臨的前景，翻來覆去都叫人猜不出，更妙在書內人物和書外讀者，都步步猜不出，而其發展則曲折、精妙，奇中出奇，令人信服，真有鬼斧神工之妙。像此等處，《水滸傳》都超過了《紅樓夢》，取得了無與倫比的藝術成就。

第四十四回　楊雄醉罵潘巧雲　石秀智殺裴如海

總批

第一段，批評佛教徒中的敗類，破壞佛門清規，利用民眾對佛教的信仰、尊重和信任，得到可以隨意出人民眾門戶，和異性自由交往的便利，僧尼無分，笑語不擇，以至於搞淫亂活動。

第二段，與西門慶一篇比較，此回裴如海一篇又能別出心裁，另有一種淋漓盡致的描寫和表現手段。

第三段，王婆和石秀的十分砑光、瞧科，以整見奇，以散入妙，都是絕世文字。

回後

第一段，潘公向石秀解釋女兒為亡夫王押司請下報恩寺僧人來做功德，所以店鋪暫時歇業。次日，道人前來鋪設壇場，楊雄今夜當牢，分付石秀自在門前照管。

第二段，一個年紀小的和尚海闍黎裴如海前來，巧雲向石秀介紹他的來歷，石秀已經看出他們的關係尷尬。

第三段，做道場時，兩人的言行曖昧，石秀都看在眼裏。

第四段，次日，潘公通知楊雄，明日父女倆去報恩寺中，巧云為母親還血盆經懺舊願，並請石秀照管店鋪。

第五段，潘公和巧雲還願後，裴如海以拜茶為名，把這巧雲引到僧房裏深處，潘公醉了，攙在一個冷淨房裏去睡了。這和尚把那婦人引到臥房，支開丫環迎兒，兩人成其好事。接著又約定今後私通的計劃和暗號等。

第六段，裴如海和巧雲分別買通胡道和迎兒，一個報訊，一個掩護。

第七段，裴如海初次上門偷情，他和潘巧雲將近一月有餘的私情生活。

第八段，石秀思考巧雲的表現，識破頭陀的行徑，並張見裴如海戴頂頭巾，從家裏出去。逐到州衙前來尋楊雄報告此事。楊雄在知府花園喝酒，又被眾人邀去喝得大醉，回家後半夜醉中怒責、威脅巧雲，天亮酒醒，巧雲說石秀調戲自己，楊雄關照丈人關店，逐走石秀。

第九段，在近巷內尋個客店安歇，賃了一間房住下。睡到四更起來，抓住頭陀，問清暗號，殺了頭陀，又用暗號引出裴如海，殺了裴如海。五更時，賣糕粥的王公卻被絆死屍一交，跌得遍地都是血粥。

此回細膩描寫裴如海與潘巧雲勾搭私情的全過程和周密的計劃，又細膩描寫石秀識破、偵破他們私情的全過程和周密的計劃。夾批呼應總批，說：「潘金蓮之於西門慶也，王婆以十分研光成就之；潘巧雲之於裴如海也，石秀以十分瞧科看破之。真乃各極其妙。」夾批還細膩分析：裴如海和潘巧雲相見時「極寫親熱不堪」，這婦人一雙眼也笑迷迷的只顧睃這和尚的眼，「寫得四眼極其不堪。」自古「色膽如天」，不防石秀在布簾裏一眼張見，夾批說：「一雙眼，張見四隻眼，文情妙絕。俗本盡失。」一面批，一面修改原作，使之更趨完美。

石秀夾在其中，和尚出於禮節詢問他高姓大名，石秀道：「我麼？（夾批：句。）姓石，（夾批：句。）名秀！（夾批：句。）金陵人氏！（夾批：句。○十個字作四句，咄咄駭人。）為要閒管替人出力，又叫拚命三郎！（夾批：咄咄駭人。）我是個粗鹵漢子，倘有衝撞，和尚休怪！」夾批說：「咄咄駭人。○要好故問，卻似惹著爆炭，妙絕。」石秀嫉惡如仇和大膽勇猛的性格，通過性格化的語言，顯示無餘。威脅性的語言，表露他的鬥爭鋒芒。

那裴如海也是聰敏乖覺之人，他已覺察石秀的不善，聲稱「小僧去接眾僧來赴道場。」連忙出門去了。（夾批：疾甚，妙絕。○四「連忙。」）那淫婦道：「師兄，早來些個。」那賊禿連忙走，更不答應。夾批說：「五「連忙。」○寫賊禿正要迎奸賣俏，陡然看見石秀氣色，便連忙放茶，連忙動問，連忙不敢，連忙出門，連忙走，更不應，真活現一個賊禿也。」

此回多個大小場面都描寫得真實、精細、精彩。例如徹夜做法事，另如姦夫初次上門前，這一日倒是迎兒巴不到晚，早去安排了香桌兒，黃昏時掇在後門外。（夾批：寫小兒女不知人事情性如活，寫奴才獻勤如活。○俗本誤。）那婦人閃在傍邊伺候。初更左側，一個人，戴頂頭巾，閃將入來。迎兒一嚇，（夾批：奇絕妙絕之文。○迎兒吃一嚇，妙絕。俗本皆失，可笑。）道：「誰？」（夾批：只一個字，寫出吃嚇來，令小兒女情性如活。）那人也不答應。（夾批：如活。）這淫婦在側邊伸手便扯去他頭巾，露出光頂來，輕輕地罵一聲：「賊禿！倒好見識！」（夾批：奇絕妙絕之文。俗本皆誤。○淫婦倒好見識。）這麼一個過渡性的小場面，因有金聖歎的修改，而顯得得情景俱活，生動有趣，生意盎然。

再如楊雄酒醉後，半夜吐露心聲，起因是楊雄坐在床上，迎兒去脫靴鞋，（夾批：先作一陪。）淫婦與他除頭巾，解巾幘。（夾批：奇絕妙絕之文。）楊雄見他來除巾幘，一時驀上心來，（夾批：奇絕妙絕之文。○因除巾幘，忽然提著賊禿戴巾也。

俗本悉改失。）──自古道：「醉發醒時言。」──指著那淫婦，罵道：「你這賤人！（夾批：句。）這賊妮子！（夾批：句。）好歹我要結果了你！」夾批說：「句。○無頭無腦，寫得活是醉人。」揭示其心理和心理活動的軌跡，體貼入微。尤其是乖覺的潘巧雲馬上猜出是石秀告了密，馬上計上心來，用「豬八戒倒打一耙」的方法，反咬石秀調戲、欺凌自己，她的告狀，語言有著清晰的鋪墊層次：那淫婦一頭哭，一面口裏說道：（夾批：如活。）「我爹娘當初把我嫁王押司，只指望『一竹竿打到底。』（夾批：聲口如活。○看他說出自家貞節。）誰想半路相拋！今日只為你十分豪傑，嫁得個好漢，誰想你不與我做主！」（夾批：聲口如活。○看他如此說入去，便令楊雄不覺入其玄中，婦人可畏都如此。）楊雄道：「又作怪！誰敢欺負你，我不做主？」那淫婦道：「我本待不說，（夾批：如活，又恩愛欽順之極。）又怕你著他道兒；欲待說來，（夾批：如活。）又怕你忍氣。」楊雄聽了，便道：「你且說怎麼地來？」那淫婦道：「我說與你，你不要氣苦。（夾批：看他恩愛之至，安得不入玄中。）自從你認義了這個石秀家來，初時也好，（夾批：頓一句。）向後看看放出刺來，（夾批：奇語。）⋯⋯粗心、直性的楊雄立即中計，當場交底說：「『畫虎畫皮難畫骨；知人知面不知心』。這廝倒來我面前，又說海闊黎許多事，說得個『沒巴鼻！』眼見得那廝慌了，便先來說破，使個見識！」（夾批：和盤托出，是個楊雄。）口裏恨恨地道：「他又不是我親兄弟！趕了出去便罷！」（夾批：是楊雄。）夾批一再說，這番語言，「是楊雄」性格的典型表現。

石秀一見楊雄的反映，他是個乖覺的人，如何不省得，笑道：「是了。（夾批：四字寫出精細乖覺。）因楊雄醉後出言，走透了消息，倒這婆娘使個見識攛掇，定反說我無禮，教他丈夫收了肉店。我若和他分辯，教楊雄出醜。我且退一步了，卻別作計較。」（夾批：石秀可畏，我惡其人。）石秀便去作坊裏收拾了包裹。（夾批：第二番也。）楊雄怕他羞辱，也自去了。（夾批：決撒得好笑。）石秀提了包裹，跨瞭解腕尖刀，（夾批：妙筆。○便不單是去。）來辭潘公，道：「小人在宅上打攪了許多時；今日哥哥既是收了鋪面，小人告回。帳目已自明明白白，並無分文來去。如有毫釐昧心，天誅地滅！」（夾批：石秀可畏，我惡其人。）

石秀的警覺和對楊雄態度變化的原因的分析既快又準，他臨別時已做好反擊的準備，立意要破解此案，並洗清自己。石秀破案的手法奇異，他以毒攻毒，用兇殺案來破私情案。他殺了頭陀之後，馬上冒充頭陀，敲起木魚，騙出裴如海，將他剝了衣裳，赤條條不著一絲。（夾批：妙絕，奇極之文。）悄悄去屈膝邊拔出刀來，三四刀搠死了，（夾批：「三四刀」又妙，石秀可畏之極。）卻把刀來放

在頭陀身邊，（夾批：殺人是極忙遽事，看他何等閒逸脫套。）將了兩個衣服，卷做一捆包了，（夾批：精細之極，石秀可畏。）再回客房裏，輕輕地（夾批：妙。）開了門進去，悄悄地（夾批：妙。）關上了，自去睡，不在話下。

此回眾多人物的語言，像全書各回一樣，人人都可從中看出其身份、性格，手段非常高妙。尤其是結合動作與語言的描寫，石秀的冷靜、精細、精明和大膽，表現得異常出色，人所不及。金批說「我惡其人」，為什麼？金批還要繼續發表新的看法，我們拭目以待。

第四十五回　病關索大翠屏山　拚命三火燒祝家店

總批

指出石秀說巧雲他日必殺楊雄，是誣陷之辭；他殺四人，不過是為自己明冤，與武松以親嫂之嫌疑，而落落然受之，曾不置辯相比，石秀從各個角度辯白，是做事嶔刻狠毒之惡物。這就具體回答了上回夾批「我惡其人」的原因。

回後

第一段，眾鄰舍結住王公，直到薊州府裏首告。知府令當方里甲帶了忤作公人，押了鄰舍王公一干公等，下來簡驗屍首，明白回報。

第二段，前後巷中的好事子弟編曲賽歌。

第三段，楊雄明白了兇殺案的緣由，路上，石秀叫住他，一起到酒店。楊雄道歉，石秀為他設計騙巧雲到郊外荒山，將私情審問明白。

第四段，楊雄回家後一夜照常，然後騙巧雲和迎兒以燒香還願為名，來到東門外 20 里的翠屏山，石秀早已等候在此。

第五段，石秀拿出頭陀和和尚的衣服為物證，建議先問迎兒。迎兒坦白事件的全過程，巧雲討饒，石秀再逼巧雲復述事件的全過程，接著兩人殺了迎兒和巧雲。

第六段，楊雄和石秀商議今後之路，石秀鼓動他一起上梁山。

第七段，正在這山裏掘些古墳的鼓上蚤時遷聽到，要求一起上梁山入夥。於是三人同行。他們走後，兩個轎夫在半山裏等到紅口平西，上山來尋找，看到兇殺案現場，馬上回去與潘公一同去薊州府裏首告。

第八段，楊雄、石秀、時遷，行到鄆州地面，在酒家用飯時，因無肉供應，時遷偷店裏報曉的雞，偷殺、吃了，與店家爭執、打鬥後，燒了酒店就走。三

個人行了兩個更次，被大批人追及，時遷被抓到祝家莊。楊雄、石秀，走到天明，在一座村落酒店中，遇到楊雄曾經救助過的人。

此回開首，王公被抓到衙門，知府審問，老子告道：「老漢每日常賣糕粥糜營生，只是五更出來趕趁。今朝得起早了些個，和這鐵頭猴子只顧走，不看下面，一交絆翻，碗碟都打碎了。相公可憐！（夾批：重訴跌碎碗碟，輕帶兩個死屍，妙得經紀老子情性。知此，則聽訟直易易也。）只見血淥淥的兩個死屍，又吃一驚！（夾批：只訴自己吃驚，不管兩人被殺，妙妙。）叫起鄰舍來，倒被扯住到官！夾批說：『倒被』妙，活是不知高低老子。」「不知高低」意為不知事情的來龍去脈，是一個不知情的無辜者。僅僅是幾句供詞，就寫活了一個思維敏捷、頭腦靈活的小販老漢。

勘探兇殺案現場所下的結論，正是石秀設計並要達到的效果：係是胡道挈刀搠死和尚，懼罪自行勒死。夾批指出：「益歎石秀胸中精細，做事出人。」此回夾批一面高度評價石秀的精細和精明，一面批評他的心地尖刻狠毒。當事情面臨真相大白之時，石秀道：「哥哥，兄弟雖是個不才小人，是頂天立地的好漢，如何肯做別樣之事？（夾批：此語前武松亦曾說，卻覺其闊大；今在石秀文中，便見其尖刻。真乃各極其妙。）怕哥哥日後中了奸計，因此來尋哥哥，有表記教哥哥看。」夾批接著一再分析；「越顯石秀咄咄可畏。」「石秀又狠毒，又精細，筆筆寫出。」「石秀轉說轉復可畏。」

石秀對潘巧雲的報復，極有步驟，夾批揭示他在游說楊雄時，「多恐楊雄不肯，且先說是休棄；到得是非對畢，颼地遞過刀來。石秀節節精細，節節狠毒，我畏其人。」「咄咄可畏。」「寫石秀可畏之極。」「句句生棱，字字出角，轉說轉復可畏。」他為楊雄具體設計行動的全過程，「哥哥，你若得來時，只教在半山裏下了轎，你三個步行上來。我自在上面一個僻處等你。不要帶閒人上來。」夾批：「石秀色色精細，可畏之甚。」

後來在私刑現場，石秀道：「嫂嫂！嘻！」（夾批：只一字妙絕。○上只四字，此只一字，而石秀一片精細，滿面狠毒，都活畫出來。俗本妄改許多閒話，失之萬里。）便打開包裹，取出海闍黎並頭陀的衣服來，撒放地下，道：「你認得麼？」（夾批：咄咄畏人。）石秀不斷指揮楊雄，他颼地挈出腰刀，（夾批：石秀狠毒之極，筆筆寫出。）便與楊雄說道：「此事只問迎兒！」夾批：「看他寫翠屏山，全是石秀調遣楊雄。」又不斷引誘和逼迫楊雄對巧雲處置的升級，夾批接連說：「石秀可畏，語語咄咄來逼。」「語語咄咄來逼。」「看他又調遣。」巧雲討饒，石秀道：「哥

哥，含糊不得！（夾批：石秀狠毒之極，我惡其人。○寫得石秀攔接之間，駭疾不可當。）」在問清迎兒後，石秀非要巧雲在親自招供一遍，金批在讚揚「迎兒說一遍，巧雲又說一遍，卻句句不同，迎兒所說皆是事，巧雲所說皆是情也」，分析原作描寫的高妙的同時，再次強調「上第十句，已明明招出石秀，務要特地再提出來，洗刷清白，咄咄相逼，可畏可恨。」石秀道：「今日三面說得明白了，任從哥哥心下如何措置。」夾批批評說：「石秀轉說轉更可畏。○通篇結束到此一句，寫石秀只為明白自己，並非若武松之於金蓮，令人可恨。」石秀便把婦人頭面首飾衣服都剝了。夾批：「『便把』二字，寫石秀可畏可恨。」接著石秀親自動手，把迎兒的首飾也去了，（夾批：『便把』妙，『徑把』又妙，都寫石秀可畏可恨。）遞過刀來，（夾批：寫石秀卻在人情之外，天地間固另有此一等狠毒人。）說道：「哥哥，這個小賤人留他做甚麼！一發斬草除根！」（夾批：何至於此，可畏可恨。）那婦人在樹上叫道：「叔叔，勸一勸！」（夾批：活畫絕倒。）石秀道：「嫂嫂！不是我！」夾批強調說：「石秀狠毒，句句都畫出來。○不是你勸的事，又是你幫的事耶？」

最後，楊雄認為上梁山的話，「我卻不合是公人，只恐他疑心，不肯安著我們。」石秀道：「他（指宋江）不是押司出身？」夾批：「石秀寫得色色出人。」石秀的思維敏捷而清晰。

總之，金批抓住和讚賞石秀的精細、精明、敏捷的性格特徵，痛恨他的心地狹窄、兇狠。

潘巧雲與裴如海的私情固然是一件醜事，也是一個婚姻悲劇，但具有現代意識的我們，可以同情的性情來看待。她和裴如海性格、意趣相投，都是活潑的富有情趣的，所以互相吸引和相戀。楊林此人粗直、毛糙，不合巧雲細膩的心理性格。這是性格不合而錯配的婚姻的一種結果。楊雄此人善良，本來麼，休棄了這個婦人，也就是離婚也就罷了。石秀知道楊雄的心思和性格，先也說休棄，但心中已有成熟的計劃，非要置巧雲於死地不可，甚至誣陷她有殺夫之企圖，金聖歎於總批中已經批駁，並在夾批中指斥石秀用極其殘忍的手段，殺死四人，來為自己洗冤，其氣量與武松有天地之別。

此回前後都是兇殺，氣氛陰沉而沉重，妙在前後兩頭巷裏那些好事的子弟不服氣，做成兩隻曲兒，用「絕妙好辭」賽歌，幽默好笑，這樣的插曲，不僅調節了情節的情緒節奏，而且展現了作者寫作曲詞和構思喜劇的傑出才華，給讀者以很大的藝術享受。

第四十六回　撲天鵰兩修生死書　宋公明一打祝家莊

總批

第一段，創作文藝作品，不遇難題，不足以見奇筆。此回設計三莊相連，勢如翼虎，就令攻擊者難以著手，然後再舒展才華，寫出複雜的過程和結局。

第二段，寫李、祝之戰，行文有留得一筆，便是多一筆的藝術效果。

第三段，石秀探路，描出全副一個精細人，塑造人物的本事達到無奇不備的水平。

回後

第一段，原來此人是鬼臉兒杜興，他在撲天鵰的李應的李家莊做主管。他介紹獨龍岡的三個村坊情況後，當即帶楊雄、石秀到李家莊。李應接見他們二人，並當場修書，派副主管去祝家莊請求放人。

第二段，祝家莊不答應，杜興帶著李應的親筆信，再去祝家莊請求放人。祝彪那廝變了臉，大罵，聲言要將時遷當梁山伯強盜押赴官府，李應如果不曉事，也捉來，也做梁山泊強寇解了去！

第三段，李應大怒，帶著杜興和楊雄、石秀等，殺到祝家莊。祝彪打不過李應，一箭將李應射下馬來。大家將李應救回。

第四段，楊雄、石秀取路投梁山泊來，在石勇酒店，由石勇安排上山。

第五段，楊雄、石秀上廳參見晁蓋、宋江並眾頭領，並介紹一路情況。晁蓋憤恨時遷用梁山名目偷雞，敗壞梁山名聲，要斬了楊雄、石秀，再下山去打祝家莊。宋江勸阻晁蓋殺人，又勸阻他下山，由自己帶隊去打祝家莊。次日具體安排山中留守者的任務和作戰部隊的分配。

第六段，且說宋江並眾頭領逕奔祝家莊來，到獨龍岡前下了寨柵。宋江令楊林扮瞭解魔的法師，石秀挑一擔柴進去賣，前去探路。

第七段，石秀見路徑複雜，巧妙地向鍾離老人打聽到盤陀路的秘密，並得到他的保護，而楊林冒失前去，被活捉。

第八段，宋江急躁進兵，卻無法攻入，只見獨龍岡山頂上連放兩炮，響聲未絕，四下裏喊聲震地，驚得宋公明目瞪口呆，罔知所措。

此回寫晁蓋深惡時遷偷雞摸狗，敗壞梁山泊名聲，夾批說：「其類至多。」清醒地看出義軍軍紀不好，歷來是一個大問題。

宋江說：「即日山寨人馬數多，錢糧缺少，非是我等要去尋他，那廝倒來

吹毛求疵，因此正好乘勢去拿那廝。若打得此莊，倒有三五年糧食。非是我們
生事害他，其實那廝無禮！（夾批：再三申說此句，妙。）只是哥哥山寨之主，豈
可輕動？（夾批：自此以下，凡寫梁山興師建功，宋江悉不許晁蓋下山。）小可不才，親
領一支軍馬，啟請幾位賢弟們下山去打祝家莊。若不洗蕩得那個村坊，誓不還
山。夾批揭示宋江架空晁蓋的第一要著就是不讓他領兵下山，自己則每次當統
帥，立功而增加威望。

　　金批讚賞梁山調度的英明，如保護「根本重地，寫得好。」山上人員「各
有專司舊令，不許調遣，寫得好。」出兵前，先部署山上的守備，「補署新到
頭領，寫得好。○將打祝家莊，卻先寫許多不打祝家莊者，如此文字，雖在《史
記》，不可多得。」出征的軍隊調度有方，「前軍寫得好。後軍寫得好。」「軍
行糧接，寫得好。○以上數段，豈真寫山泊號令哉，亦所謂寓言十九，意在諷
諫也。」

　　此回詳盡描繪石秀探路的功績。石秀挑著柴先入去，只見路徑曲折多雜，
四下裏灣環相似；樹木叢密，難認路頭。石秀便歇下柴擔不走。（夾批：是石秀，
此等處，一山泊人都不及也。）石秀觀察得仔細，「祝家號令，亦從石秀眼中看出。」
他詢問老人，夾批一再讚揚他「問得好，又精細。」「問得緊。」問知路徑複
雜，無法逃脫，他馬上便假哭起來，撲翻身便拜；（夾批：是石秀，機警之極。）向
那老人道：「小人是個江湖上摺了本錢歸鄉不得的人！（夾批：妙絕，是石秀方說
得出，能令老人下淚也。）或賣了柴出去，撞見廝殺，走不脫，卻不是苦？爺爺，
恁地可憐見！小人情願把這擔柴相送爺爺，只指小人出去的路罷！」（夾批：妙
絕，是石秀方說得出。）那老人保護他，還給飯食吃，石秀再拜謝道：「爺爺！指
教出去的路徑！」（夾批：是石秀，只記本題，寫得機警。）果然獲悉了重大軍事秘
密。那老人仔細解釋，夾批指出：「既說白楊，則別樹定非矣，卻偏要再申一
句。○看他寫老人說話，只須一句處，便要說十數句，真活畫老人。」「活是
老人，說得恁細。」石秀拜謝了，便問：「爺爺高姓？」（夾批：是石秀。）「酒飯
小人都吃飽了，改日當厚報。」石秀預先想好，準備報答老人，所以細心問他
「高姓」。石秀看到巡路壯士，自認得他，還特地問老人道：「過去相公是誰？」
（夾批：又從石秀眼中極寫祝彪。○得此一段，遂令石秀入村神采煥發之極。○呼『將軍』是
『相公』，活是賣柴人口氣。）聽到回答後，石秀拜謝道：「老爺爺！指點尋路出去！」
（夾批：忽然截住，急提本題，石秀機警，寫來如活。）打聽到所有的情報後，他心中
自忖了一回，討個火把，叫了安置，自去屋後草窩裏睡了。夾批說：「便不更

說閒話，寫石秀機警出人處，筆筆妙絕。」

石秀的確是一個難得的軍事偵察人材，小說寫得好，聖歎也批得好。

第四十七回　一丈青單捉王矮虎　宋公明二打祝家莊

總批

第一段，讚譽二打祝家一篇，以墨為兵，以筆為馬，以紙為疆場，以心為將令。分析三陣，尤以第三陣為絕筆。

第二段，如此一篇血戰文字，卻以王矮虎做光起頭，看似兒戲，而一變便作轟雷激電之狀，直是驚嚇絕人。

第三段，寫矮虎、三娘，一篇以捉其夫去始，以捉其妻來終，皆屬耐庵才子戲筆。

回後

第一段，宋江率軍冒進，中了敵方埋伏，正陷入絕境，石秀回來，指點撤退路徑。山寨中第二撥馬軍到了，接應殺散伏兵，宋江會合著林冲、秦明等眾人軍馬同在村口駐紮。整點人馬，數內不見了鎮三山黃信，他也被捉去。

第二段，宋江帶同花榮、楊雄、石秀等到李家莊，李應不肯相見。杜興告知進攻祝家莊的途徑。

第三段，宋江回到寨裏，分成三批人馬，宋江親自要去做先鋒，攻打頭陣。西面扈家莊的軍隊殺來。王矮虎迎戰扈三娘，被她活捉。歐鵬上前相救，祝龍出來助戰，馬麟前去廝殺，秦明斜勒裏衝上，欒廷玉上陣，用計活捉秦明、鄧飛。

第四段，宋江正緊急時，梁山又趕來多位將領，祝彪急著出來相幫，雙方一場混戰。

第五段，扈三娘追趕宋江，緊急間，李逵、林冲接戰，林冲活捉扈三娘。

第六段，宋江命令：「連夜將扈三娘送上梁山泊去，交與我父親宋太公收管，便來回話，待我回山寨，自有發落。」

第七段，次日，軍師吳學究引將三阮頭領並呂方、郭盛帶五百人馬到來。宋江告訴他出戰不利，吳用卻說恰好有這個機會，事在旦夕可破。

金批讚譽此回大寫戰爭的複雜和多變，「作書不過弄筆之事也，乃寫來便若真有其事而親臨其地者，真正才子，誰其匹之。」當祝家莊用紅燈指揮，進退自如時，「如此寫出祝彪英靈，真有不煩一刀，不費一矢之略。」梁山方面，

花榮出場，用神箭將燈射滅，「忽然記得將軍神箭，筆筆生龍活虎。」「若寫祝家趕殺，便是俗筆。若寫山寨血戰，亦是俗筆。看他寫祝家只是一碗燈，寫宋江只是一枝箭，戰陣之事，寫來全是仙筆，亦大奇也。」寫戰爭的激烈和緊張，「只補寫二段，亦復天搖地震。」「上來如此一篇奇文，真是天崩地塌，山搖海嘯，非復目光所照，心魂所知矣。讀至此句，方圖少得休息，不意下文一轉，忽然興精作怪，重出奇情。才子之筆，千載無兩。」當梁山奇兵突至，小說「收拾眾人已畢，忽然漏一李逵，已屬意外之事，不謂還有一林冲也。才子奇情，我直無以測之矣。」

妙在最後，宋江鄭重地將扈三娘送往梁山，眾頭領都只道宋江自要這個女子，盡皆小心送去。夾批說：「妙，絕倒。○一篇天搖地震文字之後，忽作此風致煞尾，奇筆妙筆，總出常人意外。」《水滸傳》所有的情節都是一環扣一環，而每次都令人無法猜測情節的發展趨勢，都具有「出乎意料之外，合乎情理之中」的極佳效果。扈三娘的命運是這樣發展的。

從此回起，《水滸傳》多次描寫梁山攻城略地的戰爭，都寫得精彩絕倫。不少讀者會認為，本書寫戰爭，固然寫得好看熱鬧，但不過是紙上談兵耳，只是吸引人的故事而已。實際上，這些戰役，雖然是作家虛構的，但設計得非常精巧而真實，不像西方偵探小說和日本推理小說，不能直接用於真實的案件偵探中，《水滸傳》中關於戰爭謀略和調度的描寫卻有現實的指導意義，明清兩代的不少造反起事的首領，甚至包括滿清反叛明朝的努爾哈赤、皇太極之流，就都是通過學習《水滸傳》和《三國演義》來指揮戰爭，調度軍隊的。不少人還模仿書中人物，將書中人物作文自己的榜樣。最著名的是太平天國的翼王石達開，自號「小宋公明」。太平天國的首領洪秀全無德無能，全靠手下的四大軍事天才楊秀清、石達開、李秀成和陳玉成等打天下。這些人多是沒有受過精深文化教育的農民或農民工，他們就是以《水滸傳》(《三國演義》文言色彩較重，閱讀障礙多)為教材，而學出道的。受曾國藩之命探聽太平軍軍情的張德堅在《賊情彙纂》中說：「賊之詭計，果何所依據？蓋由二三點賊，採稗官野史中軍情，仿而行之，往往有效，遂寶為不傳之秘訣。其取裁《三國演義》、《水滸傳》為尤多。」太平軍能連連大敗曾國藩的湘軍，曾國藩及其部屬的眾多將領都是熟讀史書和《孫子兵法》的儒將，卻被太平軍屢次打得大敗，曾國藩本人在兵敗後還不止一次喪失信心而自殺，他們就敗在掌握《水滸傳》軍事思想和紙上實踐的太平軍將領中。可見《水滸傳》對戰爭詳盡、細膩的設計和

描寫,使此書成為一部難得的軍事教材。《孫子兵法》打不過《水滸傳》,可以說是中國軍事史上的一個奇蹟,但金批的功勳,不可抹殺,學習者真是通過金批的分析和提示,腦子大為開竅,從而學到《水滸傳》的軍事描寫的精髓。而毛澤東提出,三打祝家莊是辯證法的出色運用,這就將《水滸傳》的高明軍事行動所體現的高明哲學原理揭示出來。《水滸傳》在這些最重要的思想領域和實踐意義方面,都遠遠超過了《紅樓夢》,是《紅樓夢》所望塵莫及的。獨尊《紅樓夢》的學者不知意下如何?

第四十八回　解珍解寶雙越獄　孫立孫新大劫牢

總批

第一段,千軍萬馬後忽然颺去,別作淵悍娟致之文,變換之快,令讀者目光不及轉移。

第二段,此回姐姐、哥哥、妻舅,無端撮弄出一派親戚,卻又甜筆淨墨,可與《史記》霍光與去病兄弟一段妙筆,互相媲美。

第三段,做文字遊戲,戲說「賴人姓毛」,意為此類無賴,世上太多了。

回後

第一段,吳用向宋江介紹「今日有個機會」的具體情況,宋江聽了大喜笑逐顏開。原來,宋公明初打祝家莊時,同時發生了一件故事。

第二段,山東海邊登州城外有一座山,有虎傷人。山下有家獵戶,是解珍、解寶弟兄兩個。他們歷經艱難,用藥箭射中了大蟲。大蟲翻落到毛太公莊後園裏。他們進莊去討,毛太公招待他們早飯。

第三段,飯後,毛太公領他們去莊後,大蟲已經不見。雙方爭吵時,毛太公的兒子毛仲義帶著做公的回來,將解珍、解寶抓到州里拷打,認作渾賴大蟲,搶擄財物,關入死囚牢裏。

第四段,小節級樂和是解氏兄弟的哥哥的妻舅。孫提轄是他倆的姑舅哥哥,樂和願為他們去報訊。

第五段,樂和到東門外十里牌酒店顧大嫂處報信。顧大嫂立即命火家尋得二哥孫新歸來與樂和相見。

第六段,樂和走後,孫新與顧大嫂商議,連夜尋來登雲山臺峪裏聚眾打劫的叔侄鄒淵、鄒閏,決定劫牢相救。救出解氏兄弟後,一起上梁山聚義。

第七段,顧大嫂以病中為由,請來孫立和樂大娘子前來看望。顧大嫂逼孫

立出手相救。

第八段，顧大嫂以送飯的名義入獄，接著孫立等與顧大嫂裏應外合，救出解氏兄弟，殺死貪吏包節級。

第九段，眾好漢又殺到毛家莊，殺死毛太公全家，劫走財物，燒了莊院，上梁山去了。

第十段，孫立等到了梁山，聞訊熟識的朋友都隨宋江攻打祝家莊，他馬上選上攻下祝家莊的妙計。

此回離開祝家莊戰場，另寫山東海邊的故事，「如此風急火急之文，忽然一閣閣起，卻去另敘事，見其才大如海也。〇欲賦天台山，卻指東海霞，真是奇情恣筆。」

此回重點描寫的人物是毛太公和顧大嫂。

毛太公依仗勢力，侵吞窮苦鄉親的功勞和獵物。小說先寫打虎之艱難，「詳悉寫之，以見二解得虎之難，而毛之賴之為不仁也。〇今世之前人心竭力盡，而後人就口便吞者，亦豈少哉！」夾批順便感歎人心的貪婪，世道之複雜與險惡，起了人生教科書的作用。

小說淋漓盡致地描寫毛太公的狡猾、貪婪和兇惡，毛太公假意招待早飯、早茶，作為緩兵之計，後來道：「你這兩個好無道理！我好意請你吃酒飯」，（夾批：酒飯便作話本，老奸可畏可醜，每每如此。）接著雙方爭執，眉批：「毛、解爭虎，一聲一口，是一篇絕妙小文字。」毛太公後來盛氣凌人，「老奸可畏，上猶賴，至此竟不復賴矣。」「寫老奸相凌之語如畫。不知教誰看，活畫老奸聲口。〇句句明欺之。」最後，毛太公叫道：「解珍、解寶白晝搶劫！」（夾批：看他只叫出八個字，而喝其名字，喝其罪狀，字無虛發，活畫老奸。）原來毛仲義五更時先把大蟲解上州里去了；帶了若干做公的來捉解珍、解寶。不想他這兩個不識局面，正中了他的計策，夾批說：「注一通，此又一文法也。」毛太公在本州有個六案孔目王正，是毛太公的女婿，夾批說：「村中既有毛男，州里又有毛女，毛頭毛腦既多，而毛手毛腳遂不可當矣。〇此篇寫得因親及親，如此句，亦是先襯一筆也。」指出地方惡勢力盤根錯節，勢力強大，是當時社會的一個弊病。

而解珍、解寶也靠親戚幫助，他們在牢裏竟然遇到哥哥的妻舅。（夾批：遙遙賢親，憑空而墜。）解珍道：「我只親弟兄兩個，別無那個哥哥。」（夾批：故作一折，文瀾橫溢。〇一哥哥不肯認，下卻彎環枝蔓，牽出無數親戚，又是一樣文情。）那小牢子

道：「你兩個須是孫提轄的弟兄？」夾批說：「且置妻舅而辨哥哥，聲聲如話。」
眉批：「解、樂認親，一聲一口，是一篇絕妙小文字。」一場認親戚的談話，
也寫得趣味橫生，夾批一再分析這場對話之妙，「真是行到水窮，坐看雲起，
而所起之雲，又止膚寸，不圖後文冉冉而興，騰龍降雨，作此奇觀也。」「樂
和說你有個哥哥，解珍卻云我有個姐姐，東穿西透，絕世文情。」「樂和算來，
是孫提轄妻舅；二解算來，又是孫提轄兄弟妻舅。東穿西透，絕世文情。〇上
文先云父母又亡，不謂父母面上卻尋出如此一派親眷，真正絕世奇文。」眉
批：「親上敘親，極繁曲處偏清出如畫，史公列傳多有之，須留眼細讀，始盡
其妙，無以小文而忽之也。」

　　而其親戚中，起著關鍵作用的是顧大嫂。金批分析顧大嫂的性格具體而
細膩，當顧大嫂聽說這個冤案，她今夜便要和孫新同去相救。」夾批：「『我
和你』妙，『今夜便去』妙，真乃目無難事。〇亦可號之為母旋風，意思實與
李逵無二。」鄒氏兄弟說：「我們救了你兩個兄弟，都一發上梁山泊投奔入夥
去，如何？」顧大嫂道：「最好！有一個不去的，我便亂槍戳死他！」（夾批：
寫顧大嫂活是黑旋風。）她騙孫立前來探望時，孫立問她「嬸子，你正是害什麼
病？」顧大嫂道：「我害些救兄弟的病！」（夾批：四百四病中，未聞有此症，筆勢踢
跳之極。）孫立道：「卻又作怪！救甚麼兄弟？」顧大嫂道：「伯伯！你不要推聾
裝啞！」（夾批：口未開，便責之，活是黑旋風意思。）顧大嫂勸孫立相助時道：「伯伯
在上。今日事急」，（夾批：大嫂字字讀之快。）顧大嫂道：「既是伯伯不肯，我今日
便和伯伯並個你死我活！」（夾批：絕妙大嫂，佩服其言，可以愈瘧。）後來，顧大嫂
貼肉藏了尖刀，扮做個送飯的婦人先去獄中。夾批說：「絕妙大嫂，只先去二
字，活是黑旋風意思。」金批認為她的性格爽利、急躁、大膽和奮勇向前，都
是黑旋風的風格相似。

　　金批也分析此回的描寫手段，如飯罷時分，遠遠望見車兒來了，（夾批：遠
望如畫。）載著樂大娘子，（夾批：近睹如畫。）背後孫提轄騎著馬，十數個軍漢
跟著，夾批說：「遠望是車，車上是樂大娘子，樂大娘子背後是孫提轄，孫提
轄背後是軍漢，寫得一行如畫。〇非畫來人，畫望來人者也。」孫新跟著孫
立，（夾批：弟跟兄。）鄒淵領了鄒閏，（夾批：叔領侄。〇兩句只十二字，又用一顛一
倒，筆端乃妙之極。）各帶了火家，分作兩路入去。夾批：「線索清出。」分析小
說的情節描寫猶如畫面，生動真實；句子錯落，富於變化，情節線索則清晰
分明。